T0051335

Antología de cuento latinoamericano

Antología de cuento latinoamericano / Jorge Luis Borges
[y otros] ; antologadores Diana Diaconu, Alejandro Alba García. -- Edición Alejandro Alba García. -- Bogotá : Panamericana Editorial, 2021.
292 páginas ; 23 cm. -- (Letras latinoamericanas)
ISBN 978-958-30-6342-8
1. Cuentos latinoamericanos - Colecciones 2. Cuentos hispanoamericanos - Colecciones 3. Literatura latinoamericana I. Borge, Jorge Luis, autor II. Diaconu, Diana, antologadora III. Alba García, Alejandro, editor IV. Tít. V. Serie.
868.9983 cd 22 ed.

Antología de cuento latinoamericano

Diana Diaconu y Alejandro Alba García
(Antologadores)

Primera reimpresión, julio de 2022
Primera edición, en Panamericana Editorial Ltda.,
julio de 2021
©Panamericana Editorial Ltda.
Calle 12 No. 34-30, Tel.: (57) 601 3649000
www.panamericanaeditorial.com
Tienda virtual: www.panamericana.com.co
Bogotá D. C., Colombia

Editor
Panamericana Editorial Ltda.
Selección
©Diana Diaconu y Alejandro Alba García
Estudio introductorio
©Diana Diaconu
Epílogo
©Alejandro Alba García
Diagramación
Jairo Toro
Ilustración y diseño de cubierta
Jorge Morcote

ISBN 978-958-30-6342-8

Impreso por Panamericana Formas e Impresos S. A.
Calle 65 No. 95-28, Tels.: (57) 601 4302110 - 4300355
Bogotá D. C., Colombia
Quien solo actúa como impresor.
Impreso en Colombia - *Printed in Colombia*

Contenido

Poéticas contemporáneas

Poéticas modernas y contemporáneas del cuento latinoamericano: la vida de un género

En esta época de desatado consumismo las antologías también sufren de obesidad. A las que se esmeran en conservar la línea, como la que el lector acaba de abrir, se les suele reprochar lo mucho que dejan por fuera, como si un libro pudiese juzgarse no por lo que es, sino por todo lo que no es. Tristemente en la actualidad ha cogido fuerza esta tendencia, que denota a menudo un triunfo generalizado del criterio cuantitativo sobre el cualitativo, fenómeno que afecta también a la crítica literaria y, a través de ella, al discurso historiográfico, que debería ser la columna vertebral de las historias literarias y de las antologías. También es producto del discurso políticamente correcto, por ejemplo, del runrún y el blablablá indiscriminados y sin criterio de la "inclusión".

Como veremos, en el caso de muchas antologías actuales tal aspiración a la exhaustividad, de la que se enorgullecen, lejos de ser una ventaja real, es incluso dañina, síntoma del trabajo hecho sin presupuesto teórico alguno y que pretende impresionar e imponerse, volverse referencia únicamente por el tamaño descomunal. (Pero por supuesto que el gran número de páginas de una antología solamente es nefasto si es producto de la falta de criterio, y de eso se trata muy frecuentemente, aunque, claro está, no siempre). Cuando no se la abandona por completo, la teoría se ve transformada en adorno esnob o mero requisito académico. Desvitalizada, desprendida de la realidad histórica y, por tanto, vaciada de significado, la teoría es frecuentemente reemplazada por planteamientos ahistóricos, de corte formal. Se trata de un problema más general de la historiografía contemporánea, que sin embargo se nota con especial agudeza en las teorías e historias del cuento, según plantea Eduardo Becerra en su visión panorámica del estado actual de la cuestión, que esboza tomando como punto de partida precisamente la pregunta ¿es el cuento hispanoamericano un género sin historia?[1].

Ante este panorama, es imprescindible recordar unas verdades sencillas pero fundamentales, cuya caída en el olvido provoca muchos malentendidos y distorsiona más de un planteamiento: toda propuesta que sea fruto de una investigación, es más, todo trabajo inteligente en ciencias humanas, opera con hipótesis interpretativas, no procede estadísticamente. "Dejemos, pues, la exhaustividad a los que se contentan con ella" concluía Tzvetan Todorov[2] en su diatriba contra el triunfo del criterio cuantitativo, del materialismo chato, del cientificismo y el falso rigor en ciencias humanas, demostrando así la inviabilidad de pensar en estos términos una categoría como la de *género literario*: no solamente sería imposible, sino también mediocre y totalmente inapropiado. La cita que elige de Karl Popper ilustra lo anterior con una claridad imbatible: "Desde un punto de vista lógico, no tenemos por qué inferir proposiciones universales a partir de proposiciones singulares, por muchas que sean, pues toda conclusión así obtenida siempre podrá resultar falsa: poco importa el número de cisnes blancos que hayamos podido observar: ello no justifica la conclusión de que *todos* los cisnes son blancos". Todorov continua la reflexión que luego llevará al

---

1 Ver "Apuntes para una historia contemporánea del cuento hispanoamericano contemporáneo". En *Historia de la literatura hispanoamericana*, t.III. Madrid: Cátedra. 2008.

2 Ver "Los géneros literarios". En *Introducción a la literatura fantástica* . México D.F.: Coyoacán, 1999.

terreno de la literatura: "Por el contrario, una hipótesis fundamentada en la observación de un número restringido de cisnes, pero que nos permitiría afirmar que su blancura es consecuencia de tal o cual particularidad orgánica, sería perfectamente legítima"[3]. En la actualidad, una teoría tan importante como la de los *campos literarios* de Pierre Bourdieu[4] viene a confirmar la viabilidad y legitimidad del método que recomendaba ya un clásico como Todorov.

La gran apuesta consiste entonces precisamente en calar en profundidad para entender, a partir de unos ejemplos (bien seleccionados, pero que podrían ser también otros), fenómenos tan cruciales y complejos como la vida del género cuentístico: cómo se origina y cómo se reformula constantemente respondiendo a su contexto histórico. Interesa reconocer las constantes en perpetuo cambio del género, es decir, concebirlo como un organismo vivo, en plena e imparable transformación, y entender las diferentes poéticas del cuento como concretizaciones históricas del género, respuestas críticas, propositivas ante determinado contexto sociocultural. No se trata de abarcar todo lo que hay a lo largo y ancho de la tierra, como en el poema del "respetable", más bien ridículo, Carlos Argentino Daneri, personaje borgeano de "El Aleph". De lo que se trata es de seleccionar unas poéticas relevantes y de ponerlas en tensión de manera que el género y su historia se vuelvan inteligibles. Entonces, y solamente entonces, una antología será relevante, pese a todo lo que no haya podido abarcar.

Al contrario, antologías como *Ensayos críticos sobre cuento colombiano del siglo XX*, compilada por María Luisa Ortega, María Betty Osorio y Adolfo Caicedo (2011), o los tres tomos de *Cuentos y relatos*

3 Ibid.

4 Ver *Las reglas del arte: génesis y estructura del campo literario*. Barcelona: Anagrama, 1997.

de la literatura colombiana (tomo I y II, 2005, tomo III, 2020), editados por Luz Mary Giraldo, no son relevantes, ni serias; no son de peso, a pesar de su número apabullante de páginas, sino solamente pesadas, porque ignoran los planteamientos más básicos de la teoría del cuento.

La primera es fraudulenta al adjudicarse el mérito de dedicarse de manera exclusiva al cuento cuando, en realidad, lo hace solo formalmente, porque en vez de pensar el género como categoría teórica, considera el cuento como mera palabra que, según el contexto, puede ser sinónimo del cuento literario en cuanto que género moderno o bien de producciones literarias o extraliterarias tan distintas como los diferentes tipos de relatos, desde las crónicas del "Descubrimiento" y hasta los testimonios contemporáneos. Se produce así una antología danérica, de casi setecientas páginas, con ensayos críticos sobre todo lo que narra, todo aquello que alguna vez fue llamado "cuento", en alguno de los múltiples sentidos de la palabra, de relato, narración, anécdota, testimonio, etc., puesto que en ningún momento los autores y los compliladores se ponen de acuerdo sobre qué es lo que van a llamar "cuento", más precisamente. Huelga decir que una antología sobre todo lo que narra es como una antología sobre todo lo que vuela: avioncitos de papel y boeings de último modelo, globos y avispas, helicópteros y drones, cigüeñas y libélulas, gorriones, babas del diablo y pompas de jabón.

Lo mismo ocurre con la antología de Luz Mary Giraldo que, entre sus tres tomos, suman unas mil quinientas páginas y cuyo título delata inequívocamente la grave confusión que la desordena: "Cuentos y relatos de la literatura colombiana".

Álvaro Cepeda Samudio lo había advertido ya en 1955, en un artículo tan breve como sustancioso, "El cuento y un cuentista":

> El cuento como unidad puede distinguirse con facilidad del relato: es precisamente lo opuesto. Mientras el relato se construye alrededor del hecho, el cuento se desarrolla dentro del hecho. No está limitado por la realidad ni es totalmente irreal: se mueve precisamente en esa zona de realidad-irrealidad que es su principal característica.[5]

En ambas gigantescas antologías, la de ensayos críticos sobre el cuento colombiano y la de "cuentos y relatos", el orden y la sistematización son solamente aparentes: en realidad, en todo este mar de páginas reina la más absoluta arbitrariedad. La clasificación propuesta, si bien inconsecuente, es fundamentalmente temática, lo cual equivale a la ausencia de cualquier clasificación o de intento siquiera de pensar el género y el fenómeno literario. En ambos casos, la falsa clasificación, de adorno, se observa en el hecho de que todos los cuentos o los ensayos sobre el cuento que componen un capítulo son perfectamente intercambiables, porque estos no corresponden a una estructura ni se articulan de modo alguno. Se suceden como titulares periodísticos, cuyo breve momento reflexivo se agota en la búsqueda, rebuscada, de la expresión "ingeniosa", "llamativa", "original". Pero no llevan a ninguna parte, no permiten entender ningún fenómeno, ningún proceso.

Ante los respectivos índices de tan abundantes antologías me provoca recomendarle al lector el siguiente juego, cuyas reglas aclararé sirviéndome, a manera de ejemplo, del caso de uno de los pocos cuentos de verdad que incluye entre sus 464 páginas, como por equivocación, el recién aparecido tercer tomo de Giraldo: "Palomas celestiales" de José Evelio Rosero. Este cierra el capítulo "Tantas veces horror", seguramente porque contiene escenas de sexo y violencia. Pero el horror está tratado con humor, con un humor crítico, fino y a la vez agudo, por lo cual el cuento bien podría estar

---

5 Ver *En el margen de la ruta. (Periodismo juvenil - 1944-1955)*. Bogotá: La Oveja Negra, 1985.

también en el apartado que la compiladora titula "Para reír en serio". Según la trama, un secuestro colectivo en bus con intento de violación, cabe en cualquiera de los apartados "La vida te da sorpresas", "Todo en suspenso", pero también en "Viajeros" y hasta en "Solo de amor". Ahora bien, si pensamos en los personajes, tanto en los trabajadores obnubilados por la tele que planean el secuestro y la violación de las colegialas, como en las niñas bien, las "palomas celestiales", el cuento pertenecería al apartado "Extrañas criaturas" o al "Pequeño bestiario", se podría añadir, "bogotano", por lo de los burros y las palomitas... Pero también, ¿cómo no?, en "Retratos familiares", si pensamos en que los personajes con sus conflictos y la problemática social que hay detrás, si bien son horrorosos, sin embargo están al orden del día. Tanto las palomitas como los obreros embrutecidos son rostros que en Bogotá nos resultan familiares...

Dejo al lector que prosiga hasta convencerse de que este cuento fuera de serie pudo haber figurado en cualquiera de los apartados de la antología ya mencionada. Por esta razón, por verlo tratado como si fuera un relato, decidimos incluir este mismo cuento de Evelio Rosero, verdadera obra maestra del género, en nuestra antología, situándolo en un contexto que revele sus cualidades estéticas de cuento, al lado de otras poéticas innovadoras, propuestas por autores latinoamericanos contemporáneos. Porque entendemos que había que ponerlo al alcance del lector no solo en un sentido material, sino también en el sentido figurado: en un contexto construido de tal manera que ilumine lo más valioso de su propuesta.

Para ponernos ahora de mejor humor: está bien que hayan aparecido estos nutridos tomos de abundante material puesto a disposición de un público amplio. Sin embargo, no nos confundamos: lo que tenemos por ahora en Colombia no son antologías de cuentos, sino recopilaciones de narraciones varias, cuyo denominador común es la brevedad cuantitativa. Debemos ser conscientes de que estamos apenas al comienzo del camino, de que la elaboración de antologías es un trabajo arduo, todavía por hacer: necesita de presupuestos teóricos sólidos y de cierto grado de madurez del discurso historiográfico. Porque los problemas que se pueden observar en las antologías colombianas contemporáneas (igual que en varias antologías del mundo hispanohablante) no son de hoy, si bien se ven favorecidos por determinadas circunstancias contemporáneas como, por ejemplo, el desdén nominalista por la teoría, que recrudece en la así llamada posmodernidad. Vienen de atrás, según lo ha demostrado Ana María Agudelo Ochoa, y se deben a la ausencia de un discurso historiográfico sólido y orientador.

"Entre la pobreza conceptual y la falta de perspectiva histórica"[6] sitúa la investigadora antioqueña al sacerdote José A Núñez, figura fundacional de la suplantación del verdadero discurso historiográfico, genuinamente crítico, por un "listado de cuentistas: construcción de canon para reproducir en las escuelas". Su libro de 1954, *Literatura colombiana. Sinopsis y comentario de autores representativos*, se reeditó catorce veces hasta 1976, convirtiéndose en libro de culto, en guía escolar. Desde entonces, la tendencia en el campo de nuestra crítica literaria a canonizar autores y a convertir los manuales y las antologías en libros sagrados, reeditándolos sin mayor cambio, sin relectura crítica, ni actualización alguna, se ha vuelto endémica.

Eduardo Pachón Padilla se inscribe en la misma gloriosa y acrítica tradición del pensamiento inmóvil, cuyos protagonistas son héroes épicos, unidimensionales, sin crisis. Según observa Ana

---

6 Ver "El cuento colombiano en las historias de la literatura nacional". En *Estudios de literatura colombiana* (nº 19): Universidad de Antioquia, 2006.

María Agudelo, Pachón Padilla "retoma casi textualmente los comentarios [...] que hacen parte de la antología" (2006: 26) en su estudio de 1988, "El cuento: historia y análisis". Se trata de la *Antología del cuento colombiano: de Tomás Carrasquilla a Eduardo Arango Piñeres, 39 autores*, que es ¡de 1959! y que fue, igualmente, reeditada muchas veces a lo largo de casi medio siglo, sin replanteamientos, ni mejoras sustanciales, de fondo.

Ante este panorama, el reparo de Juan Bosch, ya en 1987, respecto de una de las por aquel entonces recién reeditadas antologías colombianas de cuento se vuelve cada vez más actual, a medida que pasa el tiempo... En una nota periodística, incluida después en *Textos culturales y literarios*[7], el Profesor confiesa su desconcierto tras haber leído una antología del cuento colombiano en tres tomos, publicada en una editorial prestigiosa, que recoge cuarenta y tres autores de los cuales "cuarenta y uno son calificados como cuentistas pero no lo son" (pp. 217-218). El escritor dominicano, quien reflexiona seriamente sobre el género desde 1958 (fecha de sus "Apuntes sobre el arte de escribir cuentos") y en 1967 tiene una verdadera revelación al leer *La muerte en la calle* de José Félix Fuenmayor, advierte la confusión reinante en el campo de la crítica colombiana sobre el cuento. Así exagere un poco, dejándose llevar por su buen humor, la reacción de Juan Bosch es la del hombre de excepción en el cual la integridad y exigencia ética se encuentran felizmente con el género cuentístico, que el Profesor reivindica y dignifica desde la concepción coherente y profunda de quien también reflexionó teóricamente sobre las características y posibilidades del género. Por consecuencia, Juan Bosch mira incrédulo este gran número de supuestos cuentistas: "pongo en duda que en el mundo entero,

7 República Dominicana: Alfa y Omega, 2014 (1988).

muertos y vivos, los cuentistas sean tantos como los que aparecen en *El cuento colombiano*" (p. 219). Su sentencia es inapelable: "en las setecientas cinco páginas de estos tres volúmenes he hallado solo catorce páginas ocupadas por dos cuentos" (p. 217).

¡Cuánta falta nos haría hoy alguien como Juan Bosch, con su honestidad inquebrantable, casi de otro mundo, y a la vez, un humor tan humano! ¿Qué diría el sabio Profesor si viera la inflación de cuentistas que nos aqueja y confunde hoy? Las cifras disparadas que, más que de páginas de magra, ascética antología de un género tan exigente como el cuento, parecen ser los casos diarios de Covid-19...

"Uno de estos tenderos que han descubierto que cualquier hombre se resigna a comprar cualquier libro, publicó una edición popular de la *Historia de la secta de los Hasidim*", dice el narrador de "La muerte y la brújula". "Mientras se publiquen cuentos, la gente los seguirá leyendo" concluye Luis Fernando Afanador el prólogo a su antología *El nuevo cuento latinoamericano*. Sí, pero Borges lo dice con infinita ironía, mientras que nuestros compiladores parece que se lo tomaron al pie de la letra. Descartamos por tanto el proyecto, bastante común en la actualidad, de antología con un número desmedido de páginas que, en un intento vano —porque fatalmente cometerá omisiones inadmisibles—, trata de cubrir toda el área geográfica del continente y opera con toda clase de criterios extraliterarios y políticamente correctos. Por recordar aquí uno de los más frecuentes: la inclusión de las voces femeninas.

No en último lugar, hay que admitir que en nuestra época es necesario considerar, dada su magnitud, la presión ejercida por la industria editorial sobre el campo literario, con las consiguientes deformaciones que produce. Sin falsos pudores, las limitaciones de índole económica y los intereses editoriales son parte de nuestra realidad y no podemos pasar por alto que, hoy en día, hacer una antología implica más que nunca negociar con las feroces multinacionales. Sin embargo, hemos tratado aquí de convertir las limitantes en ventaja, de ponerlas al servicio del proyecto, convencidos de que a menudo, detrás del número exagerado de páginas de una antología también se esconde una conveniencia, un interés editorial. Por tanto, en términos pragmáticos, entendimos que se trataba de proponer una antología que tuviera sentido y fuera oportuna en las condiciones dadas: con un límite de presupuesto y de páginas.

Optamos entonces por enfocar un momento revelador de la vida del género cuentístico en su paso de las ya consagradas poéticas modernas, fundacionales, a las reformulaciones contemporáneas que demuestran su vigencia y dan cuenta del papel que desempeña en la actualidad. Renunciando de antemano a la exhaustividad, quisieramos más bien esbozar aquí un campo dinámico, en el sentido de Pierre Bourdieu. Con este fin ponemos en tensión algunas de las propuestas claves de estos dos momentos enfocados, considerándolas en términos de *tomas de posición* (Bourdieu).

Este proceder permite armar un panorama válido a pesar de las exclusiones, muchas de ellas arbitrarias desde el punto de vista estrictamente literario y crítico, al que se superpone a menudo el criterio editorial e incluso, a veces, la contingencia. La lógica comercial impone sus mandatos y ya ninguna antología puede sustraerse del todo a esta dinámica. Fatalmente, varios autores cuyo cuento representativo ya estaba seleccionado, Julio Cortázar, Tomás González, Rubem Fonseca, Rodrigo Rey Rosa, Fernando Iwasaki, Ronaldo Menéndez, Álvaro Enrique, por poner solo unos ejemplos, quedaron desafortunadamente por fuera debido a problemas relacionados con la licencia de publicación. En un caso singular —como el cuentista al que quisimos incluir y resultó imposible— el impedimento no fue el vulgar Don Dinero: sorprendidos por la muerte de la distinguida doña Carmen Quidiello, no pudimos cumplir con los trámites para reproducir aquí el cuento "La mujer" de Juan Bosch, a pesar de que contamos con la generosidad de Matías Bosch.

Ahora bien, ¿por qué una antología de cuento latinoamericano estructurada en dos partes, "Poéticas modernas" y "Poéticas contemporáneas"? ¿Y por qué pensarla desde Colombia?

Dándole la vuelta a la pregunta, desde el punto de vista del discurso historiográfico colombiano, la posibilidad de proponer una antología hecha en Colombia permite integrar las apuestas de nuestros grandes cuentistas en un contexto continental, que contribuye a su más justa valoración. De esta manera daríamos unos primeros pasos en la tarea de recuperar la brújula, ya que en Colombia hay un desfase notorio entre una producción cuentística de primerísima calidad, y un discurso historiográfico apenas incipiente y titubeante, con graves vacíos teóricos y críticos[8], que, a todas luces, no está a la altura del fenómeno que trata de enfocar. Unida a los intereses de la industria editorial, esta ausencia hizo posible que autores muy valiosos, cuya ética los mantuvo siempre lejos del mundanal ruido, como por ejemplo Albalucía Ángel, Tomás González, José Evelio Rosero, se vieran desplazados en los estantes de las librerías del mundo hispanohablante, y desafortunadamente incluso en la mayoría de las antologías, por figuras mediáticas como las de Mario Mendoza, Jorge Franco, Santiago Gamboa, Juan Gabriel Vásquez, etc.

Mirando ahora desde la otra orilla, situar el centro evaluador de la antología en un país andino y caribeño a la vez que, para el discurso historiográfico peninsular, estadounidense o incluso occidental, siempre ha sido periferia, es una contribución a la tarea

8 Estudio este asunto más detenidamente en "El cuento latinoamericano de nuestros días: lectura, escritura, crítica (a manera de introducción)", estudio introductorio de la antología *Prender el fuego. Nuevas poéticas del cuento latinoamericano* (Editorial UN, 2022).

urgente de desmitificación y cuestionamiento de los lugares comunes, las modas y las tendencias del discurso canónico que, respaldado por la industria editorial, cuenta con una máxima difusión. Buscando un nuevo, más justo equilibrio, este libro trata de contrabalancear la conocida tendencia que consiste en hacer antologías rioplatenses del cuento, incluyendo eventualmente también a México, y llamarlas "latinoamericanas", con los consiguientes reduccionismo y desenfoque.

Dicho esto, abordemos el núcleo de la pregunta. El tardío reconocimiento del género cuentístico en el discurso historiográfico del mundo hispanohablante deja sus secuelas, visibles sobre todo en Colombia, donde, como hemos visto, las últimas conquistas de la teoría del cuento no acaban todavía de ser asimiladas. Sin embargo, incluso para las conciencias lectoras que erradicaron ya la idea peregrina del carácter subalterno, inferior del cuento, persiste a menudo en la práctica, pese al mejor saber, una preferencia subliminal por la novela o simplemente una mayor familiaridad con el género de largo aliento. Al lado de los cuentistas contemporáneos que quizás le permita descubrir al público colombiano, esta antología contiene autores que seguramente le son conocidos, pero como novelistas: Albalucía Ángel, Gabriel García Márquez, Ricardo Piglia, Roberto Bolaño, José Evelio Rosero y otros.

No olvidemos que, en el caso del mismísimo García Márquez, e incluso en Colombia, el perfil del cuentista queda oculto detrás del novelista y solo recientemente ha merecido un estudio aparte y, lo que es más importante aún, desde un pleno reconocimiento del género.

Según lo indica el guiño a Edgar Allan Poe ya desde el título, *El ejercicio del más alto talento: Gabriel García Márquez cuentista*, editado en el 2019 por Juan Moreno Blanco, es una antología de ensayos críticos dedicada exclusivamente a la obra cuentística pero, sobre todo, concebida desde un profundo entendimiento de la autonomía e identidad del género; porque, si bien anteriormente se había reflexionado sobre (alguno de) sus cuentos, o bien no se hizo de forma sistemática, o bien se hizo sin la conciencia a fondo del asunto genérico, a saber, abordando quizás solamente cuentos, pero tratándolos como si fuesen "narrativa". No es sino un ejemplo de los rezagos dejados por los prejuicios en contra del cuento, pero se trata de un ejemplo revelador para poder apreciar las consecuencias negativas que de aquí se derivaron no solamente para una recepción de los cuentos de García Márquez libre de lugares comunes y reduccionismos. Este olvido también empobreció considerablemente el discurso historiográfico sobre la literatura latinoamericana contemporánea y, en particular, la reflexión teórica sobre problemáticas tan centrales como la literatura fantástica o el así llamado "realismo mágico", amén de la teoría del cuento.

Además, el reconocimiento tardío del género produjo, a mi modo de ver, también un fenómeno colateral que podríamos llamar masivo. En la conciencia del común de los lectores, algunas poéticas modernas del género, en especial la de Cortázar, cuyos cuentos gozan del dudoso favor de un público amplio, dejó huellas tan profundas, que sus rasgos estructurales y composicionales se convirtieron en criterios *ad-hoc* para juzgar y medir cualquier producción cuentística. Todo lo cual llevó a una peligrosa simplificación, a un reduccionismo inaceptable. Y es lamentable que precisamente Cortázar haya servido, muy a su pesar, como piedra de toque para dictaminar qué obra era un cuento: hoy, para más de uno, un buen cuento no puede ser sino un cuento "a lo Cortázar". Desde luego, un Cortázar simplificado, empobrecido, transformado en normativa del *K.O.*

Porque, en realidad, Cortázar es precisamente uno de los contados cuentistas que, al reflexionar sobre el género, mejor intuye la corriente subterránea que le da vida y le permite que sea reconocible a pesar de, e incluso gracias a sus permanentes mutaciones y reformulaciones. Síntoma de que Cortázar le apuntó al meollo del asunto, a definir la columna vertebral, el soplo inefable que le da vida al género —su *forma arquitectónica* (Bajtín) y no solamente la *forma composicional,* manifiesta en el material verbal—, es el lenguaje poético y metafórico al que se ve obligado a recurrir constantemente. Gracias a su plasticidad expresiva, ideas fundamentales, que ya había formulado Horacio Quiroga, se ven rescatadas de los malentendidos y las lecturas literales que habían sepultado el visionario "Decálogo del perfecto cuentista" (1927), negándole toda eficacia, toda posibilidad de encontrarse con el lector contemporáneo. Cortázar empieza uno de sus textos más conocidos sobre el cuento, "Del cuento breve y sus alrededores" (1969), reivindicando el último "mandamiento" de Quiroga, relativo a la importancia crucial de "la *vida*" en el cuento. Arma toda una red de sentido donde este rasgo esencialmente vital del cuento, que lo distingue de la tradición novelesca —marcada por el peso del idealismo, del pensamiento abstracto—, revela su carácter definitorio del género, más allá de las poéticas en las que este se plasme, en los diferentes momentos históricos.

La vida en el cuento se relaciona directamente con lo que Cortázar llama su "*autarquía*": "el relato se ha desprendido del autor como una pompa de jabón de la pipa de yeso"[9]. Elija o no la primera persona gramatical, el cuento se cuenta desde adentro, sin intrusos, sin "interferencia demiúrgica" como la del famoso autor deicida

9 En Pacheco y Barrera Linares, *Del cuento y sus alrededores. Aproximaciones a una teoría del cuento*, Caracas: Monte Ávila Editores, 1993.

descrito por Mario Vargas Llosa y tan típico de la franja más consagrada de la novela latinoamericana que le es contemporánea, es decir, la novela de la modernidad criolla, tardía e inacabada. Tiempo después, Ricardo Piglia estudiará cómo las formas breves (el cuento o la *nouvelle*) son pioneras en explorar otra manera de narrar la vida interior, rompiendo con este fuerte centro evaluador que era el deicida y su vocero, un narrador omnisciente de tercera persona. Una ruptura sutil, que mucho tiempo pasó inadvertida ya que, según lo plantea Piglia, a diferencia del monólogo interior, vía regia de la renovación narrativa del XX, el narrador "débil" de la *nouvelle* (u otras formas breves) usa la tercera persona, igual que el vocero del autor deicida. Sin embargo, lo hace de forma muy diferente porque se distingue esencialmente del típico demiurgo de la novela del boom.

De manera que, como advierte Eduardo Becerra, el estudio del cuento latinoamericano desde una perspectiva que haga justicia a su identidad y autonomía genéricas, que sea consciente de su papel de vanguardia, renovador, que le corresponde en la narrativa latinoamericana, es clave para corregir el desenfoque producido en las historias literarias por los "espejismos del boom"[10]. Y, en general, para que el discurso historiográfico sobre la literatura latinoamericana contemporánea pudiera replantear más de un problema de fondo, librándose de varios mitos. Bastaría con pensar en cómo la lectura atenta y comprensiva de los cuentos de Gabriel García Márquez permite replantear muchos lugares comunes sobre el "realismo mágico" del famoso autor costeño. Desde luego, no es nada casual que todos estos tópicos hayan surgido de una lectura exclusiva y poco matizada de sus novelas.

10 Ver "Proceso de la novela hispanoamericana contemporánea. Del llamado regionalismo a la supuesta nueva novela 1910-1975". En *Historia de la literatura hispanoamericana*, t.III. Madrid: Cátedra, 2008.

De hecho, la insistencia sobre la vitalidad del cuento estaba ya en otra reflexión antológica de Cortázar, anterior a la ya citada, en "Algunos aspectos del cuento" (1962):

> Es preciso llegar a tener una idea viva de lo que es el cuento, y eso es siempre difícil en la medida en que las ideas tienden a lo abstracto, a desvitalizar su contenido, mientras que a su vez la vida rechaza angustiada ese lazo que quiere echarle la conceptuación para fijarla y categorizarla. Pero si no tenemos una idea viva de lo que es el cuento habremos perdido el tiempo, porque un cuento, en última instancia, se mueve en ese plano del hombre donde la vida y la expresión escrita de esa vida libran una batalla fraternal, si se me permite el término; y el resultado de esa batalla es el cuento mismo, una síntesis viviente a la vez que una vida sintetizada, algo así como un temblor de agua dentro de un cristal, una fugacidad en una permanencia. Sólo con imágenes se puede transmitir esa alquimia secreta que explica la profunda resonancia que un gran cuento tiene en nosotros, y que explica también por qué hay muy pocos cuentos verdaderamente grandes.

La vida en el cuento conecta aquí con el peso abrumador de la forma artística, que hace de este género un hermano de la poesía, en la medida en la cual plasma lo indecible, lo inefable, lo imposible de nombrar en el lenguaje común. Un hermano al que nunca le resbaló el pie que tiene firmemente anclado en la realidad histórica. Ricardo Piglia lo define con solamente dos palabras: una "iluminación profana"[11]. Porque, pese a su directo vínculo con la realidad histórica, el cuento está más cerca de la lírica que de la crónica tradicional, debido al "carácter significativo" de la franja de realidad seleccionada, que hace "que ese recorte actúe como una explosión que abre de par en par una realidad mucho más amplia". Opera "esa

11 Ver "Tesis sobre el cuento", en *Formas breves*. Barcelona: Penguin Random House, 2014 (2000).

fabulosa apertura de lo pequeño hacia lo grande, de lo individual y circunstancial a la esencia misma de la condición humana"[12].

Desde luego, el "milagro" lo hace la forma artística, no solamente la selección del tema y del material, sino sobre todo su tratamiento, su elaboración. La forma artística así entendida, y no reducida a un aspecto estrictamente material, dota al cuento de *intensidad*, su característica fundamental, profunda, que dicta la forma breve. Cortázar, muy oportunamente, la distingue de la *tensión* que, en su concepto, vendría a ser la intensidad orientada hacia, o realizada a través del manejo de la trama. Lo cual es solamente una forma posible de crear la intensidad, forma ampliamente explorada por las poéticas modernas. Sin embargo, no es la única posible. La intensidad también se pude dar alrededor de una descripción, una divagación, un ambiente, un personaje, etc. Según Ricardo Piglia, sería el caso de poéticas que, al menos en el mapa latinoamericano, durante la modernidad, quedan a la sombra del modelo más consagrado, "Poe, Quiroga" (2000: 106). Sin embargo, afloran en la contemporaneidad y obligan a un cambio de carril a todo lector que perciba el nuevo *pacto de lectura*. En su defecto, incurriría en el absurdo de leer a Piglia o a Bolaño con las pautas propias de las poéticas de Borges o Cortázar, lo cual equivaldría a inventarse otro libro.

Vitalidad. Autarquía. Peso abrumador de la forma artística. Gran afinidad con la poesía. Carácter significativo. Intensidad. En los sentidos aquí evocados, son características profundas del género. La savia que lo nutre por dentro y que, siendo lo más importante, no es visible a la superficie, si bien hace reconocible el género pese a su perpetua transformación, que incluye la transgresión de las poéticas consagradas.

---

12 Cortázar en Pacheco y Barrera Linares, 1993, ibid.

El ejemplo de Cortázar, el auténtico y el simplificado, hecho él mismo *K.O.* por la lectura masiva, consumista, poco matizada de los que a menudo se declaran "fanáticos" del autor argentino, me sirve aquí como ejemplo a partir del cual podamos ver a qué tipo de reflexiones y conclusiones (siempre abiertas) invita esta antología a su lector. La intención es ilustrar —dentro de las posibilidades materiales con las que se cuenta— la diversidad del género y, al mismo tiempo, permitir que el lector aprecie y reconozca la identidad genérica del cuento, más allá de las diferencias estructurales, composicionales o estilísticas que distinguen a las poéticas contemporáneas entre sí, pero sobre todo que las distinguen de las poéticas modernas, fundacionales.

Ahora bien, el modelo narrativo más consagrado del cuento, tal y como se configura en la modernidad, ha sido bastante trabajado. A él se refieren casi siempre los estudios sobre el género y, como hemos visto, es frecuente que el lector o incluso la crítica ponga un dudoso signo igual entre las características definitorias del género y las de este exitoso modelo, cuento moderno al que Piglia llama "clásico" (2000: 106), el modelo Poe-Quiroga (Borges, Cortázar, etc.).

Sus características composicionales y estructurales son las que sintetizó Poe en sus reflexiones sobre el género: la brevedad indispensable a la intensidad, el rigor, la condensación, la unidad de efecto, muy a menudo realizada a través del final epifánico, la estructura perfecta, circular, cerrada, el comienzo que apunta como una flecha hacia el final, según la conocida imagen propuesta por Quiroga. Se podría añadir el fatalismo y la importancia de la noción de orden, en el sentido que les da Becerra: de contrapartida literaria de una realidad del mundo moderno, un mundo regido por un orden y por unas leyes implacables, un mundo tecnologizado que se vuelve inhóspito para el ser humano y le deja cada vez menos espacio de acción. Con la salvedad, según él, de que estas características, además de impregnar y condicionar la forma artística a través de la cual se crea determinado ambiente que se respira en el cuento, a menudo se ven tematizadas, constituyéndose también en la trama de muchos cuentos modernos.

El cuento contemporáneo deja atrás el anterior paradigma y rompe con el modelo clásico, consagrado. Ante un mundo y una percepción del mundo que cambian radicalmente, el género se reformula, se redefine. Leyendo a Ricardo Piglia nos sentimos en presencia de un heredero de Borges, desde luego, un heredero creador, no epigonal, pero al mismo tiempo entre los cuentos de Borges y los de Piglia hay un abismo. Este es el fenómeno que enfoca esta antología a través de unas cuantas tomas de posición y de las poéticas innovadoras propuestas por los cuentistas seleccionados, capaces de configurar el nuevo mapa del cuento contemporáneo. Cada uno abre un nuevo camino, ofrece una salida propia del *Archivo* (Roberto González Echevarría). Sin embargo, como son contemporáneos y comparten contextos socioculturales entre los cuales hay más semejanzas que diferencias, también los unen propósitos y luchas comunes, de los cuales el más importante me parece ser el interés con el que exploran la experiencia y el lenguaje. Recuperar el nexo íntimo con la vida en su hipóstasis existencial, nexo perdido durante la modernidad; tomar distancia máxima de los discursos ideológicos falsos, petrificados, rígidos, que traicionan la esencia de la vida en su fluir; captar el dinamismo de la existencia a través de la forma, de una escritura innovadora y a la vez necesaria, urgente y no gratuitamente experimental: he aquí unos cuantos retos mayores para cuentistas de excepción con perfiles tan diferentes como, por ejemplo, Ricardo Piglia y Albalucía Ángel. Por esta razón, sin descuidar las poéticas fundacionales, en esta antología la balanza se inclina ligeramente hacia la ilustración de las nuevas poéticas del cuento latinoamericano contemporáneo.

Los autores seleccionados son algunos de los contados escritores cuyo proyecto artístico se encuentra de manera providencial con las posibilidades interpretativas y expresivas del género cuento. Así como nos abstuvimos de incluir cultivadores ocasionales del género, tampoco nos inclinamos por el otro extremo: cerrar definitivamente las puertas a todo autor que no estuviera dedicado exclusivamente al cuento. Incluimos perfiles, tan turbadores como valiosos, de cuentistas que, cada uno a su manera, optaron por el cuento o por la forma breve de manera radical. No podían faltar figuras como la de Horacio Quiroga, cuyo genio creador e innovador solamente se pudo manifestar con altura en el género cuentístico, o Jorge Luis Borges, famoso por su rechazo vehemente de la novela. Completan esta galería de los radicales Juan Rulfo e Inés Arredondo, escritores mexicanos aparentemente distantes entre sí, pero que comparten el inquietante perfil del escritor Bartleby. Ambos son poseídos por las fuerzas del no, tanáticas pero también genuinamente críticas, de una exigencia ética apenas compatible con la vida y que se manifiestan en el carácter imperativo, absoluto de su opción por las formas breves: a ambos les resultó prácticamente imposible narrar de otra manera.

Pero sin duda, tampoco se trata de castigar a nadie por el "pecado" de ser tan buen novelista como cuentista, como es el caso, en esta antología, de Gabriel García Márquez, Albalucía Ángel, Ricardo Piglia, Roberto Bolaño, José Evelio Rosero, y de otros cuentistas insignes que no fue posible incluir. En la mayoría de los casos, sobre todo tratándose de los cuentistas contemporáneos, las formas breves y en especial el cuento han sido el núcleo de arranque y renovación perpetua de su narrativa, incluso en aquellas obras que parecerían ser de largo aliento, como por ejemplo *Los detectives salvajes* (1998) o *2666* (2004) de Roberto Bolaño. El título de la novela *Respiración artificial* (1980) de Ricardo Piglia resulta emblemático, en este sentido: muchas novelas contemporáneas con apariencia de sagas son, en realidad, narraciones de soplo entrecortado, cuyo poder creador e innovador surge precisamente de la fuerza subversiva típica de las filudas formas breves.

Aparte de esto, y como fenómeno de campo que puede poner en aprietos al estudioso del cuento latinoamericano contemporáneo, aparece cada vez con más frecuencia el volumen de cuentos que, en su conjunto, forman una unidad, articulada sin duda con mayor flexibilidad que el todo que componía la novela tradicional, pero que, de todos modos, hace dudar al recopilador de la legitimidad de desprender de allá un cuento. Este es el caso, en nuestra antología, de *Oh, gloria inmarcesible* (1979), de Albalucía Ángel, e *Historia argentina* (1990), primer libro del entonces veinteañero Rodrigo Fresán, un libro que, según Ignacio Echeverría, contiene ya la semilla de todas las propuestas posteriores del autor argentino. Si hemos decidido correr el riesgo, es porque, al igual que Albalucía Ángel, el joven Fresán reformula con gran audacia el cuento como género: recicla hábilmente ingredientes contemporáneos de lo más inesperados, del mundo digital, de la cultura pop o de los *mass media*, para volver a hacernos sentir, en nuestra época, del "crepúsculo del deber" (Lipovetsky), el vértigo borgeano de las infinitas versiones de la historia.

Una década antes, del otro lado del continente, el entonces también veinteañero Juan Villoro apuesta por el cuento contra viento y marea: abre su lugar en el campo literario y latinoamericano de la época con un volumen de cuentos, *La noche navegable* (1980), en un contexto en que la mera opción por este género equivale a una valiente, casi suicida disidencia. Desafiar la industria editorial significa para todo joven autor caminar al filo del precipicio. Desde entonces, Villoro ha escrito muchos tomos de cuentos, género que parece sublimar, como en una clase de laboratorio del escritor, lo mejor de su experiencia de cronista; del tomo más reciente, *Apocalipsis (todo incluido)* (2014), elegimos para esta antología el cuento que le da nombre.

Finalmente, la antología se hace con la esperanza de responder, al menos parcialmente, unas preguntas ineludibles para entender la narrativa latinoamericana contemporánea, del alcance de las que se plantean muchos de los nuevos narradores latinoamericanos en una antología como *Palabra de América* (2004). Sin embargo, mientras el referente de la antología ya citada es siempre la novela, esta antología reta al lector a confrontarse con problemas y preguntas similares o afines pero abordados desde la perspectiva menos visitada del género cuento. ¿Cómo se redefine en la contemporaneidad la ficción, e implícitamente la visión histórica? ¿En qué medida la renovación de los modos de narrar tiene sus raíces en una redefinición y un profundo replanteamiento de la identidad del ser latinoamericano, con especial interés por el rescate de la dimensión ética? En este momento de drástica reformulación de los géneros narrativos modernos, ¿qué nuevos derroteros toma el cuento y cómo se relaciona con la tradición, con el legado de los cuentistas latinoamericanos consagrados en la época del así llamado boom? ¿Por qué el cuento y, en general, las formas breves son géneros especialmente aptos para plasmar esta renovación en la narrativa?

Cada uno de los cuentistas contemporáneos elegidos propone, de manera directa o implícita, su respuesta al espinoso asunto de la identidad latinoamericana y particularmente del escritor latinoamericano después del fin de los grandes relatos, en plena crisis de los discursos identitarios colectivos. Lo cual permite al lector entablar un diálogo entre las diferentes propuestas, poniendo en conexión las distintas posiciones de los autores ante una problemática central. Así, destacan mejor los puntos convergentes, mientras que las divergencias, contrastadas, cobran más relieve y ayudan a que se perfilen con mayor nitidez las diferentes tomas de posición de los cuentistas y las particularidades de las obras estudiadas. Pero la estructura bipartita de la antología también permite lecturas transversales, que den cuenta de la diacronía y, en últimas, de la vida del género.

Aguzando la vista se alcanzan a vislumbrar otros relieves más difíciles de percibir y, sobre todo, de interpretar. Son las líneas que surcan el mapa del cuento en contravía. A vista de pájaro, se comprueba la tesis de las dos historias que narra el cuento, y también se divisan sus principales relieves, según Ricardo Piglia. Efectivamente, en un primer momento de la modernidad triunfa lo que llama "el cuento clásico (Poe, Quiroga)", Borges, Cortázar y podría seguir un largo etcétera, que narra en primer plano la historia superficial y construye en secreto, cifra en sus intersticios, la historia oculta, profunda. Un paradigma que explota, por tanto, ampliamente los efectos artísticos derivados del manejo de la trama, vista como una vertiente de la forma artística, y no como tema o contenido pre-estético. Paralelamente con este modelo de cuento, que en su época alcanza una máxima consagración, coexiste el que ganará terreno apenas en la contemporaneidad. En palabras de Piglia, "la versión moderna del cuento que viene de Chéjov, Katherine Mansfield, Sherwood Anderson, el Joyce de *Dublineses* abandona el final sorpresivo y la estructura cerrada", "trabaja la tensión entre las dos historias sin resolverla nunca", "cuenta dos historias como si fueran una sola" (Piglia, 2000).

Fiel a su constante, el arduo y escrupuloso trabajo de la forma artística, el cuento desplaza ahora su foco del manejo de la trama y de la invención, hacia la manera de contar. El propio acto de narrar se vuelve protagonista, la dicción desplaza o pone entre paréntesis a la acción. Es el panorama que nos aparece desde una altura considerable, sin perder de vista un apunte muy fino de Piglia sobre la trama del "cuento clásico", que viene a matizar los relieves del mapa: "Borges (como Poe, como Kafka) sabía transformar en anécdota los problemas de la forma de narrar". Sin embargo, al acercar la mirada, el mapa actual revela toda su complejidad y el dibujo claro que veíamos desde arriba se matiza. Una sólida y prometedora herencia de Borges, el rumbo que señalaba Roberto Bolaño en "Derivas de la pesada", se va abriendo camino dentro o al lado del modelo dominante de cuento, para pensar con la ficción el mapa actual y futuro de América Latina.

Siga usted, lector, bien pueda...

Ph. D. Diana Diaconu

Profesora e investigadora del Departamento de Literatura

Universidad Nacional de Colombia

Bogotá - enero de 2021

Poéticas modernas

Horacio Quiroga
(Uruguay, 1878-1937)

La gallina degollada

Todo el día, sentados en el patio en un banco, estaban los cuatro hijos idiotas del matrimonio Mazzini-Ferraz. Tenían la lengua entre los labios, los ojos estúpidos y volvían la cabeza con la boca abierta. El patio era de tierra, cerrado al oeste por un cerco de ladrillos. El banco quedaba paralelo a él, a cinco metros, y allí se mantenían inmóviles, fijos los ojos en los ladrillos. Como el sol se ocultaba tras el cerco, al declinar los idiotas tenían fiesta. La luz enceguecedora llamaba su atención al principio, poco a poco sus ojos se animaban; se reían al fin estrepitosamente, congestionados por la misma hilaridad ansiosa, mirando el sol con alegría bestial, como si fuera comida.

Otras veces, alineados en el banco, zumbaban horas enteras, imitando al tranvía eléctrico. Los ruidos fuertes sacudían asimismo su inercia, y corrían entonces, mordiéndose la lengua y mugiendo, alrededor del patio. Pero casi siempre estaban apagados en un sombrío letargo de idiotismo, y pasaban todo el día sentados en su banco, con las piernas colgantes y quietas, empapando de glutinosa saliva el pantalón.

El mayor tenía doce años, y el menor ocho. En todo su aspecto sucio y desvalido se notaba la falta absoluta de un poco de cuidado maternal.

Esos cuatro idiotas, sin embargo, habían sido un día el encanto de sus padres. A los tres meses de casados, Mazzini y Berta orientaron su estrecho amor de marido y mujer, y mujer y marido, hacia un porvenir mucho más vital: un hijo: ¿Qué mayor dicha para dos enamorados que esa honrada consagración de su cariño, libertado ya del vil egoísmo de un mutuo amor sin fin ninguno y, lo que es peor para el amor mismo, sin esperanzas posibles de renovación?

Así lo sintieron Mazzini y Berta, y cuando el hijo llegó, a los catorce meses de matrimonio, creyeron cumplida su felicidad. La criatura creció bella y radiante, hasta que tuvo año y medio. Pero en el vigésimo mes sacudiéronlo una noche convulsiones terribles, y a la mañana siguiente no conocía más a sus padres.

El médico lo examinó con esa atención profesional que está visiblemente buscando las causas del mal en las enfermedades de los padres. Después de algunos días los miembros paralizados recobraron el movimiento; pero la inteligencia, el alma, aun el instinto, se habían ido del todo; había quedado profundamente idiota, baboso, colgante, muerto para siempre sobre las rodillas de su madre.

—¡Hijo, mi hijo querido! —sollozaba esta, sobre aquella espantosa ruina de su primogénito.

El padre, desolado, acompañó al médico afuera.

—A usted se le puede decir; creo que es un caso perdido. Podrá mejorar, educarse en todo lo que le permita su idiotismo, pero no más allá.

—¡Sí!... ¡Sí! —asentía Mazzini—. Pero dígame: ¿Usted cree que es herencia, que...?

—En cuanto a la herencia paterna, ya le dije lo que creía cuando vi a su hijo. Respecto a la madre, hay allí un pulmón que no sopla bien. No veo nada más, pero hay un soplo un poco rudo. Hágala examinar bien.

Con el alma destrozada de remordimiento, Mazzini redobló el amor a su hijo, el pequeño idiota que pagaba los excesos del abuelo.

Tuvo asimismo que consolar, sostener sin tregua a Berta, herida en lo más profundo por aquel fracaso de su joven maternidad. Como es natural, el matrimonio puso todo su amor en la esperanza de otro hijo. Nació éste, y su salud y limpidez de risa reencendieron el porvenir extinguido. Pero a los dieciocho meses las convulsiones del primogénito se repetían, y al día siguiente amanecía idiota.

Esta vez los padres cayeron en honda desesperación. ¡Luego su sangre, su amor estaban malditos! ¡Su amor, sobre todo! Veintiocho años él, veintidós ella, y toda su apasionada ternura no alcanzaba a crear un átomo de vida normal. Ya no pedían más belleza e inteligencia como en el primogénito; ¡pero un hijo, un hijo como todos!

Del nuevo desastre brotaron nuevas llamaradas del dolorido amor, un loco anhelo de redimir de una vez para siempre la santidad de su ternura. Sobrevinieron mellizos, y punto por punto repitióse el proceso de los dos mayores.

Mas, por encima de su inmensa amargura, quedaba a Mazzini y Berta gran compasión por sus cuatro hijos. Hubo que arrancar del limbo de la más honda animalidad, no ya sus almas, sino el instinto mismo abolido. No sabían deglutir, cambiar de sitio, ni aun sentarse. Aprendieron al fin a caminar, pero chocaban contra todo, por no darse cuenta de los obstáculos. Cuando los lavaban mugían hasta inyectarse de sangre el rostro. Animábanse solo al comer, o cuando veían colores brillantes u oían truenos. Se reían entonces, echando afuera lengua y ríos de baba, radiantes de frenesí bestial. Tenían, en cambio, cierta facultad imitativa; pero no se pudo obtener nada más.

Con los mellizos pareció haber concluido la aterradora descendencia. Pero pasados tres años desearon de nuevo ardientemente otro hijo, confiando en que el largo tiempo transcurrido hubiera aplacado a la fatalidad.

No satisfacían sus esperanzas. Y en ese ardiente anhelo que se exasperaba, en razón de su infructuosidad, se agriaron. Hasta ese momento cada cual había tomado sobre sí la parte que le correspondía en la miseria de sus hijos; pero la desesperanza de redención ante las cuatro bestias que habían nacido de ellos, echó afuera esa imperiosa necesidad de culpar a los otros, que es patrimonio específico de los corazones inferiores.

Iniciáronse con el cambio de pronombre: tus hijos. Y como a más del insulto había la insidia, la atmósfera se cargaba.

—Me parece —díjole una noche Mazzini, que acababa de entrar y se lavaba las manos— que podrías tener más limpios a los muchachos.

Berta continuó leyendo como si no hubiera oído.

—Es la primera vez —repuso al rato— que te veo inquietarte por el estado de tus hijos.

Mazzini volvió un poco la cara a ella con una sonrisa forzada:

—De nuestros hijos, ¿me parece?

—Bueno; de nuestros hijos. ¿Te gusta así? —alzó ella los ojos.

Esta vez Mazzini se expresó claramente:

—¿Creo que no vas a decir que yo tenga la culpa, no?

—¡Ah, no! —se sonrió Berta, muy pálida— ¡pero yo tampoco, supongo!... ¡No faltaba más!... —murmuró.

—¿Qué, no faltaba más?

—¡Que si alguien tiene la culpa, no soy yo, entiéndelo bien! Eso es lo que te quería decir.

Su marido la miró un momento, con brutal deseo de insultarla.

—¡Dejemos! —articuló, secándose por fin las manos.

—Como quieras; pero si quieres decir...

—¡Berta!

—¡Como quieras!

Este fue el primer choque y le sucedieron otros. Pero en las inevitables reconciliaciones, sus almas se unían con doble arrebato y locura por otro hijo.

Nació así una niña. Vivieron dos años con la angustia a flor de alma, esperando siempre otro desastre. Nada acaeció, sin embargo, y los padres pusieron en ella toda su complacencia, que la pequeña llevaba a los más extremos límites del mimo y la mala crianza.

Si aún en los últimos tiempos Berta cuidaba siempre de sus hijos, al nacer Bertita olvidóse casi del todo de los otros. Su solo recuerdo la horrorizaba, como algo atroz que la hubieran obligado a cometer. A Mazzini, bien que en menor grado, pasábale lo mismo.

No por eso la paz había llegado a sus almas. La menor indisposición de su hija echaba ahora afuera, con el terror de perderla, los rencores de su descendencia podrida. Habían acumulado hiel sobrado tiempo para que el vaso no quedara distendido, y al menor contacto el veneno se vertía afuera. Desde el primer disgusto emponzoñado habíanse perdido el respeto; y si hay algo a que el hombre se siente arrastrado con cruel fruición, es, cuando ya se comenzó, a humillar del todo a una persona. Antes se contenían por la mutua falta de éxito; ahora que éste había llegado, cada cual, atribuyéndolo a sí mismo, sentía mayor la infamia de los cuatro engendros que el otro habíale forzado a crear.

Con estos sentimientos, no hubo ya para los cuatro hijos mayores afecto posible. La sirvienta los vestía, les daba de comer, los acostaba, con visible brutalidad. No los lavaban casi nunca. Pasaban todo el día sentados frente al cerco, abandonados de toda remota caricia.

De este modo Bertita cumplió cuatro años, y esa noche, resultado de las golosinas que era a los padres absolutamente imposible negarle, la criatura tuvo algún escalofrío y fiebre. Y el temor a verla morir o quedar idiota, tornó a reabrir la eterna llaga.

Hacía tres horas que no hablaban, y el motivo fue, como casi siempre, los fuertes pasos de Mazzini.

—¡Mi Dios! ¿No puedes caminar más despacio? ¿Cuántas veces?. . .

—Bueno, es que me olvido; ¡se acabó! No lo hago a propósito.

Ella se sonrió, desdeñosa: —¡No, no te creo tanto!

—Ni yo, jamás, te hubiera creído tanto a tí. . . ¡tisiquilla!

—¡Qué! ¿Qué dijiste?...

—¡Nada!

—¡Sí, te oí algo! Mira: ¡no sé lo que dijiste; pero te juro que prefiero cualquier cosa a tener un padre como el que has tenido tú!

Mazzini se puso pálido.

—¡Al fin! —murmuró con los dientes apretados—. ¡Al fin, víbora, has dicho lo que querías!

—¡Sí, víbora, sí! Pero yo he tenido padres sanos, ¿oyes?, ¡sanos! ¡Mi padre no ha muerto de delirio! ¡Yo hubiera tenido hijos como los de todo el mundo! ¡Esos son hijos tuyos, los cuatro tuyos!

Mazzini explotó a su vez.

—¡Víbora tísica! ¡eso es lo que te dije, lo que te quiero decir! ¡Pregúntale, pregúntale al médico quién tiene la mayor culpa de la meningitis de tus hijos: mi padre o tu pulmón picado, víbora!

Continuaron cada vez con mayor violencia, hasta que un gemido de Bertita selló instantáneamente sus bocas. A la una de la mañana la ligera indigestión había desaparecido, y como pasa fatalmente con todos los matrimonios jóvenes que se han amado intensamente una vez siquiera, la reconciliación llegó, tanto más efusiva cuanto hirientes fueran los agravios.

Amaneció un espléndido día, y mientras Berta se levantaba escupió sangre. Las emociones y mala noche pasada tenían, sin duda, gran culpa. Mazzini la retuvo abrazada largo rato, y ella lloró desesperadamente, pero sin que ninguno se atreviera a decir una palabra.

A las diez decidieron salir, después de almorzar. Como apenas tenían tiempo, ordenaron a la sirvienta que matara una gallina.

El día radiante había arrancado a los idiotas de su banco. De modo que mientras la sirvienta degollaba en la cocina al animal, desangrándolo con parsimonia (Berta había aprendido de su madre este buen modo de conservar frescura a la carne), creyó sentir algo como respiración tras ella. Volvióse, y vio a los cuatro idiotas, con los hombros pegados uno a otro, mirando estupefactos la operación... Rojo... rojo...

—¡Señora! Los niños están aquí, en la cocina.

Berta llegó; no quería que jamás pisaran allí. ¡Y ni aun en esas horas de pleno perdón, olvido y felicidad reconquistada, podía evitarse esa horrible visión! Porque, naturalmente, cuando más intensos eran los raptos de amor a su marido e hija, más irritado era su humor con los monstruos.

—¡Que salgan, María! ¡Échelos! ¡Échelos, le digo!

Las cuatro pobres bestias, sacudidas, brutalmente empujadas, fueron a dar a su banco.

Después de almorzar, salieron todos. La sirvienta fue a Buenos Aires, y el matrimonio a pasear por las quintas. Al bajar el sol volvieron; pero Berta quiso saludar un momento a sus vecinas de enfrente. Su hija escapóse enseguida a casa.

Entretanto los idiotas no se habían movido en todo el día de su banco. El sol había traspuesto ya el cerco, comenzaba a hundirse, y ellos continuaban mirando los ladrillos, más inertes que nunca.

De pronto, algo se interpuso entre su mirada y el cerco. Su hermana, cansada de cinco horas paternales, quería observar por su cuenta. Detenida al pie del cerco, miraba pensativa la cresta. Quería trepar, eso no ofrecía duda. Al fin decidióse por una silla desfondada, pero faltaba aún. Recurrió entonces a un cajón de kerosene, y su instinto topográfico hízole colocar vertical el mueble, con lo cual triunfó.

Los cuatro idiotas, la mirada indiferente, vieron cómo su hermana lograba pacientemente dominar el equilibrio , y cómo en puntas de pie apoyaba la garganta sobre la cresta del cerco, entre sus manos tirantes. Viéronla mirar a todos lados, y buscar apoyo con el pie para alzarse más.

Pero la mirada de los idiotas se había animado; una misma luz insistente estaba fija en sus pupilas. No apartaban los ojos de su hermana, mientras creciente sensación de gula bestial iba cambiando cada línea de sus rostros. Lentamente avanzaron hacia el cerco. La pequeña, que habiendo logrado calzar el pie, iba ya a montar a horcajadas y a caerse del otro lado, seguramente, sintióse cogida de la pierna. Debajo de ella, los ocho ojos clavados en los suyos le dieron miedo.

—¡Soltáme! ¡Déjame! —gritó sacudiendo la pierna. Pero fue atraída. —¡Mamá! ¡Ay, mamá! ¡Mamá, papá! —lloró imperiosamente. Trató aún de sujetarse del borde, pero sintióse arrancada y cayó.

—Mamá, ¡ay! Ma... —No pudo gritar más. Uno de ellos le apretó el cuello, apartando los bucles como si fueran plumas, y los otros la arrastraron de una sola pierna hasta la cocina, donde esa mañana se había desangrado a la gallina, bien sujeta, arrancándole la vida segundo por segundo.

Mazzini, en la casa de enfrente, creyó oír la voz de su hija.

—Me parece que te llama —le dijo a Berta.

Prestaron oído, inquietos, pero no oyeron más. Con todo, un momento después se despidieron, y mientras Berta iba dejar su sombrero, Mazzini avanzó en el patio.

—¡Bertita!

Nadie respondió.

—¡Bertita! —alzó más la voz, ya alterada.

Y el silencio fue tan fúnebre para su corazón siempre aterrado, que la espalda se le heló de horrible presentimiento.

—¡Mi hija, mi hija! —corrió ya desesperado hacia el fondo. Pero al pasar frente a la cocina vio en el piso un mar de sangre. Empujó violentamente la puerta entornada, y lanzó un grito de horror

Berta, que ya se había lanzado corriendo a su vez al oír el angustioso llamado del padre, oyó el grito y respondió con otro. Pero al precipitarse en la cocina, Mazzini, lívido como la muerte, se interpuso, conteniéndola:

—¡No entres! ¡No entres!

Berta alcanzó a ver el piso inundado de sangre. Solo pudo echar sus brazos sobre la cabeza y hundirse a lo largo de él con un ronco suspiro.

Jorge Luis Borges
(Argentina, 1899-1986)

El inmortal

Solomon saith: *There is no new thing upon the earth*. So that as Plato had an imagination, *that all knowledge was but remembrance*; so Solomon given his sentence, *that all novelty is but oblivion*
FRANCIS BACON, *Essays*, LVIII

En Londres, a principios del mes de junio de 1929, el anticuario Joseph Cartaphilus, de Esmirna, ofreció a la princesa de Lucinge los seis volúmenes en cuarto menor (1715-1720) de la *Ilíada* de Pope. La princesa los adquirió; al recibirlos, cambió unas palabras con él. Era, nos dice, un hombre consumido y terroso, de ojos grises y barba gris, de rasgos singularmente vagos. Se manejaba con fluidez e ignorancia en diversas lenguas; en muy pocos minutos pasó del francés al inglés y del inglés a una conjunción enigmática de español de Salónica y de portugués de Macao. En octubre, la princesa oyó por un pasajero del *Zeus* que Cartaphilus había muerto en el mar, al regresar a Esmirna, y que lo habían enterrado en la isla de Ios. En el último tomo de la *Ilíada* halló este manuscrito.

El original esta redactado en inglés y abunda en latinismos. La versión que ofrecemos es literal.

I

Que yo recuerde, mis trabajos empezaron en un jardín de Tebas Hekatómpylos, cuando Diocleciano era emperador. Yo había militado (sin gloria) en las recientes guerras egipcias, yo era tribuno de una legión que estuvo acuartelada en Berenice, frente al Mar Rojo: la fiebre y la magia consumieron a muchos hombres que codiciaban magnánimos el acero. Los mauritanos fueron vencidos; la tierra que antes ocuparon las ciudades rebeldes fue dedicada eternamente a los dioses plutónicos; Alejandría, debelada, imploró en vano la misericordia del César; antes de un año las legiones reportaron el triunfo, pero yo logré apenas divisar el rostro de Marte. Esa privación me dolió y fue tal vez la causa de que yo me arrojara a descubrir, por temerosos y difusos desiertos, la secreta Ciudad de los Inmortales.

Mis trabajos empezaron, he referido, en un jardín de Tebas. Toda esa noche no dormí, pues algo estaba combatiendo en mi corazón. Me levanté poco antes del alba; mis esclavos dormían, la luna tenia el mismo color de la infinita arena. Un jinete rendido y ensangrentado venía del oriente. A unos pasos de mi, rodó del caballo. Con una tenue voz insaciable me preguntó en latín el nombre del río que bañaba los muros de la ciudad. Le respondí que era el Egipto, que alimentan las lluvias. *Otro es el río que persigo*, replicó tristemente, *el río secreto que purifica de la muerte a los hombres*. Oscura sangre le manaba del pecho. Me dijo que su patria era una montaña que está del otro lado del Ganges y que en esa montaña era fama que si alguien caminara hasta el occidente, donde se acaba el mundo, llegaría al río cuyas aguas dan la inmortalidad. Agregó que en la margen ulterior se eleva la Ciudad de los Inmortales, rica en baluartes y anfiteatros y templos. Antes de la aurora murió, pero yo determiné descubrir la ciudad y su río. Interrogados por el verdugo, algunos prisioneros mauritanos confirmaron la relación del viajero; alguien recordó la llanura elísea, en el término de la tierra, donde la vida de los hombres es perdurable; alguien, las cumbres donde nace el Pactolo, cuyos moradores viven un siglo. En Roma, conversé con filósofos que sintieron que dilatar la vida de los hombres era dilatar su agonía y multiplicar el número de sus muertes. Ignoro si creí alguna vez en la Ciudad de los Inmortales: pienso que entonces me bastó la tarea de buscarla. Flavio, procónsul de Getulia, me entregó doscientos soldados para la empresa. También recluté mercenarios, que se dijeron conocedores de los caminos y que fueron los primeros en desertar.

Los hechos ulteriores han deformado hasta lo inextricable el recuerdo de nuestras primeras jornadas. Partimos de Arsinoe y entramos en el abrasado desierto. Atravesamos el país de los trogloditas, que devoran serpientes y carecen del comercio de la palabra; el de los garamantas, que tienen las mujeres en común y se nutren de leones; el de los augilas, que sólo veneran el Tártaro. Fatigamos otros desiertos, donde es negra la arena, donde el viajero debe usurpar las horas de la noche, pues el fervor del día es intolerable. De lejos divisé la montaña que dio nombre al Océano; en sus laderas crece el euforbio, que anula los venenos; en la cumbre habitan los sátiros, nación de hombres ferales y rústicos, inclinados a la lujuria. Que esas regiones bárbaras, donde la tierra es madre de monstruos, pudieran albergar en su seno una ciudad famosa, a todos nos pareció inconcebible. Proseguimos la marcha, pues hubiera sido una afrenta retroceder. Algunos temerarios durmieron con la cara expuesta a la luna; la fiebre los ardió; en el agua depravada de las cisternas otros bebieron la locura y la muerte. Entonces comenzaron las deserciones; muy poco después, los motines. Para reprimirlos, no vacilé ante el ejercicio de la severidad. Procedí rectamente, pero un centurión me advirtió que los sediciosos (ávidos de vengar la crucifixión de uno de ellos) maquinaban mi muerte. Huí del campamento con los pocos soldados que me eran fieles. En el desierto los perdí, entre los remolinos de arena y la vasta noche. Una flecha cretense me laceró. Varios días erré sin encontrar agua, o un solo enorme día multiplicado por el sol, por la sed y por el temor de la sed. Dejé el camino al arbitrio de mi caballo. En el alba, la lejanía se erizó de pirámides y de torres. Insoportablemente soñé con un exiguo y nítido laberinto: en el centro había un cántaro; mis manos casi lo tocaban, mis ojos lo veían, pero tan intrincadas y perplejas eran las curvas que yo sabía que iba a morir antes de alcanzarlo.

II

Al desenredarme por fin de esa pesadilla, me vi tirado y maniatado en un oblongo nicho de piedra, no mayor que una sepultura común, superficialmente excavado en el agrio declive de una montaña. Los lados eran húmedos, antes pulidos por el tiempo que por la industria. Sentí en el pecho un doloroso latido, sentí que me abrazaba la sed. Me asomé y grité débilmente. Al pie de la montaña se dilataba sin rumor un arroyo impuro, entorpecido por escombros y arena; en la opuesta margen resplandecía (bajo el último sol o bajo el primero) la evidente Ciudad de los Inmortales. Vi muros, arcos, frontispicios y foros: el fundamento era una meseta de piedra. Un centenar de nichos irregulares, análogos al mío, surcaban la montaña y el valle. En la arena había pozos de poca hondura; de esos mezquinos agujeros (y de los nichos) emergían hombres de piel gris, de barba negligente, desnudos. Creí reconocerlos: pertenecían a la estirpe bestial de los trogloditas, que infestan las riberas del Golfo Arábigo y las grutas etiópicas; no me maravillé de que no hablaran y de que devoraran serpientes.

La urgencia de la sed me hizo temerario. Consideré que estaba a unos treinta pies de la arena; me tiré, cerrados los ojos, atadas a la espalda las manos, montaña abajo. Hundí la cara ensangrentada en el agua oscura. Bebí como se abrevan los animales. Antes de perderme otra vez en el sueño y en los delirios, inexplicablemente repetí unas palabras griegas: *Los ricos teucros de Zelea que beben el agua negra del Esepo...*

No sé cuántos días y noches rodaron sobre mi. Doloroso, incapaz de recuperar el abrigo de las cavernas, desnudo en la ignorada arena, dejé que la luna y el sol jugaran con mi aciago destino. Los trogloditas, infantiles en la barbarie, no me ayudaron a sobrevivir o a morir. En vano les rogué que me dieran muerte. Un día, con el filo de un pedernal rompí mis ligaduras. Otro, me levanté y pude mendigar o robar —yo, Marco Flaminio Rufo, tribuno militar de una de las legiones de Roma— mi primera detestada ración de carne de serpiente.

La codicia de ver a los Inmortales, de tocar la sobrehumana Ciudad, casi me vedaba dormir. Como si penetraran mi propósito, no dormían tampoco los trogloditas: al principio inferí que me vigilaban; luego, que se habían contagiado de mi inquietud, como podrían contagiarse los perros. Para alejarme de la bárbara aldea elegí la más pública de las horas, la declinación de la tarde, cuando casi todos los hombres emergen de las grietas y de los pozos y miran el poniente, sin verlo. Oré en voz alta, menos para suplicar el favor divino que para intimidar a la tribu con palabras articuladas. Atravesé el arroyo que los médanos entorpecen y me dirigí a la Ciudad. Confusamente me siguieron dos o tres hombres. Eran (como los otros de ese linaje) de menguada estatura; no inspiraban temor, sino repulsión. Debí rodear algunas hondonadas irregulares que me parecieron canteras; ofuscado por la grandeza de la Ciudad, yo la había creído cercana. Hacia la medianoche, pisé, erizada de formas idólatras en la arena amarilla, la negra sombra de sus muros. Me detuvo una especie de horror sagrado. Tan abominadas del hombre son la novedad y el desierto que me alegré de que uno de los trogloditas me hubiera acompañado hasta el fin. Cerré los ojos y aguardé (sin dormir) que relumbrara el día.

He dicho que la Ciudad estaba fundada sobre una meseta de piedra. Esta meseta comparable a un acantilado no era menos ardua que los muros. En vano fatigué mis pasos: el negro basamento no descubría la menor irregularidad, los muros invariables no parecían consentir una sola puerta. La fuerza del día hizo que yo me refugiara en una caverna; en el fondo había un pozo, en el pozo una escalera que se abismaba hacia la tiniebla inferior. Bajé; por un caos de sórdidas galerías llegué a una vasta cámara circular, apenas visible. Había nueve puertas en aquel sótano; ocho daban a un laberinto que falazmente desembocaba en la misma cámara; la novena (a través de otro laberinto) daba a una segunda cámara circular, igual a la primera. Ignoro el número total de las cámaras; mi desventura y mi ansiedad las multiplicaron. El silencio era hostil y casi perfecto; otro rumor no había en esas profundas redes de piedra que un viento subterráneo, cuya causa no descubrí; sin ruido se perdían entre las grietas hilos de agua herrumbrada. Horriblemente me habitué a ese dudoso mundo; consideré increíble que pudiera existir otra cosa que sótanos provistos de nueve puertas y que sótanos largos que se bifurcan. Ignoro el tiempo que debí caminar bajo tierra; sé que alguna vez confundí, en la misma nostalgia, la atroz aldea de los bárbaros y mi ciudad natal, entre los racimos.

En el fondo de un corredor, un no previsto muro me cerró el paso, una remota luz cayó sobre mi. Alcé los ofuscados ojos: en lo vertiginoso, en lo altísimo, vi un círculo de cielo tan azul que pudo parecerme de púrpura. Unos peldaños de metal escalaban el muro. La fatiga me relajaba, pero subí, sólo deteniéndome a veces para torpemente sollozar de felicidad. Fui divisando capiteles y estrágalos, frontones triangulares y bóvedas, confusas pompas del granito y del mármol. Así me fue deparado ascender de la ciega región de negros laberintos entretejidos a la resplandeciente Ciudad.

Emergí a una suerte de plazoleta; mejor dicho, de patio. Lo rodeaba un solo edificio de forma irregular y altura variable; a ese edificio heterogéneo pertenecían las diversas cúpulas y columnas. Antes que ningún otro rasgo de ese monumento increíble, me suspendió lo antiquísimo de su fábrica. Sentí que era anterior a los hombres, anterior a la tierra. Esa notoria antigüedad (aunque terrible de algún modo para los ojos) me pareció adecuada al trabajo de obreros inmortales. Cautelosamente al principio, con indiferencia después, con desesperación al fin, erré por escaleras y pavimentos del inextricable palacio. (Después averigüé que eran inconstantes la extensión y la altura de los peldaños, hecho que me hizo comprender la singular fatiga que me infundieron.) *Este palacio es fábrica de los dioses*, pensé primeramente. Exploré los inhabitados recintos y corregí: *Los dioses que lo edificaron han muerto*. Noté sus peculiaridades y dije: *Los dioses que lo edificaron estaban locos*. Lo dije, bien lo sé, con una incomprensible reprobación que era casi un remordimiento, con mas horror intelectual que miedo sensible. A la impresión de enorme antigüedad se agregaron otras; la de lo interminable, la de lo atroz, la de lo complejamente insensato. Yo había cruzado un laberinto, pero la nítida Ciudad de los Inmortales me atemorizó y repugnó. Un laberinto es una casa labrada para confundir a los hombres; su arquitectura, pródiga en simetrías, esta subordinada a ese fin. En el palacio que imperfectamente exploré, la arquitectura carecía de fin. Abundaban el corredor sin salida, la alta ventana inalcanzable, la aparatosa puerta que daba a una celda o a un pozo, las increíbles escaleras inversas, con los peldaños y la balaustrada hacia abajo. Otras, adheridas aéreamente al costado de un muro monumental, morían sin llegar a ninguna parte, al cabo de dos o tres giros, en la tiniebla superior de las cúpulas. Ignoro si todos los ejemplos que he enumerado son literales; sé que durante muchos años infestaron mis pesadillas; no puedo ya saber si tal o cual rasgo es una transcripción de la realidad o de las formas que desatinaron mis noches. *Esta Ciudad* (pensé) *es tan horrible que su mera existencia y perduración, aunque en el centro de un desierto secreto, contamina el pasado y el porvenir y de algún modo compromete a los astros. Mientras perdure, nadie en el mundo podrá ser valeroso o feliz.* No quiero describirla; un caos de palabras heterogéneas, un cuerpo de tigre o de toro, en el que pularan monstruosamente, conjugados y odiándose, dientes, órganos y cabezas, pueden (tal vez) ser imágenes aproximativas.

No recuerdo las etapas de mi regreso, entre los polvorientos y húmedos hipogeos. Únicamente sé que no me abandonaba el temor de que, al salir del último laberinto, me rodeara otra vez la nefanda Ciudad de los Inmortales. Nada más puedo recordar. Ese olvido, ahora insuperable, fue quizá voluntario; quizá las circunstancias de mi evasión fueron tan ingratas que, en algún día no menos olvidado también, he jurado olvidarlas.

III

Quienes hayan leído con atención el relato de mis trabajos recordaran que un hombre de la tribu me siguió como un perro podía seguirme, hasta la sombra irregular de los muros. Cuando salí del último sótano, lo encontré en la boca de la caverna. Estaba tirado en la arena, donde trazaba torpemente y borraba una hilera de signos que eran como las letras de los sueños, que uno está a punto de entender y luego se juntan. Al principio, creí que se trataba de una escritura bárbara; después vi que es absurdo imaginar que hombres que no llegaron a la palabra lleguen a la escritura. Además, ninguna de las formas era igual a otra, lo cual excluía o alejaba la posibilidad de que fueran simbólicas. El hombre las trazaba, las miraba y las corregía. De golpe, como si le fastidiara ese juego, las borró con la palma y el antebrazo. Me miró, no pareció reconocerme. Sin embargo, tan grande era el alivio que me inundaba (o tan grande y medrosa mi soledad) que di en pensar que ese rudimental troglodita, que me miraba desde el suelo de la caverna, había estado esperándome. El sol caldeaba la llanura; cuando emprendimos el regreso a la aldea, bajo las primeras estrellas, la arena era ardorosa bajo los pies. El troglodita me precedió; esa noche concebí el propósito de enseñarle a reconocer, y acaso a repetir, algunas palabras. El perro y el caballo (reflexioné) son capaces de lo primero; muchas aves, como el ruiseñor de los Césares, de lo último. Por muy basto que fuera el entendimiento de un hombre, siempre sería superior al de irracionales.

La humildad y miseria del troglodita me trajeron a la memoria la imagen de Argos, el viejo perro moribundo de la *Odisea*. Y así le puse el nombre de Argos y traté de enseñárselo. Fracasé y volví a fracasar. Los arbitrios, el rigor y la obstinación fueron del todo vanos. Inmóvil, con los ojos inertes, no parecía percibir los sonidos que yo procuraba inculcarle. A unos pasos de mí, era como si estuviera muy lejos. Echado en la arena, como una pequeña y ruinosa esfinge de lava, dejaba que sobre él giraran los cielos, desde el crepúsculo del día hasta el de la noche. Juzgué imposible que no se percatara de mi propósito. Recordé que es fama entre los etíopes que los monos deliberadamente no hablan para que no los obliguen a trabajar y atribuí a suspicacia o a temor el silencio de Argos. De esa imaginación pasé a otras, aún mas extravagantes. Pensé que Argos y yo participábamos de universos distintos; pensé que nuestras percepciones eran iguales, pero que Argos las combinaba de otra manera y construía con ellas otros objetos; pensé que acaso no había objetos para él, sino un vertiginoso y continuo juego de impresiones brevísimas. Pensé en un mundo sin memoria, sin tiempo; consideré la posibilidad de un lenguaje que ignorara los sustantivos, un lenguaje de verbos impersonales o de indeclinables epítetos. Así fueron muriendo los días y con los días los años, pero algo parecido a la felicidad ocurrió una mañana. Llovió, con lentitud poderosa.

Las noches del desierto pueden ser frías, pero aquélla había sido un fuego. Soñé que un río de Tesalia (a cuyas aguas yo había restituido un pez de oro) venia a rescatarme; sobre la roja arena y la negra piedra yo lo oía acercarse; la frescura del aire y el rumor atareado de la lluvia me despertaron. Corrí desnudo a recibirla. Declinaba la noche: bajo las nubes amarillas la tribu, no menos dichosa que yo, se ofrecía a los vívidos aguaceros en una especie de éxtasis. Parecían coribantes a quienes posee la divinidad. Argos, puestos los ojos en la esfera, gemía; raudales le rodaban por la cara; no sólo de agua, sino (después lo supe) de lagrimas. Argos, le grité, Argos.

Entonces, con mansa admiración, como si descubriera una cosa perdida y olvidada hace mucho tiempo, *Argos* balbuceó estas palabras: *Argos, perro de Ulises*. Y después, también sin mirarme: *Este perro tirado en el estiércol*.

Fácilmente aceptamos la realidad, acaso porque intuimos que nada es real. Le pregunté qué sabia de la Odisea. La práctica del griego le era penosa; tuve que repetir la pregunta.

Muy poco, dijo. *Menos que el rapsoda más pobre. Ya habrán pasado mil cien años desde que la inventé*.

IV

Todo me fue dilucidado, aquel día. Los trogloditas eran los Inmortales; el riacho de aguas arenosas, el río que buscaba el jinete. En cuanto a la ciudad cuyo renombre se había dilatado hasta el Ganges, nueve siglos hacía que los Inmortales la habían asolado. Con las reliquias de su ruina erigieron, en el mismo lugar, la desatinada ciudad que yo recorrí: suerte de parodia o reverso y también templo de los dioses irracionales que manejan el mundo y de los que nada sabemos, salvo que no se parecen al hombre. Aquella fundación fue el último símbolo a que condescendieron los Inmortales; marca una etapa en que, juzgando que toda empresa es vana, determinaron vivir en el pensamiento, en la pura especulación. Erigieron la fábrica, la olvidaron y fueron a morar en las cuevas. Absortos, casi no percibían el mundo físico.

Esas cosas Homero las refirió, como quien habla con un niño. También me refirió su vejez y el postrer viaje que emprendió, movido, como Ulises, por el propósito de llegar a los hombres que no saben lo que es el mar ni comen carne sazonada con sal ni sospechan lo que es un remo. Habitó un siglo en la Ciudad de los Inmortales. Cuando la derribaron, aconsejó la fundación de la otra. Ello no debe sorprendemos; es fama que después de cantar la guerra de Ilión, cantó la guerra de las ranas y los ratones. Fue como un dios que creara el cosmos y luego el caos.

Ser inmortal es baladí; menos el hombre, todas las criaturas lo son, pues ignoran la muerte; lo divino, lo terrible, lo incomprensible, es saberse inmortal. He notado que, pese a las religiones, esa convicción es rarísima. Israelitas, cristianos y musulmanes profesan la inmortalidad, pero la veneración que tributan al primer siglo prueba que sólo creen en él, ya que destinan todos los demás, en número infinito, a premiarlo o a castigarlo. Más razonable me parece la rueda de ciertas religiones del Indostán; en esa rueda, que no tiene principio ni fin, cada vida es efecto de la anterior y engendra la siguiente; pero ninguna determina el conjunto... Adoctrinada por un ejercicio de siglos, la república de hombres inmortales había logrado la perfección de la tolerancia y casi del desdén. Sabia que en un plazo infinito le ocurren a todo hombre todas las cosas. Por sus pasadas o futuras virtudes todo hombre es acreedor a toda bondad, pero también a toda traición, por sus infamias del pasado o del porvenir. Así como en los juegos de azar las cifras pares y las cifras impares tienden al equilibrio, así también se anulan y se corrigen el ingenio y la estolidez, y acaso el rústico *Poema del Cid* es el contrapeso exigido por un solo epíteto de las *Églogas* o por una sentencia de Heráclito. El pensamiento más fugaz obedece a un dibujo invisible y puede coronar, o inaugurar, una forma secreta. Sé de quienes obraban el mal para que en los siglos futuros resultara el bien, o hubiera resultado en los ya pretéritos... Encarados así, todos nuestros actos son justos, pero también son indiferentes. No hay méritos morales o intelectuales. Homero compuso la *Odisea*; postulado un plazo infinito, con infinitas circunstancias y cambios, lo imposible es no componer, siquiera una vez, la *Odisea*. Nadie es alguien, un solo hombre inmortal es todos los hombres. Como Cornelio Agrippa, soy dios, soy héroe, soy filósofo, soy demonio y soy mundo, lo cual es una fatigosa manera de decir que no soy.

El concepto del mundo como sistema de precisas compensaciones influyó vastamente en los Inmortales. En primer término, los hizo invulnerables a la piedad. He mencionado las antiguas canteras que rompían los campos de la otra margen; un hombre se despeñó en la mas honda; no podía lastimarse ni morir, pero lo abrasaba la sed; antes que le arrojaran una cuerda pasaron setenta años. Tampoco interesaba el propio destino. El cuerpo era un sumiso animal doméstico y le bastaba, cada mes, la limosna de unas horas de sueño, de un poco de agua y de una piltrafa de carne. Que nadie quiera rebajarnos a ascetas. No hay placer mas complejo que el pensamiento y a él nos entregábamos. A veces, un estímulo extraordinario nos restituía al mundo físico. Por ejemplo, aquella mañana, el viejo goce elemental de la lluvia. Esos lapsos eran rarísimos; todos los Inmortales eran capaces de perfecta quietud; recuerdo alguno a quien jamás he visto de pie: un pájaro anidaba en su pecho.

Entre los corolarios de la doctrina de que no hay cosa que no esté compensada por otra, hay uno de muy poca importancia teórica, pero que nos indujo, a fines o a principios del siglo X, a dispersarnos por la faz de la tierra. Cabe en estas palabras: *Existe un río cuyas aguas dan la inmortalidad; en alguna región habrá otro río cuyas aguas la borren*. El número de ríos no es infinito; un viajero inmortal que recorra el mundo acabará, algún día, por haber bebido de todos. Nos propusimos descubrir ese río.

La muerte (o su alusión) hace preciosos y patéticos a los hombres. Estos se conmueven por su condición de fantasmas; cada acto que ejecutan puede ser último; no hay rostro que no esté por desdibujarse como el rostro de un sueño. Todo, entre los mortales, tiene el valor de lo irrecuperable y de lo azaroso. Entre los Inmortales, en cambio, cada acto (y cada pensamiento) es el eco de otros que en el pasado lo antecedieron, sin principio visible, o el fiel presagio de otros que en el futuro lo repetirán hasta el vértigo. No hay cosa que no esté como perdida entre infatigables espejos. Nada puede ocurrir una sola vez, nada es preciosamente precario. Lo elegiaco, lo grave, lo ceremonial, no rigen para los Inmortales. Homero y yo nos separamos en las puertas de Tánger; creo que no nos dijimos adiós.

V

Recorrí nuevos reinos, nuevos imperios. En el otoño de 1066 milité en el puente de Stamford, ya no recuerdo si en las filas de Harold, que no tardó en hallar su destino, o en las de aquel infausto Harald Hardrada que conquistó seis pies de tierra inglesa, o un poco más. En el séptimo siglo de la Héjira, en el arrabal de Bulaq, transcribí con pausada caligrafía, en un idioma que he olvidado, en un alfabeto que ignoro, los siete viajes de Simbad y la historia de la Ciudad de Bronce. En un patio de la cárcel de Samarcanda he jugado muchísimo al ajedrez. En Bikanir he profesado la astrología y también en Bohemia. En 1038 estuve en Kolozsvar y después en Leipzig. En Aberdeen, en 1714, me suscribí a los seis volúmenes de la *Ilíada* de Pope; sé que los frecuenté con deleite. Hacia 1729 discutí el origen de ese poema con un profesor de retórica, llamado, creo, Giambattista; sus razones me parecieron irrefutables. El cuatro de octubre de 1921, el *Patna*, que me conducía a Bombay, tuvo que fondear en un puerto de la costa eritrea[1]. Bajé; recordé otras mañanas muy antiguas, también frente al Mar Rojo; cuando yo era tribuno de Roma y la fiebre y la magia y la inacción consumían a los soldados. En las afueras vi un caudal de agua clara; la probé, movido por la costumbre. Al repechar la margen, un árbol espinoso me laceró el dorso de la mano. El inusitado dolor me pareció muy vivo. Incrédulo, silencioso y feliz, contemplé la preciosa formación de una lenta gota de sangre. De nuevo soy mortal, me repetí, de nuevo me parezco a todos los hombres. Esa noche, dormí hasta el amanecer.

...He revisado, al cabo de un año, estas paginas. Me consta que se ajustan a la verdad, pero en los primeros capítulos, y aun en ciertos

---

1 Hay una tachadura en el manuscrito: quizá el nombre del puerto ha sido borrado.

párrafos de los otros, creo percibir algo falso. Ello es obra, tal vez, del abuso de rasgos circunstanciales, procedimiento que aprendí de los poetas y que todo lo contamina de falsedad, ya que esos rasgos pueden abundar en los hechos, pero no en su memoria... Creo, sin embargo, haber descubierto una razón mas íntima. La escribiré; no importa que me juzguen fantástico.

La historia que he narrado parece irreal porque en ella se mezclan los sucesos de dos hombres distintos. En el primer capítulo, el jinete quiere saber el nombre del río que baña las murallas de Tebas; Flaminio Rufo, que antes ha dado a la ciudad el epíteto de Hekatómpylos, dice que el río es el Egipto; ninguna de esas locuciones es adecuada a él, sino a Homero, que hace mención expresa, en la *Ilíada*, de Tebas Hekatómpylos, y en la *Odisea*, por boca de Proteo y de Ulises, dice invariablemente Egipto por Nilo. En el capítulo segundo, el romano, al beber el agua inmortal, pronuncia unas palabras en griego; esas palabras son homéricas y pueden buscarse en el fin del famoso catálogo de las naves. Después, en el vertiginoso palacio, habla de «una reprobación que era casi un remordimiento»; esas palabras corresponden a Homero, que había proyectado ese horror. Tales anomalías me inquietaron; otras, de orden estético, me permitieron descubrir la verdad. El último capitulo las incluye; ahí esta escrito que milité en el puente de Stamford, que transcribí, en Bulaq, los viajes de Simbad el Marino y que me suscribí, en Aberdeen, a la *Ilíada* inglesa de Pope. Se lee, *inter alia*: «En Bikanir he profesado la astrología y también en Bohemia». Ninguno de esos testimonios es falso; lo significativo es el hecho de haberlos destacado. El primero de todos parece convenir a un hombre de guerra, pero luego se advierte que el narrador no repara en lo bélico y sí en la suerte de los hombres. Los que siguen son mas curiosos. Una oscura razón elemental me obligó a registrarlos; lo hice porque sabía que eran patéticos.

No lo son, dichos por el romano Flaminio Rufo. Lo son, dichos por Homero; es raro que éste copie, en el siglo trece, las aventuras de Simbad, de otro Ulises, y descubra, a la vuelta de muchos siglos, en un reino boreal y un idioma bárbaro, las formas de su *Ilíada*. En cuanto a la oración que recoge el nombre de Bikanir, se ve que la ha fabricado un hombre de letras, ganoso (como el autor del catálogo de las naves) de mostrar vocablos espléndidos.[2]

Cuando se acerca el fin, ya no quedan imágenes del recuerdo; sólo quedan palabras. No es extraño que el tiempo haya confundido las que alguna vez me representaron con las que fueron símbolos de la suerte de quien me acompañó tantos siglos. Yo he sido Homero; en breve, seré Nadie, como Ulises; en breve, seré todos: estaré muerto.

Posdata de 1950. Entre los comentarios que ha despertado la publicación anterior, el mas curioso, ya que no el mas urbano, bíblicamente se titula *A coat of many colours* (Manchester, 1948) y es obra de la tenacísima pluma del doctor Nahum Cordovero. Abarca unas cien paginas. Habla de los centones griegos, de los centones de la baja latinidad, de Ben Jonson, que definió a sus contemporáneos con retazos de Séneca, del *Virgilius evangelizans* de Alexander Ross, de los artificios de George Moore y de Eliot y, finalmente, de "la narración atribuida al anticuario Joseph Cartaphilus". Denuncia, en el primer capitulo, breves interpolaciones de Plinio (*Historia naturalis*, V, 8); en el segundo, de Thomas de Quincey (*Writings*, III, 439); en el tercero, de una epístola de Descartes al embajador Pierre Chanut; en el cuarto, de Bernard Shaw (*Back to Methuselah*, V). Infiere de esas intrusiones, o hurtos, que todo el documento es apócrifo.

---

2 Ernesto Sábato sugiere que el "Giambattista" que discutió la formación de la Ilíada con el anticuario Cartaphilus es Giambattista Vico; ese italiano defendía que Homero es un personaje simbólico, a la manera de Plutón o de Aquiles.

A mi entender, la conclusión es inadmisible. *Cuando se acerca el fin, escribió Cartaphilus, ya no quedan imágenes del recuerdo; solo quedan palabras*. Palabras, palabras desplazadas y mutiladas, palabras de otros, fue la pobre limosna que le dejaron las horas y los siglos.

A Cecilia Ingenieros

Roberto Arlt
(Argentina, 1900-1942)

El jorobadito

Los diversos y exagerados rumores desparramados con motivo de la conducta que observé en compañía de Rigoletto, el jorobadito, en la casa de la señora X, apartaron en su tiempo a mucha gente de mi lado.

Sin embargo, mis singularidades no me acarrearon mayores desventuras, de no perfeccionarlas estrangulando a Rigoletto.

Retorcerle el pescuezo al jorobadito ha sido de mi parte un acto más ruinoso e imprudente para mis intereses que atentar contra la existencia de un benefactor de la humanidad.

Se han echado sobre mí la policía, los jueces y los periódicos. Y esta es la hora en que aún me pregunto (considerando los rigores de la justicia) si Rigoletto no estaba llamado a ser un capitán de hombres, un genio o un filántropo. De otra forma no se explican las crueldades de la ley para vengar los fueros de un insigne piojoso, al cual, para pagarle de su insolencia, resultaran insuficientes todos los puntapiés que pudieran suministrarle en el trasero una brigada de personas bien nacidas.

No se me oculta que sucesos peores ocurren sobre el planeta, pero esta no es una razón para que yo deje de mirar con angustia las leprosas paredes del calabozo donde estoy alojado a espera de un destino peor.

Pero estaba escrito que de un deforme debían provenirme tantas dificultades. Recuerdo (y esto a vía de información para los aficionados a la teosofía y la metafísica) que desde mi tierna infancia me llamaron la atención los contrahechos. Los odiaba al tiempo que me atraían, como detesto y me llama la profundidad abierta bajo la balconada de un noveno piso, a cuyo barandal me he aproximado más de una vez con el corazón temblando de cautela y delicioso pavor. Y así como frente al vacío no puedo sustraerme al terror de imaginarme cayendo en el aire con el estómago contraído en la asfixia del desmoronamiento, en presencia de un deforme no puedo escapar al nauseoso pensamiento de imaginarme corcoveado, grotesco, espantoso, abandonado de todos, hospedado en una perrera, perseguido por traíllas de chicos feroces que me clavarían agujas en la giba... Es terrible..., sin contar que todos los contrahechos son seres perversos, endemoniados, protervos..., de manera que al estrangularlo a Rigoletto me creo con derecho a afirmar que le hice un inmenso favor a la sociedad, pues he librado a todos los corazones sensibles como el mío de un espectáculo pavoroso y repugnante. Sin añadir que el jorobadito era un hombre cruel. Tan cruel que yo me veía obligado a decirle todos los días:

—Mirá, Rigoletto, no seas perverso. Prefiero cualquier cosa a verte pegándole con un látigo a una inocente cerda. ¿Qué te ha hecho la marrana? Nada. ¿No es cierto que no te ha hecho nada?...

—¿Qué se le importa?

—No te ha hecho nada, y vos contumaz, obstinado, cruel, desfogas tus furores en la pobre bestia...

—Como me embrome mucho la voy a rociar de petróleo a la chancha y luego le prendo fuego.

Después de pronunciar estas palabras, el jorobadito descargaba latigazos en el crinudo lomo de la bestia, rechinando los dientes como un demonio de teatro. Y yo le decía:

—Te voy a retorcer el pescuezo, Rigoletto. Escuchá mis paternales advertencias, Rigoletto. Te conviene...

Predicar en el desierto hubiera sido más eficaz. Se regocijaba en contravenir mis órdenes y en poner en todo momento en evidencia su temperamento sardónico y feroz. Inútil era que prometiera zurrarle la badana o hacerle salir la joroba por el pecho de un mal golpe. Él continuaba observando una conducta impura. Volviendo a mi actual situación diré que si hay algo que me reprocho, es haber recaído en la ingenuidad de conversar semejantes minucias a los periodistas. Creía que las interpretarían, más heme aquí ahora abocado a mi reputación menoscabada, pues esa gentuza lo que menos ha escrito es que soy un demente, afirmando con toda seriedad que bajo la trabazón de mis actos se descubren las características de un cínico perverso.

Ciertamente, que mi actitud en la casa de la señora x, en compañía del jorobadito, no ha sido la de un miembro inscripto en el almanaque de Gotha. No. Al menos no podría afirmarlo bajo mi palabra de honor.

Pero de este extremo al otro, en el que me colocan mis irreductibles enemigos, media una igual distancia de mentira e incomprensión. Mis detractores aseguran que soy un canalla monstruoso, basando esta afirmación en mi jovialidad al comentar ciertos actos en los que he intervenido, como si la jovialidad no fuera precisamente la prueba de cuán excelentes son las condiciones de mi carácter y qué comprensivo y tierno al fin y al cabo.

Por otra parte, si hubiera que tamizar mis actos, ese tamiz a emplearse debería llamarse Sufrimiento. Soy un hombre que ha padecido mucho. No negaré que dichos padecimientos han encontrado su origen en mi exceso de sensibilidad, tan agudizada que cuando me encontraba frente a alguien he creído percibir hasta el matiz del color que tenían sus pensamientos, y lo más grave es que no me he equivocado nunca. Por el alma del hombre he visto pasar el rojo del odio y el verde del amor, como a través de la cresta de una nube los rayos de luna más o menos empalidecidos por el espesor distinto de la masa acuosa. Y personas hubo que me han dicho:

—¿Recuerda cuando usted, hace tres años, me dijo que yo pensaba en tal cosa? No se equivocaba.

He caminado así, entre hombres y mujeres, percibiendo los furores que encrespaban sus instintos y los deseos que envaraban sus intenciones, sorprendiendo siempre en las laterales luces de la pupila, en el temblor de los vértices de los labios y en el erizamiento casi invisible de la piel de los párpados, lo que anhelaban, retenían o sufrían. Y jamás estuve más solo que entonces, que cuando ellos y ellas eran transparentes para mí. De este modo, involuntariamente, fui descubriendo todo el sedimento de bajeza humana que encubren los actos aparentemente más leves, y hombres que eran buenos y perfectos para sus prójimos, fueron, para mí, lo que Cristo llamó sepulcros encalados. Lentamente se agrió mi natural bondad convirtiéndome en un sujeto taciturno e irónico. Pero me voy apartando, precisamente, de aquello a lo cual quiero aproximarme y es la relación del origen de mis desgracias. Mis dificultades nacen de haber conducido a la casa de la señora x al infame corcovado.

En la casa de la señora x yo "hacía el novio" de una de las niñas. Es curioso. Fui atraído, insensiblemente, a la intimidad de esa familia por una hábil conducta de la señora x, que procedió con un determinado exquisito tacto y que consiste en negarnos un vaso de agua para poner a nuestro alcance, y como quien no quiere, un frasco de alcohol. Imagínense ustedes lo que ocurriría con un sediento. Oponiéndose en palabras a mis deseos. Incluso, hay testigos. Digo esto para descargo de mi conciencia. Más aún, en circunstancias en que nuestras relaciones hacían prever una ruptura, yo anticipé seguridades que escandalizaron a los amigos de la casa. Y es curioso. Hay muchas madres que adoptan este temperamento, en la relación que sus hijas tienen con los novios, de manera que el incauto —si en un incauto puede admitirse un minuto de lucidez— observa con terror que ha llevado las cosas mucho más lejos de lo que permitía la conveniencia social.

Y ahora volvamos al jorobadito para deslindar responsabilidades. La primera vez que se presentó a visitarme en mi casa, lo hizo en casi completo estado de ebriedad, faltándole el respeto a una vieja criada que salió a recibirlo y gritando a voz en cuello de manera que hasta los viandantes que pasaban por la calle podían escucharle:

—¿Y dónde está la banda de música con que debían festejar mi hermosa presencia? Y los esclavos que tienen que ungirme de aceite, ¿dónde se han metido? En lugar de recibirme jovencitos con orinales, me atiende una vieja desdentada y hedionda. ¿Y esta es la casa en la cual usted vive?

Y observando las puertas recién pintadas, exclamó enfáticamente:

—¡Pero esto no parece una casa de familia sino una ferretería! Es simplemente asqueroso. ¿Cómo no han tenido la precaución de perfumar la casa con esencia de nardo, sabiendo que iba a venir? ¿No se dan cuenta de la pestilencia de aguarrás que hay aquí?

¿Reparan ustedes en la catadura del insolente que se había posesionado de mi vida?

Lo cual es grave, señores, muy grave.

Estudiando el asunto recuerdo que conocí al contrahecho en un café; lo recuerdo perfectamente. Estaba yo sentado frente a una mesa, meditando, con la nariz metida en mi taza de café, cuando, al levantar la vista distinguí a un jorobadito que con los pies a dos cuartas del suelo y en mangas de camisa, observábame con toda atención, sentado del modo más indecoroso del mundo, pues había puesto la silla al revés y apoyaba sus brazos en el respaldo de esta. Como hacía calor se había quitado el saco, y así descaradamente en cuerpo de camisa, giraba sus renegridos ojos saltones sobre los jugadores de billar. Era tan bajo que apenas si sus hombros se ponían a nivel con la tabla de la mesa. Y, como les contaba, alternaba la operación de contemplar la concurrencia, con la no menos importante de examinar su reloj pulsera, cual si la hora que este marcara le importara mucho más que la señalada en el gigantesco reloj colgado de un muro del establecimiento.

Pero, lo que causaba en él un efecto extraño, además de la consabida corcova, era la cabeza cuadrada y la cara larga y redonda, de modo que por el cráneo parecía un mulo y por el semblante un caballo.

Me quedé un instante contemplando al jorobadito con la curiosidad de quien mira un sapo que ha brotado frente a él; y este, sin ofenderse, me dijo:

—Caballero, ¿será tan amable usted que me permita sus fósforos?

Sonriendo, le alcancé mi caja; el contrahecho encendió su cigarro medio consumido y después de observarme largamente, dijo:

—¡Qué buen mozo es usted! Seguramente que no deben faltarle novias.

La lisonja halaga siempre aunque salga de la boca de un jorobado, y muy amablemente le contesté que sí, que tenía una muy hermosa novia, aunque no estaba muy seguro de ser querido por ella, a lo cual el desconocido, a quien bauticé en mi fuero interno con el nombre de Rigoletto, me contestó después de escuchar con sentenciosa atención mis palabras:

—No sé por qué se me ocurre que usted es de la estofa con que se fabrican excelentes cornudos.

Y antes que tuviera tiempo de sobreponerme a la estupefacción que me produjo su extraordinaria insolencia, el cacaseno continuó:

—Pues yo nunca he tenido novia, créalo, caballero... le digo la verdad...

—No lo dudo —repliqué sonriendo ofensivamente—, no lo dudo...

De lo que me alegro, caballero, porque no me agradaría tener un incidente con usted...

Mientras él hablaba yo vacilaba si levantarme y darle un puntapié en la cabeza o tirarle a la cara el contenido de mi pocillo de café, pero recapacitándolo me dije que de promoverse un altercado allí, el que llevaría todas las de perder era yo, y cuando me disponía a marcharme contra mi voluntad porque aquel sapo humano me atraía con la inmensidad de su desparpajo, él, obsequiándome con la más graciosa sonrisa de su repertorio que dejaba al descubierto su amarilla dentadura de jumento, dijo:

—Este reloj pulsera me cuesta veinticinco pesos...; esta corbata es inarrugable y me cuesta ocho pesos...; ¿ve estos botines?, treinta y dos pesos, caballero. ¿Puede alguien decir que soy un pelafustán? ¡No, señor! ¿No es cierto?

—¡Claro que sí!

Guiñó arduamente los ojos durante un minuto, luego moviendo la cabeza como un osezno alegre, prosiguió interrogador y afirmativo simultáneamente:

—Qué agradable es poder confesar sus intimidades en público, ¿no le parece, caballero? ¿Hay muchos en mi lugar que pueden sentarse impunemente a la mesa de un café y entablar una amable conversación con un desconocido como lo hago yo? No. Y, ¿por qué no hay muchos, puede contestarme?

—No sé...

—Porque mi semblante respira la santa honradez.

Satisfechísimo de su conclusión, el bufoncillo se restregó las manos con satánico donaire, y echando complacidas miradas en redor prosiguió:

—Soy más bueno que el pan francés y más arbitrario que una preñada de cinco meses. Basta mirarme para comprender de inmediato que soy uno de aquellos hombres que aparecen de tanto en tanto sobre el planeta como un consuelo que Dios ofrece a los hombres en pago de sus penurias, y aunque no creo en la santísima Virgen, la bondad fluye de mis palabras como la piel del Himeto.

Mientras yo desencajaba los ojos asombrados, Rigoletto continuó:

—Yo podría ser abogado ahora, pero como no he estudiado no lo soy. En mi familia fui profesional del betún.

—¿Del betún?

—Sí, lustrador de botas..., lo cual me honra, porque yo solo he escalado la posición que ocupo. ¿O le molesta que haya sido profesional? ¿Acaso no se dice "técnico de calzado" el último remendón de portal, y "experto en cabellos y sus derivados" el rapabarbas, y profesor de baile el cafishio profesional?...

Indudablemente, era aquél el pillete más divertido que había encontrado en mi vida.

—¿Y ahora qué hace usted?

—Levanto quinielas entre mis favorecedores, señor. No dudo que usted será mi cliente. Pida informes...

—No hace falta...

—¿Quiere fumar usted, caballero?

—¡Cómo no!

Después que encendí el cigarro que él me hubo ofrecido, Rigoletto apoyó el corto brazo en mi mesa y dijo:

—Yo soy enemigo de contraer amistades nuevas porque la gente generalmente carece de tacto y educación, pero usted me convence.... me parece una persona muy de bien y quiero ser su amigo —dicho lo cual, y ustedes no lo creerán, el corcovado abandonó su silla y se instaló en mi mesa.

Ahora no dudarán ustedes de que Rigoletto era el ente más descarado de su especie, y ello me divirtió a punto tal que no pude menos de pasar el brazo por encima de la mesa y darle dos palmadas amistosas en la giba. Quedose el contrahecho mirándome gravemente un instante; luego lo pensó mejor, y sonriendo, agregó:

—¡Que le aproveche, caballero, porque a mí no me ha dado ninguna suerte!

Siempre dudé que mi novia me quisiera con la misma fuerza de enamoramiento que a mí me hacía pensar en ella durante todo el día, como en una imagen sobrenatural. Por momentos la sentía implantada en mi existencia semejante a un peñasco en el centro de un río. Y esta sensación de ser la corriente dividida en dos ondas cada día más pequeñas por el crecimiento del peñasco, resumía mi deleite de enamoramiento y anulación. ¿Comprenden ustedes? La vida que corre en nosotros se corta en dos raudales al llegar a su imagen, y como la corriente no puede destruir la roca, terminamos anhelando el peñasco que aja nuestro movimiento y permanece inmutable.

Naturalmente, ella desde el primer día que nos tratamos, me hizo experimentar con su frialdad sonriente el peso de su autoridad. Sin poder concretar en qué consistía el dominio que ejercía sobre mí, este se traducía como la presión de una atmósfera sobre mi pasión. Frente a ella me sentía ridículo, inferior sin saber precisar en qué podía consistir cualquiera de ambas cosas. De más está decir que nunca me atreví a besarla, porque se me ocurría que ella podía considerar un ultraje mi caricia. Eso sí, me era más fácil imaginármela entregada a las caricias de otro, aunque ahora se me ocurre que esa imaginación pervertida era la consecuencia de mi conducta imbécil para con ella. En tanto, mediante esas curiosas transmutaciones que obra a veces la alquimia de las pasiones, comencé a odiarla rabiosamente a la madre, responsabilizándola también, ignoro por qué, de aquella situación absurda en que me encontraba. Si yo estaba de novio en aquella casa debíase a las arterias de la maldita vieja, y llegó a producirse en poco tiempo una de las situaciones más raras de que haya oído hablar, pues me retenía en la casa, junto a mi novia, no el amor a ella, sino el odio al alma taciturna y violenta que envasaba la madre silenciosa, pesando a todas horas cuántas probabilidades existían en el presente de que me casara o no con su hija. Ahora estaba aferrado al semblante de la madre como a una mala injuria inolvidable o a una humillación atroz. Me olvidaba de la muchacha que estaba a mi lado para entretenerme en estudiar el rostro de la anciana, abotagado por el relajamiento de la red muscular, terroso, inmóvil por momentos como si estuviera tallado en plata sucia, y con ojos negros, vivos e insolentes.

Las mejillas estaban surcadas por gruesas arrugas amarillas, y cuando aquel rostro estaba inmóvil y grave, con los ojos desviados de los míos, por ejemplo, detenidos en el plafón de la sala, emanaba de esa figura envuelta en ropas negras tal implacable voluntad, que el tono de la voz, enérgico y recio, lo que hacía era sólo afirmarla.

Yo tuve la sensación, en un momento dado, que esa mujer me aborrecía, porque la intimidad, a la cual ella "involuntariamente" me había arrastrado, no aseguraba en su interior las ilusiones que un día se había hecho respecto a mí. Y a medida que el odio crecía, y lanzaba en su interior furiosas voces, la señora X era más amable conmigo, se interesaba por mi salud, siempre precaria, tenía conmigo esas atenciones que las mujeres que han sido un poco sensuales gastan con sus hijos varones, y como una monstruosa araña iba tejiendo en redor de mi responsabilidad una fina tela de obligaciones. Solo sus ojos negros e insolentes me espiaban de continuo, revisándome el alma y sopesando mis intenciones. A veces, cuando la incertidumbre se le hacía insoportable, estallaba casi en estas indirectas:

—Las amigas no hacen sino preguntarme cuándo se casan ustedes, y yo ¿qué les voy a contestar? Que pronto. —O si no: Sería conveniente, no le parece a usted, que la "nena" fuera preparando su ajuar.

Cuando la señora X pronunciaba estas palabras, me miraba fijamente para descubrir si en un parpadeo o en un involuntario temblor de un nervio facial se revelaba mi intención de no cumplir con el compromiso, al cual ella me había arrastrado con su conducta habilísima. Aunque tenía la seguridad de que le daría una sorpresa desagradable, fingía estar segura de mi "decencia de caballero", mas el esfuerzo que tenía que efectuar para revestirse de esa apariencia de tranquilidad, ponía en el timbre de su voz una violencia meliflua, violencia que imprimía a las palabras una velocidad de cuchicheo, como quien os confía apuradamente un secreto, acompañando la voz con una inclinación de cabeza sobre el hombro derecho, mientras que la lengua humedecía los labios resecos por ese instinto animal que la impulsaba a desear matarme o hacerme víctima de una venganza atroz.

Además de voluntariosa, carecía de escrúpulos, pues fingía articular con mis ideas, que le eran odiosas en el más amplio sentido de la palabra. Y aunque aparentemente resulte ridículo que dos personas se odien en la divergencia de un pensamiento, no lo es, porque en el subconsciente de cada hombre y de cada mujer donde se almacena el rencor, cuando no es posible otro escape, el odio se descarga como por una válvula psíquica en la oposición de las ideas. Por ejemplo, ella, que odiaba a los bolcheviques, me escuchaba deferentemente cuando yo hablaba de las rencillas de Trotsky y Stalin, y hasta llegó al extremo de fingir interesarse por Lenin, ella, ella que se entusiasmaba ardientemente con los más groseros figurones de nuestra política conservadora. Acomodaticia y flexible, su aprobación a mis ideas era una injuria, me sentía empequeñecido y denigrado frente a una mujer que si yo hubiera afirmado que el día era noche, me contestara:

—Efectivamente, no me fijé que el sol hace rato que se ha puesto.

Sintetizando, ella deseaba que me casara de una vez. Luego se encargaría de darme con las puertas en las narices y de resarcirse de todas las dudas en que la había mantenido sumergida mi noviazgo eterno.

En tanto la malla de la red se iba ajustando cada vez más a mi organismo. Me sentía amarrado por invisibles cordeles. Día tras día la señora X agregaba un nudo más a su tejido, y mi tristeza crecía como si ante mis ojos estuvieran serruchando las tablas del ataúd que me iban a sumergir en la nada. Sabía que en la casa, lo poco bueno que persistía en mí iba a naufragar si yo aceptaba la situación que traía aparejada el compromiso. Ellas, la madre y la hija, me atraían a sus preocupaciones mezquinas, a su vida sórdida, sin ideales, una existencia gris, la verdadera noria de nuestro lenguaje popular, en el que la personalidad a medida que pasan los días se va desintegrando bajo el peso de las obligaciones económicas, que tienen la virtud de convertirlo a un hombre en uno de esos autómatas con cuello postizo, a quienes la mujer y la suegra retan a cada instante porque no trajo más dinero o no llegó a la hora establecida. Hace mucho tiempo que he comprendido que no he nacido para semejante esclavitud. Admito que es más probable que mi destino me lleve a dormir junto a los rieles de un ferrocarril, en medio del campo verde, que a acarretillar un cochecito con toldo de hule, donde duerme un muñeco que al decir de la gente "debe enorgullecerme de ser padre".

Yo no he podido concebir jamás ese orgullo, y sí experimento un sentimiento de verguenza y de lástima cuando un buen señor se entusiasma frente a mí con el pretexto de que su esposa lo ha hecho "padre de familia". Hasta muchas veces me he dicho que esa gente que así procede son simuladores de alegría o unos perfectos estúpidos. Porque en vez de felicitarnos del nacimiento de una criatura debíamos llorar de haber provocado la aparición en este mundo de un mísero y débil cuerpo humano, que a través de los años sufrirá incontables horas de dolor y escasísimos minutos de alegría.

Y mientras la "deliciosa criatura" con la cabeza tiesa junto a mi hombro soñaba con un futuro sonrosado, yo, con los ojos perdidos en la triangular verdura de un ciprés cercano, pensaba con qué hoja cortante desgarrar la tela de la red, cuyas células a medida que crecía se hacían más pequeñas y densas. Sin embargo, no encontraba un filo lo suficientemente agudo para desgarrar definitivamente la malla, hasta que conocí al corcovado.

En esas circunstancias se me ocurrió la "idea" —idea que fue pequeñita al principio como la raíz de una hierba, pero que en el transcurso de los días se bifurcó en mi cerebro, dilatándose, afianzando sus fibromas entre las células más remotas— y aunque no se me ocultaba que era esa una "idea" extraña, fui familiarizándome con su contextura, de modo que a los pocos días ya estaba acostumbrado a ella y no faltaba sino llevarla a la práctica. Esa idea, semidiabólica por su naturaleza, consistía en conducir a la casa de mi novia al insolente jorobadito, previo acuerdo con él, y promover un escándalo singular, de consecuencias irreparables. Buscando un motivo mediante el cual podría provocar una ruptura, reparé en una ofensa que podría inferirle a mi novia, sumamente curiosa, la cual consistía:

Bajo la apariencia de una conmiseración elevada a su más pura violencia y expresión, el primer beso que ella aún no me había dado a mí, tendría que dárselo al repugnante corcovado que jamás había sido amado, que jamás conoció la piedad angélica ni la belleza terrestre.

Familiarizado, como les cuento, con mi "idea", si a algo tan magnífico se puede llamar idea, me dirigí al café en busca de Rigoletto.

Después que se hubo sentado a mi lado, le dije:

—Querido amigo: muchas veces he pensado que ninguna mujer lo ha besado ni lo besará. ¡No me interrumpa! Yo la quiero mucho a mi novia, pero dudo que me corresponda de corazón. Y tanto la quiero que para que se dé cuenta de mi cariño le diré que nunca la he besado. Ahora bien: yo quiero que ella me dé una prueba de su amor hacia mí... y esa prueba consistirá en que lo bese a usted. ¿Está conforme?

Respingó el corcovado en su silla; luego con tono enfático me replicó:

—¿Y quién me indemniza a mí, caballero, del mal rato que voy a pasar?

—¿Cómo, mal rato?

—¡Naturalmente! ¿O usted se cree que yo puedo prestarme por ser jorobado a farsas tan innobles? Usted me va a llevar a la casa de su novia y como quien presenta un monstruo, le dirá: "Querida, te presento al dromedario".

—¡Yo no la tuteo a mi novia!

—Para el caso es lo mismo. Y yo en tanto, ¿qué voy a quedarme haciendo, caballero? ¿Abriendo la boca como un imbécil, mientras disputan sus tonterías? ¡No, señor; muchas gracias! Gracias por su buena intención, como le decía la liebre al cazador. Además, que usted me dijo que nunca la había besado a su novia.

—Y eso, ¿qué tiene que ver?

—¡Claro! ¿Usted sabe acaso si a mí me gusta que me besen? Puede no gustarme. Y si no me gusta, ¿por qué usted quiere obligarme? ¿O es que usted se cree que porque soy corcovado no tengo sentimientos humanos?

La resistencia de Rigoletto me enardeció. Violentamente, le dije:

—Pero ¿no se da cuenta de que es usted, con su joroba y figura desgraciadas, el que me sugirió este admirable proyecto? ¡Piense, infeliz! Si mi novia consiente, le quedará a usted un recuerdo espléndido. Podrá decir por todas partes que ha conocido a la criatura más adorable de la tierra. ¿No se da cuenta? Su primer beso habrá sido para usted.

—¿Y quién le dice a usted que ese sea el primer beso que haya dado?

Durante un instante me quedé inmóvil; luego, obcecado por ese frenesí que violentaba toda mi vida hacia la ejecución de la "idea", le respondí:

—Y a vos, Rigoletto, ¿qué se te importa?

—¡No me llame Rigoletto! Yo no le he dado tanta confianza para que me ponga sobrenombres.

—Pero ¿sabés que sos el contrahecho más insolente que he conocido?

Amainó el jorobadito y ya dijo:

—¿Y si me ultrajara de palabra o de hecho?

—¡No seas ridículo, Rigoletto! ¿Quién te va a ultrajar? ¡Si vos sos un bufón! ¿No te das cuenta? ¡Sos un bufón y un parásito! ¿Para qué hacés entonces la comedia de la dignidad?

—¡Rotundamente protesto, caballero!

—Protestá todo lo que quieras, pero escuchame. Sos un desvergonzado parásito. Creo que me expreso con suficiente claridad ¿no? Les chupás la sangre a todos los clientes del café que tienen la imprudencia de escuchar tus melifluas palabras. Indudablemente no se encuentra en todo Buenos Aires un cínico de tu estampa y calibre. ¿Con qué derecho, entonces, pretendés que te indemnicen si a vos te indemniza mi tontería de llevarte a una casa donde no sos digno de barrer el zaguán? ¡Qué más indemnización querés que el beso que ella, santamente, te dará, insensible a tu cara, el mapa de la desverguenza!

—¡No me ultraje!

—Bueno, Rigoletto, ¿aceptás o no aceptás?

—¿Y si ella se niega a dármelo o quedo desairado?...

—Te daré veinte pesos.

—¿Y cuándo vamos a ir?

—Mañana. Cortáte el pelo, limpiáte las uñas...

—Bueno..., présteme cinco pesos...

—Tomá diez.

A las nueve de la noche salí con Rigoletto en dirección a la casa de mi novia. El giboso se había perfumado endiabladamente y estrenaba una corbata plastrón de color violeta.

La noche se presentaba sombría con sus ráfagas de viento encallejonadas en las bocacalles, y en el confín, tristemente iluminado por oscilantes lunas eléctricas, se veían deslizarse vertiginosas cordilleras de nubes. Yo estaba malhumorado, triste.

Tan apresuradamente caminaba que el cojo casi corría tras de mí, y a momentos tomándome del borde del saco, me decía con tono lastimero:

—¡Pero usted quiere reventarme! ¿Qué le pasa a usted?

Y de tal manera crecía mi enfurecimiento que de no necesitarlo a Rigoletto lo hubiera arrojado de un puntapié al medio de la calzada.

¡Y cómo soplaba el viento! No se veía alma viviente por las calles, y una claridad espectral caída del segundo cielo que contenían las combadas nubes, hacía más nítidos los contornos de las fachadas y sus cresterías funerarias. No había quedado un trozo de papel por los suelos. Parecía que la ciudad había sido borrada por una tropa de espectros. Y a pesar de encontrarme en ella, creía estar perdido en un bosque.

El viento doblaba violentamente la copa de los árboles, pero el maldito corcovado me perseguía en mi carrera, como si no quisiera perderme, semejante a mi genio malo, semejante a lo malvado de mí mismo que para concretarse se hubiera revestido con la figura abominable del giboso.

Y yo estaba triste. Enormemente triste, como no se lo imaginan ustedes. Comprendía que le iba a inferir un atroz ultraje a la fría calculadora; comprendía que ese acto me separaría para siempre de ella, lo cual no obstaba para que me dijera a medida que cruzaba las aceras desiertas:

—Si Rigoletto fuera mi hermano, no hubiera procedido lo mismo.

Y comprendía que sí, que si Rigoletto hubiera sido mi hermano, yo toda la vida lo hubiera compadecido con angustia enorme. Por su aislamiento, por su falta de amor que le hiciera tolerable los días colmados por los ultrajes de todas las miradas. Y me añadía que la mujer que me hubiera querido debía primero haberlo amado a él. De pronto me detuve ante un zaguán iluminado:

—Aquí es.

Mi corazón latía fuertemente. Rigoletto atiesó el pescuezo y, empinado sobre la punta de sus pies, al tiempo que se arreglaba el moño de la corbata, me dijo:

—¡Acuérdese! ¡Usted es el único culpable! ¡Que el pecado...!

Fina y alta, apareció mi novia en la sala dorada.

Aunque sonreía, su mirada me escudriñaba con la misma serenidad con que me examinó la primera vez cuando le dije: "¿me permite una palabra, señorita?", y esta contradicción entre la sonrisa de su carne (pues es la carne la que hace ese movimiento delicioso que llamamos sonrisa) y la fría expectativa de su inteligencia discerniéndome mediante los ojos, era la que siempre me causaba la extraña impresión.

Avanzó cordialmente a mi encuentro, pero al descubrir al contrahecho, se detuvo asombrada, interrogándonos a los dos con la mirada.

—Elsa, le voy a presentar a mi amigo Rigoletto.

—¡No me ultraje, caballero! ¡Usted bien sabe que no me llamo Rigoletto!

—¡A ver si te callás!

Elsa detuvo la sonrisa. Mirábame seriamente, como si yo estuviera en trance de convertirme en un desconocido para ella. Señalándole una butaca dorada le dije al contrahecho:

—Sentáte allí y no te muevas.

Quedóse el giboso con los pies a dos cuartas del suelo y el sombrero de paja sobre las rodillas y con su carota atezada parecía un ridículo ídolo chino. Elsa contemplaba estupefacta al absurdo personaje.

Me sentí súbitamente calmado.

—Elsa —le dije—, Elsa, yo dudo de su amor. No se preocupe por ese repugnante canalla que nos escucha. Óigame: yo dudo... no sé por qué..., pero dudo de que usted me quiera. Es triste eso..., créalo... Demuéstreme, deme una prueba de que me quiere, y seré toda la vida su esclavo.

Naturalmente, yo no estaba seguro de lo que quería expresar "toda la vida", pero tanto me agradó la frase que insistí:

—Sí, su esclavo para toda la vida. No crea que he bebido. Sienta el olor de mi aliento.

Elsa retrocedió a medida que yo me acercaba a ella, y en ese momento, ¿saben ustedes lo que se le ocurre al maldito cojo? Pues: tocar una marcha militar con el nudillo de sus dedos en la copa del sombrero.

Me volví al cojo y después de conminarle silencio, me expliqué:

—Vea, Elsa, y la única prueba de amor es que le dé un beso a Rigoletto.

Los ojos de la doncella se llenaron de una claridad sombría. Caviló un instante; luego, sin cólera en la voz, me dijo muy lentamente:

—¡Retírese!

—¡Pero!...

—¡Retírese, por favor...; váyase!...

Yo me inclino a creer que el asunto hubiera tenido compostura, créanlo..., pero aquí ocurrió algo curioso, y es que Rigoletto, que hasta entonces había guardado silencio, se levantó exclamando:

—¡No le permito esa insolencia, señorita..., no le permito que lo trate así a mi noble amigo! Usted no tiene corazón para la desgracia ajena. ¡Corazón de peñasco, es indigna de ser la novia de mi amigo!

Más tarde mucha gente creyó que lo que ocurrió fue una comedia preparada. Y la prueba de que yo ignoraba lo que iba a ocurrir, es que al escuchar los despropósitos del contrahecho me desplomé en un sofá riéndome a gritos, mientras que el giboso, con el semblante congestionado, tieso en el centro de la sala, con su bracito extendido, vociferaba:

—¡Por qué usted le dijo a mi amigo que un beso no se pide..., se da! ¿Son conversaciones esas adecuadas para una que presume de señorita como usted? ¿No le da a usted vergüenza?

Descompuesto de risa, solo atiné a decir:

—¡Callate, Rigoletto; callate!...

El corcovado se volvió enfático:

—¡Permítame, caballero...; no necesito que me dé lecciones de urbanidad!

Y volviéndose a Elsa, que roja de vergüenza había retrocedido hasta la puerta de la sala, le dijo:

—¡Señorita... la conmino a que me dé un beso!

El límite de resistencia de las personas es variable. Elsa huyó arrojando grandes gritos y en menos tiempo del que podía esperarse aparecieron en la sala su padre y su madre, la última con una servilleta en la mano. ¿Ustedes creen que el cojo se amilanó? Nada de eso. Colocado en medio de la sala, gritó estentóreamente:

—¡Ustedes no tienen nada que hacer aquí! ¡Yo he venido en cumplimiento de una alta misión filantrópica!... ¡No se acerquen!

Y antes de que ellos tuvieran tiempo de avanzar para arrojarlo por la ventana, el corcovado desenfundó un revólver, encañonándolos.

Se espantaron porque creyeron que estaba loco, y cuando los vi así inmovilizados por el miedo, quedéme a la expectativa, como quien no tuviera nada que hacer en tal asunto, pues ahora la insolencia de Rigoletto parecíame de lo más extraordinaria y pintoresca.

Este, dándose cuenta del efecto causado, se envalentonó:

—¡Yo he venido a cumplir una alta misión filantrópica! Y es necesario que Elsa me dé un beso para que yo le perdone a la humanidad mi corcova. A cuenta del beso, sírvanme un té con coñac. ¡Es una vergüenza cómo ustedes atienden a las visitas! ¡No tuerza la nariz, señora, que para eso me he perfumado! ¡Y tráigame el té!

¡Ah, inefable Rigoletto! Dicen que estoy loco, pero jamás un cuerdo se ha reído con tus insolencias como yo, que no estaba en mis cabales.

—Lo haré meter preso...

—Usted ignora las más elementales reglas de cortesía —insistía el corcovado—. Ustedes están obligados a atenderme como a un caballero. El hecho de ser jorobado no los autoriza a despreciarme. Yo he venido para cumplir una alta misión filantrópica. La novia de mi amigo está obligada a darme un beso. Y no lo rechazo. Lo acepto. Comprendo que debo aceptarlo como una reparación que me debe la sociedad, y no me niego a recibirlo.

Indudablemente... si allí había un loco, era Rigoletto, no les quede la menor duda, señores. Continuó él:

—Caballero... yo soy...

Un vigilante tras otro entraron en la sala. No recuerdo nada más. Dicen los periódicos que me desvanecí al verlos entrar. Es posible.

¿Y ahora se dan cuenta por qué el hijo del diablo, el maldito jorobado, castigaba a la marrana todas las tardes y por qué yo he terminado estrangulándole?

Juan Rulfo

(México, 1917-1986)

El hombre

Los pies del hombre se hundieron en la arena dejando una huella sin forma, como si fuera la pezuña de algún animal. Treparon sobre las piedras, engarruñándose al sentir la inclinación de la subida; luego caminaron hacia arriba, buscando el horizonte.

"Pies planos —dijo el que lo seguía—. Y un dedo de menos. Le falta el dedo gordo en el pie izquierdo. No abundan fulanos con estas señas. Así que será fácil."

La vereda subía, entre yerbas, llena de espinas y de malasmujeres. Parecía un camino de hormigas de tan angosta. Subía sin rodeos hacia el cielo. Se perdía allí y luego volvía a aparecer más lejos, bajo un cielo más lejano.

Los pies siguieron la vereda, sin desviarse. El hombre caminó apoyándose en los callos de sus talones, raspando las piedras con las uñas de sus pies, rasguñándose los brazos, deteniéndose en cada horizonte para medir su fin: *"No el mío sino el de él"*, dijo. Y volvió la cabeza para ver quién había hablado.

Ni una gota de aire, solo el eco de su ruido entre las ramas rotas. Desvanecido a fuerza de ir a tientas, calculando sus pasos, aguantando hasta la respiración: *"Voy a lo que voy"*, volvió a decir. Y supo que era él el que hablaba.

"Subió por aquí, rastrillando el monte —dijo el que lo perseguía—. Cortó las ramas con un machete. Se conoce que lo arrastraba el ansia. Y el ansia deja huellas siempre. Eso lo perderá."

Comenzó a perder el ánimo cuando las horas se alargaron y detrás de un horizonte estaba otro y el cerro por donde subía no terminaba. Sacó el machete y cortó las ramas duras como raíces y tronchó la yerba desde la raíz. Mascó un gargajo mugroso y lo arrojó a la tierra con coraje. Se chupó los dientes y volvió a escupir. El cielo estaba tranquilo allá arriba, quieto, trasluciendo sus nubes entre la silueta de los palos guajes, sin hojas. No era tiempo de hojas. Era ese tiempo seco y roñoso de espinas y de espigas secas y silvestres. Golpeaba con ansia los matojos con el machete: *"Se amellará con este trabajito, más te vale dejar en paz las cosas"*.

Oyó allá atrás su propia voz.

"Lo señaló su propio coraje —dijo el perseguidor—. Él ha dicho quién es, ahora solo falta saber dónde está. Terminaré de subir por donde subió, después bajaré por donde bajó, rastreándolo hasta cansarlo. Y donde yo me detenga, allí estará. Se arrodillará y me pedirá perdón. Y yo le dejaré ir un balazo en la nuca... Eso sucederá cuando yo te encuentre."

Llegó al final. Solo el puro cielo, cenizo, medio quemado por la nublazón de la noche. La tierra se había caído para el otro lado. Miró la casa enfrente de él, de la que salía el último humo del rescoldo. Se enterró en la tierra blanda, recién removida. Tocó la puerta sin querer, con el mango del machete. Un perro llegó y le lamió las rodillas, otro más corrió a su alrededor moviendo la cola. Entonces empujó la puerta solo cerrada a la noche.

El que lo perseguía dijo: "Hizo un buen trabajo. Ni siquiera los despertó. Debió llegar a eso de la una, cuando el sueño es más pesado; cuando comienzan los sueños; después del 'Descansen en paz', cuando se suelta la vida en manos de la noche con el cansancio del cuerpo raspa las cuerdas de la desconfianza y las rompe".

"No debí matarlos a todos —dijo el hombre—. *Al menos no a todos"*. Eso fue lo que dijo.

La madrugada estaba gris, llena de aire frío. Bajó hacia el otro lado, resbalándose por el zacatal. Soltó el machete que llevaba todavía apretado en la mano cuando el frío le entumeció las manos. Lo dejó allí. Lo vio brillar como un pedazo de culebra sin vida, entre las espigas secas.

El hombre bajó buscando el río, abriendo una nueva brecha entre el monte.

Muy abajo el río corre mullendo sus aguas entre sabinos florecidos; meciendo su espesa corriente en silencio. Camina y da vuelta sobre sí mismo. Va y viene como una serpentina enroscada sobre la tierra verde. No hace ruido. Uno podría dormir allí, junto a él, y alguien oiría la respiración de uno, pero no la del río. La hiedra baja desde los altos sabinos y se hunde en el agua, junta sus manos y forma telarañas que el río no deshace en ningún tiempo.

El hombre encontró la línea del río por el color amarillo de los sabinos. No lo oía. Solo lo veía retorcerse bajo las sombras. Vio venir las chachalacas. La tarde anterior se habían ido siguiendo, el sol, volando en parvadas detrás de la luz. Ahora el sol estaba por salir y ellas regresaban de nuevo.

Se persignó hasta tres veces. "Discúlpenme", les dijo. Y comenzó su tarea. Cuando llegó al tercero, le salían chorretes de lágrimas. O tal vez era sudor. Cuesta trabajo matar. El cuero es correoso. Se defiende aunque se haga a la resignación y el machete estaba mellado: "Ustedes me han de perdonar", volvió a decirles.

"Se sentó en la arena de la playa —eso dijo el que lo perseguía—. Se sentó aquí y no se movió por un largo rato. Esperó a que despejaran las nubes. Pero el sol no salió ese día, ni al siguiente. Me acuerdo. Fue el domingo aquel en que se me murió el recién nacido y fuimos a enterrarlo. No teníamos tristeza, solo tengo memoria de que el cielo estaba gris y de que las flores que llevamos estaban desteñidas y marchitas como si sintieran la falta del sol."

"El hombre ese se quedó aquí, esperando. Allí estaban sus huellas: el nido que hizo junto a los matorrales; el calor de su cuerpo abriendo un pozo en la tierra húmeda."

"*No debí haberme salido de la vereda* —pensó el hombre. *Por allá hubiera llegado. Pero es peligroso caminar por donde todos caminan, sobre todo llevando este peso que yo llevo. Este peso se ha de ver por cualquier ojo que me mire; se ha de ver como si fuera una hinchazón rara. Yo así lo siento. Cuando sentí que me había cortado un dedo, la gente lo vio y yo no, hasta después. Así ahora, aunque no quiera, tengo que tener alguna señal. Así lo siento, por el peso, o tal vez el esfuerzo me cansó*". Luego añadió: "*No debí matarlos a todos; me hubiera conformado con el que tenía que matar; pero estaba oscuro y los bultos eran iguales... Después de todo, así de a muchos les costará menos el entierro.*"

"Te cansarás primero que yo. Llegaré a donde quieres llegar antes que tú estés allí —dijo el que iba detrás de él—. Me sé de memoria tus intenciones, quién eres y de dónde eres y adónde vas. Llegaré antes que tú llegues."

"*Este no es el lugar*" —dijo el hombre al ver el río—."*Lo cruzaré aquí y luego más allá y quizá salga a la misma orilla. Tengo que estar al otro lado, donde no me conocen, donde nunca he estado y nadie sabe de mí; luego caminaré derecho, hasta llegar. De allí nadie me sacará nunca*".

Pasaron más parvadas de chachalacas, graznando con gritos que ensordecían.

"*Caminaré más abajo. Aquí el se hace un enredijo y puede devolverme a donde no quiero regresar.*"

"Nadie te hará daño nunca, hijo. Estoy aquí para protegerte. Por eso nací antes que tú y mis huesos se endurecieron antes que los tuyos".

Oía su voz, su propia voz, saliendo despacio de su boca. La sentía sonar como una cosa falsa y sin sentido.

¿Por qué habría dicho aquello? Ahora su hijo se estaría burlando de él. O tal vez no. "Tal vez esté lleno de rencor conmigo por haberlo dejado solo en nuestra última hora". Porque era también la mía; era únicamente la mía. Él vino por mí. No los buscaba a ustedes, simplemente era yo el final de su viaje, la cara que él soñaba ver muerta, restregada contra el lodo, pateada y pisoteada hasta la desfiguración. Igual que lo que yo hice con su hermano; pero lo hice cara a cara, José Alcancía, frente a él y frente a ti y tú nomás llorabas y temblabas de miedo. Desde entonces supe quién eras y cómo vendrías a buscarme. Te esperé un mes, despierto de día y de noche, sabiendo que llegarías a rastras, escondido como una mala víbora. Y llegaste tarde. Y yo también llegué tarde. Llegué detrás de ti. Me entretuvo el entierro del recién nacido. Ahora entiendo. Ahora entiendo por qué se me marchitaron las flores en la mano."

"*No debí matarlos a todos* —iba pensando el hombre—. *No valía la pena echarme ese tercio tan pesado en mi espalda. Los muertos pesan más que los vivos; lo aplastan a uno. Debía de haberlos tentaleado de uno por uno hasta dar con él; lo hubiera conocido por el bigote; aunque estaba oscuro hubiera sabido dónde pegarle antes que se levantara... Después de todo, así estuvo mejor. Nadie los llorará y yo viviré en paz. La cosa es encontrar el paso para irme de aquí antes que me agarre la noche.*"

El hombre entró a la angostura del río por la tarde. El sol no había salido en todo el día, pero la luz se había borneado, volteando las sombras; por eso supo que era después del mediodía.

"Estás atrapado —dijo el que iba detrás de él y que ahora estaba sentado a la orilla del río—. Te has metido en un atolladero. Primero haciendo tu fechoría y ahora yendo hacia los cajones, hacia tu propio cajón. No tiene caso que te siga hasta allá. Tendrás que regresar en cuanto te veas encañonado. Te esperaré aquí. Aprovecharé el tiempo para medir la puntería, para saber dónde te voy a colocar la bala. Tengo paciencia y tú no la tienes, así que esa es mi ventaja. Tengo mi corazón que resbala y da vueltas en su propia sangre, y el tuyo está desbaratado, revenido y lleno de pudrición. Esa es también mi ventaja. Mañana estarás muerto, o tal vez pasado mañana o dentro de ocho días. No importa el tiempo. Tengo paciencia."

El hombre vio que el río se encajonaba entre altas paredes y se detuvo. *"Tendré que regresar"*, dijo.

El río en estos lugares es ancho y hondo y no tropieza con ninguna piedra. Se resbala en un cauce como de aceite espeso y sucio. Y de vez en cuando se traga alguna rama en sus remolinos, sorbiéndola sin que se oiga ningún quejido.

"Hijo —dijo el que estaba sentado esperando—: no tiene caso que te diga que el que te mató está muerto desde ahora". ¿Acaso yo ganaré algo con eso? La cosa es que yo no estuve contigo. ¿De qué sirve explicar nada? No estaba contigo. Eso es todo. Ni con ella. Ni con él. "No estaba con nadie; porque el recién nacido no me dejó ninguna señal de recuerdo."

El hombre recorrió un largo tramo río arriba.

En la cabeza le rebotaban burbujas de sangre. *"Creí que el primero iba a despertar a los demás con su estertor, por eso me di prisa."* "Discúlpenme la apuración", les dijo. Y después sintió que el gorgoreo aquel era igual al ronquido de la gente dormida; por eso se puso tan en calma cuando salió a la noche de afuera, al frío de aquella noche nublada.

Parecía venir huyendo. Traía una porción de lodo en las zancas, que ya ni se sabía cuál era el color de sus pantalones.

Lo vi desde que se zambulló en el río. Apechugó el cuerpo y luego se dejó ir corriente abajo, sin manotear, como si caminara pisando el fondo. Después rebasó la orilla y puso sus trapos a secar. Lo vi que temblaba de frío. Hacía aire y estaba nublado.

Me estuve asomando desde el boquete de la cerca donde me tenía el patrón al encargo de sus borregos. Volvía y miraba a aquel hombre sin que él se maliciara que alguien lo estaba espiando.

Se apalancó en sus brazos y se estuvo estirando y aflojando su humanidad, dejando orear el cuerpo para que se secara. Luego se enjaretó la camisa y los pantalones agujerados. Vi que no traía machete ni ningún arma. Solo la pura funda que le colgaba de la cintura, huérfana.

Miró y remiró para todos lados y se fue. Y ya iba yo a enderezarme para arriar mis borregos, cuando lo volví a ver con la misma traza de desorientado.

Se metió otra vez al río, en el brazo de en medio, de regreso.

"¿Qué traerá este hombre?", me pregunté.

Y nada. Se echó de vuelta al río y la corriente se soltó zangoloteándolo como un reguilete, y hasta por poco y se ahoga. Dio muchos manotazos y por fin no pudo pasar y salió allá abajo, echando buches de agua hasta desentriparse.

Volvió a hacer la operación de secarse en pelota y luego arrendó río arriba por el rumbo de donde había venido.

Que me lo dieran ahorita. De saber lo que había hecho lo hubiera apachurrado a pedradas y ni siquiera me entraría el remordimiento.

Ya lo decía yo que era un juilón. Con solo verle la cara. Pero no soy adivino, señor licenciado. Solo soy un cuidador de borregos y hasta si usted quiere algo miedoso cuando da la ocasión. Aunque, como usted dice, lo pude muy bien agarrar desprevenido y una pedrada bien dada en la cabeza lo hubiera dejado allí bien tieso. Usted ni quien se lo quite que tiene la razón.

Eso que me cuenta de todas las muertes que debía y que acababa de efectuar, no me lo perdono. Me gusta matar matones, créame usted. No es la costumbre; pero se ha de sentir sabroso ayudarle a Dios a acabar con esos hijos del mal.

La cosa es que no todo quedó allí. Lo vi venir de nueva cuenta al día siguiente. Pero yo todavía no sabía nada. ¡De haberlo sabido!

Lo vi venir más flaco que el día antes con los huesos afuerita del pellejo, con la camisa rasgada. No creí que fuera él, así estaba de desconocido.

Lo conocí por el arrastre de sus ojos: medio duros, como que lastimaban. Lo vi beber agua y luego hacer buches como quien está enjuagándose la boca; pero lo que pasaba era que se había tragado un buen puño de ajolotes, porque el charco donde se puso a sorber era bajito y estaba plagado de ajolotes. Debía de tener hambre.

Le vi los ojos, que eran dos agujeros oscuros como de cueva.

Se me arrimó y me dijo: "¿Son tuyas esas borregas?" Y yo le dije que no. "Son de quien las parió", eso le dije.

No le hizo gracia la cosa. Ni siquiera peló el diente. Se pegó a la más hobachona de mis borregas y con sus manos como tenazas le agarró las patas y le sorbió el pezón. Hasta acá se oían los balidos del animal; pero él no la soltaba, seguía chupe y chupe hasta que se hastió de mamar. Con decirle que tuve que echarle creolina en las ubres para que se le desinflamaran y no se le fueran a infestar los mordiscos que el hombre les había dado.

¿Dice usted que mató a toditita la familia de los Urquidi? De haberlo sabido lo atajo a puros leñazos.

Pero uno es ignorante. Uno vive remontado en el cerro, sin más trato que los borregos, y los borregos no saben de chismes.

Y al otro día se volvió a aparecer. Al llegar yo, llegó él. Y hasta entramos en amistad.

Me contó que no era de por aquí, que era de un lugar muy lejos; pero que no podía andar ya porque le fallaban las piernas: "Camino y camino y ando nada. Se me doblan las piernas de la debilidad. Y mi tierra está lejos, más allá de aquellos cerros." Me contó que se había pasado dos días sin comer más que puros yerbajos. Eso me dijo. ¿Dice usted que ni piedad le entró cuando mató a los familiares de los Urquidi? De haberlo sabido se habría quedado en juicio y con la boca abierta mientras estaba bebiéndose la leche de mis borregas.

Pero no parecía malo. Me contaba de su mujer y de sus chamacos. Y de lo lejos que estaban de él. Se sorbía los mocos al acordarse de ellos.

Y estaba reflaco, como trasijado. Todavía ayer se comió un pedazo de animal que se había muerto del relámpago. Parte amaneció comida de seguro por las hormigas arrieras y la parte que quedó él la tatemó en las brasas que yo prendía para calentarme las tortillas y le dio fin. Ruñó los huesos hasta dejarlos pelones.

"El animalito murió de enfermedad", le dije yo.

Pero como si ni me oyera. Se lo tragó enterito. Tenía hambre.

Pero dice usted que acabó con la vida de esa gente. De haberlo sabido. Lo que es ser ignorante y confiado. Yo no soy más que borreguero y de ahí en más no sé nada. ¡Con decirles que se comía mis mismas tortillas y que las embarraba en mi mismo plato!

¿De modo que ahora que vengo a decirle lo que sé, yo salgo encubridor? Pos ahora sí. ¿Y dice usted que me va a meter a la cárcel por esconder a ese individuo? Ni que yo fuera el que mató a la familia esa. Yo solo vengo a decirle que allí en un charco del río está un difunto. Y usted me alega que desde cuándo y cómo es y de qué modo es ese difunto. Y ahora que yo se lo digo, salgo encubridor. Pos ahora sí.

Créame usted, señor licenciado, que de haber sabido quién era aquel hombre no me hubiera faltado el modo de hacerlo perdidizo. ¿Pero yo qué sabía? Yo no soy adivino. Él solo me pedía de comer y me platicaba de sus muchachos, chorreando lágrimas.

Y ahora se ha muerto. Yo creí que había puesto a secar sus trapos entre las piedras del río; pero era él, enterito, el que estaba allí boca abajo, con la cara metida en el agua. Primero creí que se había doblado al empinarse sobre el río y no había podido ya enderezar la cabeza y que luego se había puesto a resollar agua, hasta que le vi la sangre coagulada que le salía por la boca y la nuca repleta de agujeros como si lo hubieran taladrado.

Yo no voy a averiguar eso. Solo vengo a decirle lo que pasó, sin quitar ni poner nada. Soy borreguero y no sé de otras cosas.

Gabriel García Márquez
(Colombia, 1927-2014)

Un señor muy viejo con unas alas enormes

Al tercer día de lluvia habían matado tantos cangrejos dentro de la casa que Pelayo tuvo que atravesar su patio anegado para tirarlos al mar, pues el niño recién nacido había pasado la noche con calenturas y se pensaba que era causa de la pestilencia. El mundo estaba triste desde el martes. El cielo y el mar eran una misma cosa de ceniza, y las arenas de la playa, que en marzo fulguraban como polvo de lumbre, se habían convertido en un caldo de lodo y mariscos podridos. La luz era tan mansa al mediodía, que cuando Pelayo regresaba a la casa después de haber tirado los cangrejos, le costó trabajo ver qué era lo que se movía y se quejaba en el fondo del patio. Tuvo que acercarse mucho para descubrir que era un hombre viejo, que estaba tumbado boca abajo en el lodazal, y a pesar de sus grandes esfuerzos no podía levantarse, porque se lo impedían sus enormes alas.

Asustado por aquella pesadilla, Pelayo corrió en busca de Elisenda, su mujer, que estaba poniéndole compresas al niño enfermo, y la llevó hasta el fondo del patio. Ambos observaron el cuerpo caído con un callado estupor. Estaba vestido como un trapero. Le quedaban apenas unas hilachas descoloridas en el cráneo pelado y muy pocos dientes en la boca, y su lastimosa condición de bisabuelo ensopado lo había desprovisto de toda grandeza. Sus alas de gallinazo grande, sucias y medio desplumadas, estaban encalladas para siempre en el lodazal. Tanto lo observaron, y con tanta atención, que Pelayo y Elisenda se sobrepusieron muy pronto del asombro y acabaron por encontrarlo familiar. Entonces se atrevieron a hablarle, y él les contestó en un dialecto incomprensible pero con una buena voz de navegante. Fue así como pasaron por alto el inconveniente de las alas, y concluyeron con muy buen juicio que era un náufrago solitario de alguna nave extranjera abatida por el temporal. Sin embargo, llamaron para que lo viera a una vecina que sabía todas las cosas de la vida y la muerte, y a ella le bastó con una mirada para sacarlos del error.

—Es un ángel —les dijo—. Seguro que venía por el niño, pero el pobre está tan viejo que lo ha tumbado la lluvia.

Al día siguiente todo el mundo sabía que en casa de Pelayo tenían cautivo un ángel de carne y hueso. Contra el criterio de la vecina sabia, para quien los ángeles de estos tiempos eran sobrevivientes fugitivos de una conspiración celestial, no habían tenido corazón para matarlo a palos. Pelayo estuvo vigilándolo toda la tarde desde la cocina, armado con un garrote de alguacil, y antes de acostarse lo sacó a rastras del lodazal y lo encerró con las gallinas en el gallinero alumbrado. A media noche, cuando terminó la lluvia, Pelayo y Elisenda seguían matando cangrejos. Poco después el niño despertó sin fiebre y con deseos de comer. Entonces se sintieron magnánimos y decidieron poner al ángel en una balsa con agua dulce y provisiones para tres días, y abandonarlo a su suerte en altamar. Pero cuando salieron al patio con las primeras luces, encontraron a todo el vecindario frente al gallinero, retozando con el ángel sin la menor devoción y echándole cosas de comer por los huecos de las alambradas, como si no fuera una criatura sobrenatural sino un animal de circo.

El padre Gonzaga llegó antes de las siete alarmado por la desproporción de la noticia. A esa hora ya habían acudido curiosos menos frívolos que los del amanecer, y habían hecho toda clase de conjeturas sobre el porvenir del cautivo. Los más simples pensaban que sería nombrado alcalde del mundo. Otros, de espíritu más áspero, suponían que sería ascendido a general de cinco estrellas para que ganara todas las guerras. Algunos visionarios esperaban que fuera conservado como semental para implantar en la tierra una estirpe de hombres alados y sabios que se hicieran cargo del Universo. Pero el padre Gonzaga, antes de ser cura, había sido leñador macizo. Asomado a las alambradas repasó un instante su catecismo, y todavía pidió que le abrieran la puerta para examinar de cerca de aquel varón de lástima que más parecía una enorme gallina decrépita entre las gallinas absortas. Estaba echado en un rincón, secándose al sol las alas extendidas, entre las cáscaras de fruta y las sobras de desayunos que le habían tirado los madrugadores. Ajeno a las impertinencias del mundo, apenas si levantó sus ojos de anticuario y murmuró algo en su dialecto cuando el padre Gonzaga entró en el gallinero y le dio los buenos días en latín. El párroco tuvo la primera sospecha de impostura al comprobar que no entendía la lengua de Dios ni sabía saludar a sus ministros. Luego observó que visto de cerca resultaba demasiado humano: tenía un insoportable olor de intemperie, el revés de las alas sembrado de algas parasitarias y las plumas mayores maltratadas por vientos terrestres, y nada de su naturaleza miserable estaba de acuerdo con la egregia dignidad de los ángeles. Entonces abandonó el gallinero, y con un breve sermón previno a los curiosos contra los riesgos de la ingenuidad. Les recordó que el demonio tenía la mala costumbre de recurrir a artificios de carnaval para confundir a los incautos. Argumentó que si las alas no eran el elemento esencial para determinar las diferencias entre un gavilán y un aeroplano, mucho menos podían serlo para reconocer a los ángeles. Sin embargo, prometió escribir una carta a su obispo, para que este escribiera otra al Sumo Pontífice, de modo que el veredicto final viniera de los tribunales más altos.

Su prudencia cayó en corazones estériles. La noticia del ángel cautivo se divulgó con tanta rapidez, que al cabo de pocas horas había en el patio un alboroto de mercado, y tuvieron que llevar la tropa con bayonetas para espantar el tumulto que ya estaba a punto de tumbar la casa. Elisenda, con el espinazo torcido de tanto barrer basura de feria, tuvo entonces la buena idea de tapiar el patio y cobrar cinco centavos por la entrada para ver al ángel.

Vinieron curiosos hasta de la Martinica. Vino una feria ambulante con un acróbata volador, que pasó zumbando varias veces por encima de la muchedumbre, pero nadie le hizo caso porque sus alas no eran de ángel sino de murciélago sideral. Vinieron en busca de salud los enfermos más desdichados del Caribe: una pobre mujer que desde niña estaba contando los latidos de su corazón y ya no le alcanzaban los números, un jamaicano que no podía dormir porque lo atormentaba el ruido de las estrellas, un sonámbulo que se levantaba de noche a deshacer dormido las cosas que había hecho despierto, y muchos otros de menor gravedad. En medio de aquel desorden de naufragio que hacía temblar la tierra, Pelayo y Elisenda estaban felices de cansancio, porque en menos de una semana atiborraron de plata los dormitorios, y todavía la fila de peregrinos que esperaban su turno para entrar llegaba hasta el otro lado del horizonte.

El ángel era el único que no participaba de su propio acontecimiento. El tiempo se le iba buscando acomodo en su nido prestado, aturdido por el calor de infierno de las lámparas de aceite y las velas de sacrificio que le arrimaban a las alambradas. Al principio trataron de que comiera cristales de alcanfor, que, de acuerdo con la sabiduría de la vecina sabia, era el alimento específico de los ángeles. Pero él los despreciaba, como despreció sin probarlos los almuerzos papales que le llevaban los penitentes, y nunca se supo si fue por ángel o por viejo que terminó comiendo nada más que papillas de berenjena. Su única virtud sobrenatural parecía ser la paciencia. Sobre todo en los primeros tiempos, cuando le picoteaban las gallinas en busca de los parásitos estelares que proliferaban en sus alas, y los baldados le arrancaban plumas para tocarse con ellas sus defectos, y hasta los más piadosos le tiraban piedras tratando de que se levantara para verlo de cuerpo entero. La única vez que consiguieron alterarlo fue cuando le abrasaron el costado con un hierro de marcar novillos, porque llevaba tantas horas de estar inmóvil que lo creyeron muerto. Despertó sobresaltado, despotricando en lengua hermética y con los ojos en lágrimas, y dio un par de aletazos que provocaron un remolino de estiércol de gallinero y polvo lunar, y un ventarrón de pánico que no parecía de este mundo. Aunque muchos creyeron que su reacción no había sido de rabia sino de dolor, desde entonces se cuidaron de no molestarlo, porque la mayoría entendió que su pasividad no era la de un héroe en uso de buen retiro sino la de un cataclismo en reposo.

El padre Gonzaga se enfrentó a la frivolidad de la muchedumbre con fórmulas de inspiración doméstica, mientras le llegaba un juicio terminante sobre la naturaleza del cautivo. Pero el correo de Roma había perdido la noción de la urgencia. El tiempo se les iba en averiguar si el convicto tenía ombligo, si su dialecto tenía algo que ver con el arameo, si podía caber muchas veces en la punta de un alfiler, o si no sería simplemente un noruego con alas. Aquellas cartas de parsimonia habrían ido y venido hasta el fin de los siglos, si un acontecimiento providencial no hubiera puesto término a las tribulaciones del párroco.

Sucedió que por esos días, entre muchas otras atracciones de las ferias errantes del Caribe, llevaron al pueblo el espectáculo triste de la mujer que se había convertido en araña por desobedecer a sus padres. La entrada para verla no solo costaba menos que la entrada para ver al ángel, sino que permitían hacerle toda clase de preguntas sobre su absurda condición, y examinarla al derecho y al revés, de modo que nadie pusiera en duda la verdad del horror. Era una tarántula espantosa del tamaño de un carnero y con la cabeza de una doncella triste. Pero lo más desgarrador no era su figura de disparate, sino la sincera aflicción con que contaba los pormenores de su desgracia: siendo casi una niña se había escapado de la casa de sus padres para ir a un baile, y cuando regresaba por el bosque después de haber bailado toda la noche sin permiso, un trueno pavoroso abrió el cielo en dos mitades, y por aquella grieta salió el relámpago de azufre que la convirtió en araña. Su único alimento eran las bolitas de carne molida que las almas caritativas quisieran echarle en la boca. Semejante espectáculo, cargado de tanta verdad humana y de tan temible escarmiento, tenía que derrotar sin proponérselo al de un ángel despectivo que apenas si se dignaba mirar a los mortales. Además los escasos milagros que se le atribuían al ángel revelaban un cierto desorden mental, como el del ciego que no recobró la visión pero le salieron tres dientes nuevos, y el del paralítico que no pudo andar pero estuvo a punto de ganarse la lotería, y el del leproso a quien le nacieron girasoles en las heridas. Aquellos milagros de consolación que más bien parecían entretenimientos de burla, habían quebrantado ya la reputación del ángel cuando la mujer convertida en araña terminó de aniquilarla. Fue así como el padre Gonzaga se curó para siempre del insomnio, y el patio de Pelayo volvió a quedar tan solitario como en los tiempos en que llovió tres días y los cangrejos caminaban por los dormitorios.

Los dueños de la casa no tuvieron nada que lamentar. Con el dinero recaudado construyeron una mansión de dos plantas, con balcones y jardines, y con sardineles muy altos para que no se metieran los cangrejos del invierno, y con barras de hierro en las ventanas para que no se metieran los ángeles. Pelayo estableció además un criadero de conejos muy cerca del pueblo y renunció para siempre a su mal empleo de alguacil, y Elisenda se compró unas zapatillas satinadas de tacones altos y muchos vestidos de seda tornasol, de los que usaban las señoras más codiciadas en los domingos de aquellos tiempos. El gallinero fue lo único que no mereció atención. Si alguna vez lo lavaron con creolina y quemaron las lágrimas de mirra en su interior, no fue por hacerle honor al ángel, sino por conjurar la pestilencia de muladar que ya andaba como un fantasma por todas partes y estaba volviendo vieja la casa nueva. Al principio, cuando el niño aprendió a caminar, se cuidaron de que no estuviera cerca del gallinero. Pero luego se fueron olvidando del temor y acostumbrándose a la peste, y antes de que el niño mudara los dientes se había metido a jugar dentro del gallinero, cuyas alambradas podridas se caían a pedazos. El ángel no fue menos displicente con él que con el resto de los mortales, pero soportaba las infamias más ingeniosas con una mansedumbre de perro sin ilusiones. Ambos contrajeron la varicela al mismo tiempo. El médico que atendió al niño no resistió la tentación de auscultar al ángel, y encontró tantos soplos en el corazón y tantos ruidos en los riñones, que no le pareció posible que estuviera vivo. Lo que más le asombró, sin embargo, fue la lógica de sus alas. Resultaban tan naturales en aquel organismo completamente humano, que no podía entender por qué no las tenían también los otros hombres.

Cuando el niño fue a la escuela, hacía mucho tiempo que el sol y la lluvia habían desbaratado el gallinero. El ángel andaba arrastrándose por acá y por allá como un moribundo sin dueño. Lo sacaban a escobazos de un dormitorio y un momento después lo encontraban en la cocina. Parecía estar en tantos lugares al mismo tiempo, que llegaron a pensar que se desdoblaba, que se repetía a sí mismo por toda la casa, y la exasperada Elisenda gritaba fuera de quicio que era una desgracia vivir en aquel infierno lleno de ángeles. Apenas si podía comer, sus ojos de anticuario se le habían vuelto tan turbios que andaba tropezando con los horcones, y ya no le quedaban sino las cánulas peladas de las últimas plumas. Pelayo le echó encima una manta y le hizo la caridad de dejarlo dormir en el cobertizo, y solo entonces advirtieron que pasaba la noche con calenturas delirantes en trabalenguas de noruego viejo. Fue esa una de las pocas veces en que se alarmaron, porque pensaban que se iba a morir, y ni siquiera la vecina sabia había podido decirles qué se hacía con los ángeles muertos.

Sin embargo, no solo sobrevivió a su peor invierno, sino que pareció mejor con los primeros soles. Se quedó inmóvil muchos días en el rincón más apartado del patio, donde nadie lo viera, y a principios de diciembre empezaron a nacerle en las alas unas plumas grandes y duras, plumas de pajarraco viejo, que más bien parecían un nuevo percance de la decrepitud. Pero él debía conocer la razón de estos cambios, porque se cuidaba muy bien de que nadie los notara, y de que nadie oyera las canciones de navegantes que a veces cantaba bajo las estrellas. Una mañana, Elisenda estaba cortando rebanadas de cebolla para el almuerzo, cuando un viento que parecía de alta mar se metió en la cocina. Entonces se asomó por la ventana, y sorprendió al ángel en las primeras tentativas del vuelo. Eran tan torpes, que abrió con las uñas un surco de arado en las hortalizas y estuvo a punto de desbaratar el cobertizo con aquellos aletazos indignos que resbalaban en la luz y no encontraban asidero en el aire. Pero logró ganar altura. Elisenda exhaló un suspiro de descanso, por ella y por él, cuando lo vio pasar por encima de las últimas casas, sustentándose de cualquier modo con un azaroso aleteo de buitre senil. Siguió viéndolo hasta cuando acabó de cortar la cebolla, y siguió viéndolo hasta cuando ya no era posible que lo pudiera ver, porque entonces ya no era un estorbo en su vida, sino un punto imaginario en el horizonte del mar.

Inés Arredondo

(México, 1928-1989)

La señal

El sol denso, inmóvil, imponía su presencia; la realidad estaba paralizada bajo su crueldad sin tregua. Flotaba el anuncio de una muerte suspensa, ardiente, sin podredumbre pero también sin ternura. Eran las tres de la tarde.

Pedro, aplastado, casi vencido, caminaba bajo el sol. Las calles vacías perdían su sentido en el deslumbramiento. El calor, seco y terrible como un castigo sin verdugo, le cortaba la respiración. Pero no importaba: dentro de sí hallaba siempre un lugar agudo, helado, mortificante que era peor que el sol, pero también un refugio, una especie de venganza contra él.

Llegó a la placita y se sentó debajo del gran laurel de la India. El silencio hacía un hueco alrededor del pensamiento. Era necesario estirar las piernas, mover un brazo, para no prolongar en uno mismo la quietud de las plantas y del aire. Se levantó y dando vuelta alrededor del árbol se quedó mirando la catedral.

Siempre había estado ahí, pero solo ahora veía que estaba en otro clima, en un clima fresco que comprendía su aspecto ausente de adolescente que sueña. Lo de adolescente no era difícil descubrirlo, le venía de la gracia desgarbada de su desproporción: era demasiado alta y demasiado delgada. Pedro sabía desde niño que ese defecto tenía una historia humilde: proyectada para tener tres naves, el dinero apenas había alcanzado para terminar la mayor; y esa pobreza inicial se continuaba fielmente en su carácter limpio de capilla de montaña —de ahí su aire de pinos. Cruzó la calle y entró, sin pensar que entraba en una iglesia.

No había nadie, solo el sacristán se movía como una sombra en la penumbra del presbiterio. No se oía ningún ruido. Se sentó a mitad de la nave cómodamente, mirando los altares, las flores de papel... pensó en la oración distraída que haría otro, el que se sentaba habitualmente en aquella banca, y hubo un instante en que llegó casi a desear creer así, en el fondo, tibiamente, pero lo suficiente para vivir.

El sol entraba por las vidrieras altas, amarillo, suave, y el ambiente era fresco. Se podía estar sin pensar, descansar de sí mismo, de la desesperación y de la esperanza. Y se quedó vacío, tranquilo, envuelto en la frescura y mirando al sol apaciguado deslizarse por las vidrieras.

Entonces oyó los pasos de alguien que entraba tímida, furtivamente. No se inquietó ni cambió de postura siquiera; siguió abandonado a su indiferente bienestar hasta que el que había entrado estuvo a su lado y le habló.

Al principio creyó no haber entendido bien y se volvió a mirarlo. Su rostro estaba tan cerca que pudo ver hasta los poros sudorosos, hasta las arrugas junto a la boca cansada. Era un obrero. Su cara, esa cara que después le pareció que había visto más cerca que ninguna otra, era una cara como hay miles, millones: curtida, ancha. Pero también vio los ojos grises y los párpados casi transparentes, de pestañas cortas, y la mirada, aquella mirada inexpresiva, desnuda.

—¿Me permite besarle los pies?

Lo repitió implacable. En su voz había algo tenso, pero la sostenía con decisión; había asumido su parte plenamente y esperaba que él estuviera a la altura, sin explicaciones. No estaba bien, no tenía por qué mezclarlo, ¡no podía ser! Era todo tan inesperado, tan absurdo.

Pero el sol estaba ahí, quieto y dulce, y el sacristán comenzó a encender con calma unas velas. Pedro balbuceó algo para excusarse. El hombre volvió a mirarlo. Sus ojos podían obligar a cualquier cosa, pero solo pedían.

—Perdóneme usted. Para mí también es penoso, pero tengo que hacerlo.

Él tenía. Y si Pedro no lo ayudaba, ¿quién iba a hacerlo? ¿Quién iba a consentir en tragarse la humillación inhumana de que otro le besara los pies? Qué dosis tan exigua de caridad y de pureza cabe en el alma de un hombre... Tuvo piedad de él.

—Está bien.

—¿Quiere descalzarse?

Era demasiado. La sangre le zumbaba en los oídos, estaba fuera de sí, pero lucido, tan lucido que presentía el asco del contacto, la vergüenza de la desnudez, y después el remordimiento y el tormento múltiple y sin cabeza. Lo sabía, pero se descalzó.

Estar descalzo así, como él, inerme y humillado, aceptando ser fuente de humillación para otro... nadie sabría nunca lo que eso era... era como morir en la ignominia, algo eternamente cruel.

No miró al obrero, pero sintió su asco, asco de sus pies y de él, de todos los hombres. Y aún así se había arrodillado con un respeto tal que lo hizo pensar que en ese momento, para ese ser, había dejado de ser un hombre y era la imagen de algo más sagrado.

Un escalofrío lo recorrió y cerró los ojos... Pero los labios calientes lo tocaron, se pegaron a su piel... Era amor, un amor expresado de carne a carne, de hombre a hombre, pero que tal vez... El asco estaba presente, el asco de los dos. Porque en el primer segundo, cuando lo rozaba apenas con su boca caliente, había pensado en una aberración. Hasta eso había llegado para después tener más tormento... No, no, los dos sentían asco, solo que por encima de él estaba el amor. Había que decirlo, que atreverse a pensar una vez, tan solo una vez, en la crucifixión.

El hombre se levantó y dijo: "Gracias"; lo miró con sus ojos limpios y se marchó.

Pedro se quedo ahí, solo ya con sus pies desnudos, tan suyos y tan ajenos ahora. Pies con estigma.

Para siempre en mí esta señal, que no sé si es la del mundo y su pecado o la de una desolada redención.

¿Por que yo? Los pies tenían una apariencia tan inocente, eran como los de todo el mundo, pero estaban llagados y él solo lo sabía. Tenía que mirarlos, tenía que ponerse los calcetines, los zapatos... Ahora le parecía que en eso residía su mayor vergüenza, en no poder ir descalzo, sin ocultar, fiel. No lo merezco, no soy digno. Estaba llorando.

Cuando salió de la iglesia el sol se había puesto ya. Nunca recordaría cabalmente lo que había pensado y sufrido en ese tiempo. Solamente sabia que tenía que aceptar que un hombre le había besado los pies y que eso lo cambiaba todo, que era, para siempre, lo más importante y lo más entrañable de su vida, pero que nunca sabría, en ningún sentido, lo que significaba.

Poéticas contemporáneas

Albalucía Ángel
(Colombia, 1939)

Capax en Salamina

A Fabio Simonelly y Graciela

Mientras en la viscosa multitud que alarga –pobre
carne de fusil– el hocico de la curiosidad
Luis C. López

Hay que traer el *Tres esquinas* y conseguir las rosas dice Elisenda a las muchachas y Arnaldo Paternina qué tanta batahola a dónde van tan afanadas y ellas coquetas limpiándose las manos en las enaguas de zaraza pues porque al mediodía llega el Tarzán del Amazonas no se había dado cuenta pues no yo no y cómo así don Arna si ayer salió Calamar no lee los periódicos y él no qué va yo no me ocupo de esas vainas estirando la mano e intentando el pellizco a Rosalbina la más pipiola de las dos la más morena morenaza le dice ay quien pudiera verte esos mamones y ella ay don Arna se le subió esta resolana y desde lejos Elisenda que quiubo pues que vayan rápido y el pueblo ansioso alebrestado todo el mundo atisbando en dirección al río a ver si ya repunta más de diez mil personas lo recibieron ayer en Calamar hay que batir el récord que nadie diga que Salamina queda atrás doscientos ramos siempre es mucho calcula Indania acelerando el paso con esa imagen de él clavada allá en el pecho coronado de flores con un fajón de tigre rodeándole la frente al cuerpo musculoso muy liso color bronce ay mi Tarzán Alberto Rojas Lesmes hoy cuando llegues voy a tocarte al fin todito anoche se soñó que él la besaba sin reparar siquiera en la reina del bacalao que le estiró el trofeo pero él como si nada todo ojos para ella que le entregó su ardor su cuerpo regordete esa alma que ahora tirita de emoción de pasión loca de suspiros velados al recordar sus bíceps pues recortó la foto de cuando tocó arena de Barbosa un caserío cercano a Magangué la autoridad del pueblo recibiéndolo el capitán Ospina Navia en el cayuco son los *Mesías del río* como lo dijo el párroco allá en Tamalameque cuando oficiaba misa y así en todos los pueblos ribereños de Palomino de El Peñón Santa Rosa Santa Ana Zapatoca él como un Dios del agua subiendo a nado desde Leticia el Magdalena ay Capax de mi vida quién va a igualar esa proeza hoy te dirán que no tenemos luz sino de seis a doce que alcantarilla no funciona que ni siquiera hay médico sino una comadrona que aplica mertiolate que los maestros brillan por su ausencia que el acueducto solo funciona de seis a ocho de la mañana y el agua no es purificada hay más de tres mujeres esperándote para que tú les cargues sus muchachos van a llamarse Capax como tú rey de mi vida y aquí el alcalde te tiene un cheque de mil pesos pues somos pobres como las ratas que se comieron parte de la bandera de Colombia cuando llegaste hasta Barranca donde ocho mil personas te vitorearon te llevaron en hombros luego en camión hasta la propia iglesia y entraste en carro hasta el altar mayor donde los de la huelga de hambre te esperaban nosotros no podemos porque la camioneta de Nelson Lacombé se volvió mierda ayer precisamente que la traía de arreglar desde Gamarra ay mi Tarzán de mis entrañas y un escalofrío violento la recorre un suspirar entrecortado algo que la acaricia como un gozar secreto Alberto Rojas Lesmes mi Capax mi delirio mi rey del Amazonas y entonces alguien grita que allá llega braceando que allí viene y nosotras sin las rosas la aspeta Rosalbina que echa correr como una loca pero ella queda encementada envarada pegada de la tierra mientras el corazón le bate a mil queriéndose salir y todo le da vueltas gira vertiginosamente voy a morirme piensa e intenta dar un paso porque él llego tocó la arena de la playa el himno nacional oh gloria inmarcesible entona el coro de la escuela Capax mi amor mi amor de lejos los aplausos la gritería los vivas los cohetes el pueblo antiguamente llevaba el nombre de Punta Gorda pero Simón Bolívar le puso Salamina a petición de una de sus amantes doña Juana Lenoir que amaba a Grecia y que al final murió de amor por don Simón Bolívar cuando llegaba a Tenerife y así se queda ella descolorida lánguida cadáver en medio de la calle sin que ninguno se dé cuenta porque Capax recorre en hombros la plazuela.

Ricardo Piglia
(Argentina, 1941-2017)

La loca y el relato del crimen

1

Gordo, difuso, meláncolico, el traje de filafil verde nilo flotándole en el cuerpo, Almada salió ensayando un aire de secreta euforia para tratar de borrar su abatimiento.

Las calles se aquietaban ya; oscuras y lustrosas, bajaban con un suave declive y lo hacían avanzar plácidamente, sosteniendo el ala del sombrero cuando el viento del río le tocaba la cara. En ese momento las coperas entraban en el primer turno. A cualquier hora hay hombres buscando una mujer, andan por la ciudad bajo el sol pálido, cruzan furtivamente hacia los dancings que en el atardecer dejan caer sobre la ciudad una música dulce. Almada se sentía perdido, lleno de miedo y de desprecio. Con el desaliento regresaba el recuerdo de Larry: el cuerpo distante de la mujer, blando sobre la banqueta de cuero, las rodillas abiertas, el pelo rojo contra las lámparas celestes del New Deal. Verla de lejos, a pleno día, la piel gastada, las ojeras, vacilando contra la luz malva que bajaba del cielo: altiva, borracha, indiferente, como si él fuera una planta o un bicho. "Poder humillarla una vez", pensó. "Quebrarla en dos para hacerla gemir y entregarse".

En la esquina, el local New Deal era una mancha ocre, corroída, más pervertida aún bajo la neblina de la seis de la tarde. Parado enfrente, retacón, ensimismado, Almada encendió un cigarrillo y levantó la cara como buscando en el aire el perfume maligno de Larry. Se sentía fuerte ahora, capaz de todo, capaz de entrar al cabaret y sacarla de un brazo y cachetearla hasta que obedeciera. "Años que quiero levantar vuelo", pensó de pronto. "Ponerme por mi cuenta en Panamá, Quito, Ecuador." En un costado, tendida en un zaguán, vio el bulto sucio de una mujer que dormía envuelta en trapos. Almada la empujó con un pie.

—Che, vos —dijo.

La mujer se sentó tanteando en el aire y levantó la cara como enceguecida.

—¿Cómo te llamás? —dijo él.

—¿Quién?

—Vos. ¿O no me oís?

—Echevarne, Angélica Inés —dijo ella, rígida—. Echevarne, Angélica Inés, que me dicen Anahí.

—¿Y qué hacés acá?

—Nada —dijo ella—. ¿Me das plata?

—Ahá, ¿querés plata?

La mujer se apretaba contra el cuerpo un viejo sobretodo de varón que la envolvía como una túnica.

—Bueno —dijo él—. Si te arrodillás y me besás los pies te doy mil pesos.

—¿Eh?

—¿Ves? Mirá —dijo Almada, agitando el billete entre sus deditos mochos–. Te arrodillás y te lo doy.

—Yo soy ella, soy Anahí. La pecadora, la gitana.

—¿Escuchaste? —dijo Almada—. ¿O estás borracha?

—La macarena, ay macarena, llena de tules —cantó la mujer, y empezó a arrodillarse contra los trapos que le cubrían la piel hasta hundir su cara entre las piernas de Almada. Él la miró desde lo alto, majestuoso, un brillo húmedo en sus ojitos de gato.

—Ahí lo tenés. Yo soy Almada —dijo, y le alcanzó el billete—. Comprate un perfume.

—La pecadora. Reina y madre —dijo ella—. No hubo nunca en todo este país un hombre más hermoso que Juan Bautista Bairoletto, el jinete.

Por el tragaluz del dancing se oía sonar un piano débilmente, indeciso. Almada cerró las manos en los bolsillos y enfiló hacia la música, hacia los cortinados color sangre de la entrada.

—La macarena, ay macarena —cantaba la loca—. Llena de tules y sedas, la macarena, ay, llena de tules —cantó la loca.

Antúnez entró en el pasillo amarillento de la pensión de Viamonte y Reconquista, sosegado, manso ya, agradecido a esa sutil combinación de los hechos de la vida que él llamaba su destino. Hacía una semana que vivía con Larry. Antes se encontraban cada vez que él se demoraba en el New Deal sin elegir o querer admitir que iba por ella; después, en la cama, los dos se usaban con frialdad y eficacia, lentos y perversamente. Antúnez se despertaba pasado el mediodía y bajaba a la calle, olvidado ya del resplandor agrio de la luz en las persianas entornadas. Hasta que al fin una mañana, sin nada que lo hiciera prever, ella se paró desnuda en medio del cuarto y como si hablara sola le pidió que no se fuera. Antúnez se largó a reír: "¿Para qué?", dijo. "¿Quedarme?", dijo él, un hombre pesado, envejecido. "¿Para qué?", le había dicho, pero ya estaba decidido, porque en ese momento empezaba a ser consciente de su inexorable decadencia, de los signos de ese fracaso que él había elegido llamar su destino. Entonces se dejó estar en esa pieza, sin nada que hacer salvo asomarse al balconcito de fierro para mirar la bajada de Viamonte y verla venir, lerda, envuelta en la neblina del amanecer. Se acostumbró al modo que tenía ella de entrar trayendo el cansancio de los hombres que le habían pagado copas y arrimarse, como encandilada, para dejar la plata sobre la mesa de luz. Se acostumbró también al pacto, a la secreta y querida decisión de no hablar del dinero, como si los dos supieran que la mujer pagaba de esa forma el modo que tenía él de protegerla de los miedos que de golpe le daban de morirse o de volverse loca.

"Nos queda poco de juego, a ella y a mí", pensó llegando al recodo del pasillo, y en ese momento, antes de abrir la puerta de la pieza, supo que la mujer se le había ido y que todo empezaba a perderse. Lo que no pudo imaginar fue que del otro lado encontraría la desdicha y la lástima, los signos de la muerte en los cajones abiertos y los muebles vacíos, en los frascos, perfumes y polvos de Larry tirados por el suelo: la despedida o el adiós escrito con rouge en el espejo del ropero, como un anuncio que hubiera querido dejarle la mujer antes de irse.

Vino él vino Almada vino a llevarme sabe todo lo nuestro vino al cabaret y es como un bicho una basura oh dios mío andate por favor te lo pido salvate vos Juan vino a buscarme esta tarde es una rata olvidame te lo pido olvidame como si nunca hubiera estado en tu vida yo Larry por lo que más quieras no me busques porque él te va a matar.

Antúnez leyó las letras temblorosas, dibujadas como una red en su cara reflejada en la luna del espejo.

2

A Emilio Renzi le interesaba la lingüística pero se ganaba la vida haciendo bibliográficas en el diario *El Mundo*: haber pasado cinco años en la Facultad especializándose en la fonología de Trubetzkoy y terminar escribiendo reseñas de media página sobre el desolado panorama literario nacional era sin duda la causa de su melancolía, de ese aspecto concentrado y un poco metafísico que lo acercaba a los personajes de Roberto Arlt.

El tipo que hacía policiales estaba enfermo la tarde en que la noticia del asesinato de Larry llegó al diario. El viejo Luna decidió mandar a Renzi a cubrir la información porque pensó que obligarlo a mezclarse en esa historia de putas baratas y cafishios le iba a hacer bien. Habían encontrado a la mujer cocida a puñaladas a la vuelta del New Deal; el único testigo del crimen era una pordiosera medio loca que decía llamarse Angélica Echevarne. Cuando la encontraron acunaba el cadáver como si fuera una muñeca y repetía una historia incompresible. La policía detuvo esa misma mañana a Juan Antúnez, el tipo que vivía con la copera, y el asunto parecía resuelto.

—Tratá de ver si podés inventar algo que sirva —le dijo el viejo Luna—. Andate hasta el Departamento que a la seis dejan entrar al periodismo.

En el Departamento de Policía Renzi encontró un solo periodista, un tal Rinaldi, que hacía crímenes en el diario *La Prensa*. El tipo era alto y tenía la piel esponjosa, como si recién hubiera salido del agua. Los hicieron pasar a una salita pintada de celeste que parecía un cine: cuatro lámparas alumbraban con una luz violenta una especie de escenario de madera. Por allí sacaron a un hombre altivo que se tapaba la cara con las manos esposadas: en seguida el lugar se llenó de fotógrafos que le tomaron instantáneas desde todos los ángulos. El tipo parecía flotar en una niebla y cuando bajó las manos miró a Renzi con ojos suaves.

—Yo no he sido —dijo—. Ha sido el gordo Almada, pero a ese lo protegen de arriba. Incómodo, Renzi sintió que el hombre le hablaba solo a él y le exigía ayuda.

—Seguro fue este —dijo Rinaldi cuando se lo llevaron—. Soy capaz de olfatear un criminal a cien metros: todos tienen la misma cara de gato meado, todos dicen que no fueron y hablan como si estuvieran soñando.

—Me pareció que decía la verdad.

—Siempre parecen decir la verdad. Ahí está la loca. La vieja entró mirando la luz y se movió por la tarima con un leve balanceo, como si caminara atada. En cuanto empezó a oírla, Renzi encendió su grabador.

—Yo he visto todo como si me viera el cuerpo todo por dentro los ganglios las entrañas el corazón que pertenece que perteneció y va a pertenecer a Juan Bautista Bairoletto el jinete por ese hombre le estoy diciendo váyase de aquí enemigo mala entraña o no ve que quiere sacarme la piel a lonjas y hacer visos encajes ropa de tul trenzando el pelo de la Anahí gitana la macarena, ay macarena una arrastrada sos no tenés alma y el brillo en esa mano un pedernal tomo ácido te juro si te acercás tomo ácido pecadora loca de envidia porque estoy limpia yo de todo mal soy una santa Echevarne Angélica Inés que me dicen Anahí tenía razón Hitler cuando dijo hay que matar a todos los entrerrianos soy bruja y soy gitana y soy la reina que teje un tul hay que tapar el brillo de esa mano un pedernal, el brillo que la hizo morir por qué te sacás el antifaz mascarita que me vio o no me vio y le habló de ese dinero Madre María Madre María en el zaguán Anahí fue gitana fue reina y fue amiga de Evita Perón y dónde está el purgatorio si no estuviera en Lanas donde llevaron a la virgen con careta en esa máquina con un moño de tul para taparle la cara que la he tenido blanca por la inocencia.

—Parece una parodia de Macbeth —susurró, erudito, Rinaldi—. Se acuerda, ¿no? El cuento contado por un loco que nada significa.

—Por un idiota, no por un loco —rectificó Renzi—. Por un idiota. ¿Y quién le dijo que no significa nada?

La mujer seguía hablando de cara a la luz.

—Por qué me dicen traidora sabe por qué le voy a decir porque a mí me amaba el hombre más hermoso en esta tierra Juan Bautista Bairoletto jinete de poncho inflado en el aire es un globo un globo gordo que flota bajo la luz amarilla no te acerqués si te acercás te digo no me toqués con la espada porque en la luz es donde yo he visto todo he visto como si me viera el cuerpo todo por dentro los ganglios las entrañas el corazón que perteneció que pertenece y que va a pertenecer.

—Vuelve a empezar —dijo Rinaldi.

—Tal vez está tratando de hacerse entender.

—¿Quién? ¿Ésa? Pero no ve lo rayada que está —dijo mientras se levantaba de la butaca—. ¿Viene?

—No. Me quedo.

—Oiga, viejo. ¿No se dio cuenta que repite siempre lo mismo desde que la encontraron?

—Por eso —dijo Renzi, controlando la cinta del grabador—. Por eso quiero escuchar: porque repite siempre lo mismo.

Tres horas más tarde Emilio Renzi desplegaba sobre el sorprendido escritorio del viejo Luna una transcripción literal del monólogo de la loca, subrayado con lápices de distintos colores y cruzado de marcas y de números.

—Tengo la prueba de que Antúnez no mató a la mujer. Fue otro, un tipo que él nombró, un tal Almada, el gordo Almada.

—¿Qué me contás? —dijo Luna, sarcástico—. Así que Antúnez dice que fue Almada y vos le creés.

—No. Es la loca que lo dice; la loca que hace diez horas repite siempre lo mismo sin decir nada. Pero precisamente porque repite lo mismo se la puede entender. Hay una serie de reglas en lingüística, un código que se usa para analizar el lenguaje psicótico.

—Decime, pibe —dijo Luna lentamente—. ¿Me estás cargando?

—Espere, déjeme hablar un minuto. En un delirio el loco repite, o mejor, está obligado a repetir, ciertas estructuras verbales que son fijas, como un molde, ¿se da cuenta? Un molde que va llenando con palabras. Para analizar esa estructura hay 36 categorías verbales que se llaman operadores lógicos. Son como un mapa, usted los pone sobre lo que dicen y se da cuenta que el delirio está ordenado, que repite esas fórmulas. Lo que no entra en ese orden, lo que no se puede clasificar, lo que sobra, el desperdicio, es lo nuevo: es lo que el loco trata de decir a pesar de la compulsión repetitiva. Yo analicé con ese método el delirio de esa mujer. Si usted mira va a ver que ella repite una cantidad de fórmulas, pero hay una serie de frases, de palabras que no se pueden clasificar, que quedan fuera de esa estructura. Yo hice eso y separé esas palabras y ¿qué quedó? —dijo Renzi, levantando la cara para mirar al viejo Luna—. ¿Sabe lo que queda? Esta frase: El hombre gordo la esperaba en el zaguán y no me vio y le habló de dinero y brilló esa mano que la hizo morir. ¿Se da cuenta? —remató Renzi, triunfal—. El asesino es el gordo Almada.

El viejo Luna lo miró impresionado y se inclinó sobre el papel.

—¿Ve? —insistió Renzi—. Fíjese que ella va diciendo esas palabras, las subrayadas en rojo, las va diciendo entre los agujeros que se pueden hacer en medio de lo que está obligada a repetir, la historia de Bairoletto, la virgen y todo el delirio. Si se fija en las diferentes versiones va a ver que las únicas palabras que cambian de lugar son esas con las que ella trata de contar lo que vio.

—Che, pero qué bárbaro. ¿Eso lo aprendiste en la Facultad?

—No me joda.

—No te jodo, en serio te digo. ¿Y ahora qué vas a hacer con todos estos papeles? ¿La tesis?

—¿Cómo qué voy a hacer? Lo vamos a publicar en el diario.

El viejo Luna sonrió como si le doliera algo.

—Tranquilizate, pibe. ¿O te pensás que este diario se dedica a la lingüística?

—Hay que publicarlo, ¿no se da cuenta? Así lo pueden usar los abogados de Antúnez. ¿No ve que ese tipo es inocente?

—Oíme, ese tipo está cocinado, no tiene abogados, es un cafishio, la mató porque a la larga siempre terminan así las locas esas. Me parece fenómeno el jueguito de palabras, pero paramos acá. Hacé una nota de cincuenta líneas contando que a la mina la mataron a puñaladas.

—Escuche, señor Luna —lo cortó Renzi—. Ese tipo se va a pasar lo que le queda de vida metido en cana.

—Ya sé. Pero yo hace treinta años que estoy metido en este negocio y sé una cosa: no hay que buscarse problemas con la policía. Si ellos te dicen que lo mató la Virgen María, vos escribís que lo mató la Virgen María.

—Está bien —dijo Renzi, juntando los papeles—. En ese caso voy a mandarle los papeles al juez.

—Decime, ¿vos te querés arruinar la vida? ¿Una loca de testigo para salvar un cafishio? ¿Por qué te querés mezclar? —En la cara le brillaba un dulce sosiego, una calma que nunca le había visto—. Mirá, tomate el día franco, andá al cine, hacé lo que quieras, pero no armes lío. Si te enredás con la policía te echo del diario.

Renzi se sentó frente a la máquina y puso un papel en blanco. Iba a redactar su renuncia; iba a escribir una carta al juez. Por las ventanas, las luces de la ciudad parecían grietas en la oscuridad. Prendió un cigarrillo y estuvo quieto, pensando en Almada, en

Larry, oyendo a la loca que hablaba de Bairoletto. Después bajó la cara y se largó a escribir casi sin pensar, como si alguien le dictara:

Gordo, difuso, melancólico, el traje de filafil verde nilo flotándole en el cuerpo —empezó a escribir Renzi—, Almada salió ensayando un aire de secreta euforia para tratar de borrar su abatimiento...

Roberto Bolaño

(Chile, 1953-2003)

El Ojo Silva

Para Rodrigo Pinto y María y Andrés Braithwaite

Lo que son las cosas, Mauricio Silva, llamado el Ojo, siempre intentó escapar de la violencia aun a riesgo de ser considerado un cobarde, pero de la violencia, de la verdadera violencia, no se puede escapar, al menos no nosotros, los nacidos en Latinoamérica en la década del cincuenta, los que rondábamos los veinte años cuando murió Salvador Allende.

El caso del Ojo es paradigmático y ejemplar y tal vez no sea ocioso volver a recordarlo, sobre todo cuando ya han pasado tantos años.

En enero de 1974, cuatro meses después del golpe de Estado, el Ojo Silva se marchó de Chile. Primero estuvo en Buenos Aires, luego los malos vientos que soplaban en la vecina república lo llevaron a México en donde vivió un par de años y en donde lo conocí.

No era como la mayoría de los chilenos que por entonces vivían en el D.F.: no se vanagloriaba de haber participado en una resistencia más fantasmal que real, no frecuentaba los círculos de exiliados.

Nos hicimos amigos y solíamos encontrarnos una vez a la semana, por lo menos, en el café La Habana, de Bucareli, o en mi casa de la calle Versalles en donde yo vivía con mi madre y con mi hermana. Los primeros meses el Ojo Silva sobrevivió a base de tareas esporádicas y precarias, luego consiguió trabajo como fotógrafo de un periódico del D.F. No recuerdo qué periódico era, tal vez *El Sol*, si alguna vez existió en México un periódico de ese nombre, tal vez *El Universal*; yo hubiera preferido que fuera *El Nacional*, cuyo suplemento cultural dirigía el viejo poeta español Juan Rejano, pero en *El Nacional* no fue porque yo trabajé allí y nunca vi al Ojo en la redacción. Pero trabajó en un periódico mexicano, de eso no me cabe la menor duda, y su situación económica mejoró, al principio imperceptiblemente, porque el Ojo se había acostumbrado a vivir de forma espartana, pero si uno afinaba la mirada podía apreciar señales inequívocas que hablaban de un repunte económico.

Los primeros meses en el D.F., por ejemplo, lo recuerdo vestido con sudaderas. Los últimos ya se había comprado un par de camisas e incluso una vez lo vi con corbata, una prenda que nosotros, es decir mis amigos poetas y yo, no usábamos nunca. De hecho, el único personaje encorbatado que alguna vez se sentó a nuestra mesa del café Quito, en la avenida Bucareli, fue el Ojo.

Por aquellos días se decía que el Ojo Silva era homosexual. Quiero decir: en los círculos de exiliados chilenos corría ese rumor, en parte como manifestación de maledicencia y en parte como un nuevo chisme que alimentaba la vida más bien aburrida de los exiliados, gente de izquierda que pensaba, al menos de cintura para abajo, exactamente igual que la gente de derecha que en aquel tiempo se enseñoreaba de Chile.

Una vez vino el Ojo a comer a mi casa. Mi madre lo apreciaba y el Ojo correspondía al cariño haciendo de vez en cuando fotos de la familia, es decir de mi madre, de mi hermana, de alguna amiga de mi madre y de mí. A todo el mundo le gusta que lo fotografíen, me dijo una vez. A mí me daba igual, o eso creía, pero cuando el Ojo dijo eso estuve pensando durante un rato en sus palabras y terminé por darle la razón. Solo a algunos indios no les gustan las fotos, dijo. Mi madre creyó que el Ojo estaba hablando de los mapuches, pero en realidad hablaba de los indios de la India, de esa India que tan importante iba a ser para él en el futuro.

Una noche me lo encontré en el café Quito. Casi no había parroquianos y el Ojo estaba sentado junto a los ventanales que daban a Bucareli con un café con leche servido en vaso, esos vasos grandes de vidrio grueso que tenía el Quito y que nunca más he vuelto a ver en un establecimiento público. Me senté junto a él y estuvimos charlando durante un rato. Parecía translúcido. Esa fue la impresión que tuve. El Ojo parecía de cristal, y su cara y el vaso de vidrio de su café con leche parecían intercambiar señales, como si se acabaran de encontrar, dos fenómenos incomprensibles en el vasto universo, y trataran con más voluntad que esperanza de hallar un lenguaje común.

Esa noche me confesó que era homosexual, tal como propagaban los exiliados, y que se iba de México. Por un instante creí entender que se marchaba porque era homosexual. Pero no, un amigo le había conseguido un trabajo en una agencia de fotógrafos de París y eso era algo con lo que siempre había soñado. Tenía ganas de hablar y yo lo escuché. Me dijo que durante algunos años había llevado con ¿pesar?, ¿discreción?, su inclinación sexual, sobre todo porque él se consideraba de izquierdas y los compañeros veían con cierto prejuicio a los homosexuales. Hablamos de la palabra invertido (hoy en desuso) que atraía como un imán paisajes desolados, y del término colisa, que yo escribía con ese y que el Ojo pensaba se escribía con zeta.

Recuerdo que terminamos despotricando contra la izquierda chilena y que en algún momento yo brindé por los *luchadores chilenos errantes*, una fracción numerosa de los *luchadores latinoamericanos errantes*, entelequia compuesta de huérfanos que, como su nombre indica, erraban por el ancho mundo ofreciendo sus servicios al mejor postor, que casi siempre, por lo demás, era el peor. Pero después de reírnos el Ojo dijo que la violencia no era cosa suya. Tuya sí, me dijo con una tristeza que entonces no entendí, pero no mía. Detesto la violencia. Yo le aseguré que sentía lo mismo. Después nos pusimos a hablar de otras cosas, libros, películas, y ya no nos volvimos a ver.

Un día supe que el Ojo se había marchado de México. Me lo comunicó un antiguo compañero suyo del periódico. No me pareció extraño que no se hubiera despedido de mí. El Ojo nunca se despedía de nadie. Yo nunca me despedía de nadie. Mis amigos mexicanos nunca se despedían de nadie. A mi madre, sin embargo, le pareció un gesto de mala educación.

Dos o tres años después yo también me marché de México. Estuve en París, lo busqué (si bien no con excesivo ahínco), no lo encontré. Con el paso del tiempo empecé a olvidar hasta su rostro, aunque siempre persistió en mi memoria una forma de acercarse, un estar, una forma de opinar desde cierta distancia y desde cierta tristeza nada enfática que asociaba con el Ojo Silva, un Ojo Silva que ya no tenía rostro o que había adquirido un rostro de sombras, pero que aún mantenía lo esencial, la memoria de su movimiento, una entidad casi abstracta pero en donde no cabía la quietud.

Pasaron los años. Muchos años. Algunos amigos murieron. Yo me casé, tuve un hijo, publiqué algunos libros.

En cierta ocasión tuve que ir a Berlín. La última noche, después de cenar con Heinrich von Berenberg y su familia, cogí un taxi (aunque usualmente era Heinrich el que cada noche me iba a dejar al hotel) al que ordené que se detuviera antes porque quería pasear un poco. El taxista (un asiático ya mayor que escuchaba a Beethoven) me dejó a unas cinco cuadras del hotel. No era muy tarde aunque casi no había gente por las calles. Atravesé una plaza. Sentado en un banco estaba el Ojo. No lo reconocí hasta que él me habló. Dijo mi nombre y luego me preguntó cómo estaba. Entonces me di la vuelta y lo miré durante un rato sin saber quién era. El Ojo seguía sentado en el banco y sus ojos me miraban y luego miraban el suelo o a los lados, los árboles enormes de la pequeña plaza berlinesa y las sombras que lo rodeaban a él con más intensidad (eso creí entonces) que a mí. Di unos pasos hacia él y le pregunté quién era. Soy yo, Mauricio Silva, dijo. ¿El Ojo Silva de Chile?, dije yo. Él asintió y solo entonces lo vi sonreír.

Aquella noche conversamos casi hasta que amaneció. El Ojo vivía en Berlín desde hacia algunos anos y sabía encontrar los bares que permanecían abiertos toda la noche. Le pregunté por su vida. A grandes rasgos me hizo un dibujo de los avatares del fotógrafo *freelancer*. Había tenido casa en París, en Milán y ahora en Berlín, viviendas modestas en donde guardaba los libros y de las que se ausentaba durante largas temporadas. Solo cuando entramos al primer bar pude apreciar cuánto había cambiado. Estaba mucho más flaco, el pelo entrecano y la cara surcada de arrugas. Noté asimismo que bebía mucho más que en México. Quiso saber cosas de mí. Por supuesto, nuestro encuentro no había sido casual. Mi nombre había aparecido en la prensa y el Ojo lo leyó o alguien le dijo que un compatriota suyo daba una lectura o una conferencia a la que no pudo ir, pero llamó por teléfono a la organización y consiguió las señas de mi hotel. Cuando lo encontré en la plaza solo estaba haciendo tiempo, dijo, y reflexionando a la espera de mi llegada.

Me reí. Reencontrarlo, pensé, había sido un acontecimiento feliz. El Ojo seguía siendo una persona rara y sin embargo asequible, alguien que no imponía su presencia, alguien al que le podías decir adiós en cualquier momento de la noche y él solo te diría adiós, sin un reproche, sin un insulto, una especie de chileno ideal, estoico y amable, un ejemplar que nunca había abundado mucho en Chile pero que solo allí se podía encontrar.

Releo estas palabras y sé que peco de inexactitud. El Ojo jamás se hubiera permitido estas generalizaciones. En cualquier caso, mientras estuvimos en los bares, sentados delante de un whisky y de una cerveza sin alcohol, nuestro diálogo se desarrolló básicamente en el terreno de las evocaciones, es decir fue un diálogo informativo y melancólico. El diálogo, en realidad el monólogo, que de verdad me interesa es el que se produjo mientras volvíamos a mi hotel, a eso de las dos de la mañana.

La casualidad quiso que se pusiera a hablar (o que se lanzara a hablar) mientras atravesábamos la misma plaza en donde unas horas antes nos habíamos encontrado. Recuerdo que hacía frío y que de repente escuché que el Ojo me decía que le gustaría contarme algo que nunca antes le había contado a nadie. Lo miré. El Ojo tenía la vista puesta en el sendero de baldosas que serpenteaba por la plaza. Le pregunté de qué se trataba. De un viaje, contestó en el acto. ¿Y qué pasó en ese viaje?, le pregunté. Entonces el Ojo se detuvo y durante unos instantes pareció existir solo para contemplar las copas de los altos árboles alemanes y los fragmentos de cielo y nubes que bullían silenciosamente por encima de estos.

Algo terrible, dijo el Ojo. ¿Tú te acuerdas de una conversación que tuvimos en el Quito antes de que me marchara de México? Sí, dije. ¿Te dije que era gay?, dijo el Ojo. Me dijiste que eras homosexual, dije yo. Sentémonos, dijo el Ojo.

Juraría que lo vi sentarse en el mismo banco, como si yo aún no hubiera llegado, aún no hubiera empezado a cruzar la plaza, y él estuviera esperándome y reflexionando sobre su vida y sobre la historia que el destino o el azar lo obligaba a contarme. Alzó el cuello de su abrigo y empezó a hablar. Yo encendí un cigarrillo y permanecí de pie. La historia del Ojo transcurría en la India. Su oficio y no la curiosidad de turista lo había llevado hasta allí, en donde tenía que realizar dos trabajos. El primero era el típico reportaje urbano, una mezcla de Marguerite Duras y Hermann Hesse, el Ojo y yo sonreímos, hay gente así, dijo, gente que quiere ver la India a medio camino entre *India Song* y *Sidharta*, y uno está para complacer a los editores. Así que el primer reportaje había consistido en fotos donde se vislumbraban casas coloniales, jardines derruidos, restaurantes de todo tipo, con predominio más bien del restaurante canalla o del restaurante de familias que parecían canallas y solo eran indias, y también fotos del extrarradio, las zonas verdaderamente pobres, y luego el campo y las vías de comunicación, carreteras, empalmes ferroviarios, autobuses y trenes que entraban y salían de la ciudad, sin olvidar la naturaleza como en estado latente, una hibernación ajena al concepto de hibernación occidental, árboles distintos a los árboles europeos, ríos y riachuelos, campos sembrados o secos, el territorio de los santos, dijo el Ojo.

El segundo reportaje fotográfico era sobre el barrio de las putas de una ciudad de la India cuyo nombre no conoceré nunca.

Aquí empieza la verdadera historia del Ojo. En aquel tiempo aún vivía en París y sus fotos iban a ilustrar un texto de un conocido escritor francés que se había especializado en el submundo de la prostitución. De hecho, su reportaje solo era el primero de una serie que comprendería barrios de tolerancia o zonas rojas de todo el mundo, cada una fotografiada por un fotógrafo diferente, pero todas comentadas por el mismo escritor.

No sé a qué ciudad llegó el Ojo, tal vez Bombay, Calcuta, tal vez Benarés o Madrás, recuerdo que se lo pregunté y que él ignoró mi pregunta. Lo cierto es que llegó a la India solo, pues el escritor francés ya tenía escrita su crónica y él únicamente debía ilustrarla, y se dirigió a los barrios que el texto del francés indicaba y comenzó a hacer fotografías. En sus planes —y en los planes de sus editores— el trabajo y por lo tanto la estadía en la India no debía prolongarse más allá de una semana. Se hospedó en un hotel en una zona tranquila, una habitación con aire acondicionado y con una ventana que daba a un patio que no pertenecía al hotel y en donde había dos árboles y una fuente entre los árboles y parte de una terraza en donde a veces aparecían dos mujeres seguidas o precedidas de varios niños. Las mujeres vestían a la usanza india, o lo que para el Ojo eran vestimentas indias, pero a los niños incluso una vez los vio con corbatas. Por las tardes se desplazaba a la zona roja y hacía fotos y charlaba con las putas, algunas jovencísimas y muy hermosas, otras un poco mayores o más estropeadas, con pinta de matronas escépticas y poco locuaces. El olor, que al principio más bien lo molestaba, terminó gustándole. Los chulos (no vio muchos) eran amables y trataban de comportarse como chulos occidentales o tal vez (pero esto lo soñó después, en su habitación de hotel con aire acondicionado) eran estos últimos quienes habían adoptado la gestualidad de los chulos hindúes.

Una tarde lo invitaron a tener relación carnal con una de las putas. Se negó educadamente. El chulo comprendió en el acto que el Ojo era homosexual y a la noche siguiente lo llevó a un burdel de jóvenes maricas. Esa noche el Ojo enfermó. Ya estaba dentro de la India y no me había dado cuenta, dijo estudiando las sombras del parque berlinés. ¿Qué hiciste?, le pregunté. Nada. Miré y sonreí. Y no hice nada. Entonces a uno de los jóvenes se le ocurrió que tal vez al visitante le agradara visitar otro tipo de establecimiento. Eso dedujo el Ojo, pues entre ellos no hablaban en inglés. Así que salieron de aquella casa y caminaron por calles estrechas e infectas hasta llegar a una casa cuya fachada era pequeña pero cuyo interior era un laberinto de pasillos, habitaciones minúsculas y sombras de las que sobresalía, de tanto en tanto, un altar o un oratorio.

Es costumbre en algunas partes de la India, me dijo el Ojo mirando el suelo, ofrecer un niño a una deidad cuyo nombre no recuerdo. En un arranque desafortunado le hice notar que no solo no recordaba el nombre de la deidad sino que tampoco el nombre de la ciudad ni el de ninguna persona de su historia. El Ojo me miró y sonrió. Trato de olvidar, dijo.

En ese momento me temí lo peor, me senté a su lado y durante un rato ambos permanecimos con los cuellos de nuestros abrigos levantados y en silencio. Ofrecen un niño a ese dios, retomó su historia tras escrutar la plaza en penumbras, como si temiera la cercanía de un desconocido, y durante un tiempo que no sé mensurar el niño encarna al dios. Puede ser una semana, lo que dure la procesión, un mes, un año, no lo sé. Se trata de una fiesta bárbara, prohibida por las leyes de la república india, pero que se sigue celebrando. Durante el transcurso de la fiesta el niño es colmado de regalos que sus padres reciben con gratitud y felicidad, pues suelen ser pobres. Terminada la fiesta el niño es devuelto a su casa, o al agujero inmundo donde vive y todo vuelve a recomenzar al cabo de un año.

La fiesta tiene la apariencia de una romería latinoamericana, solo que tal vez es más alegre, más bulliciosa y probablemente la intensidad de los que participan, de los que se saben participantes, sea mayor. Con una sola diferencia. Al niño, días antes de que empiecen los festejos, lo castran. El dios que se encarna en él durante la celebración exige un cuerpo de hombre —aunque los niños no suelen tener más de siete años sin la mácula de los atributos masculinos. Así que los padres lo entregan a los médicos de la fiesta o a los barberos de la fiesta o a los sacerdotes de la fiesta y estos lo emasculan y cuando el niño se ha recuperado de la operación comienza el festejo. Semanas o meses después, cuando todo ha acabado, el niño vuelve a casa, pero ya es un castrado y los padres lo rechazan. Y entonces el niño acaba en un burdel. Los hay de todas clases, dijo el Ojo con un suspiro. A mí, aquella noche, me llevaron al peor de todos.

Durante un rato no hablamos. Yo encendí un cigarrillo. Después el Ojo me describió el burdel y parecía que estaba describiendo una iglesia. Patios interiores techados. Galerías abiertas. Celdas en donde gente a la que tú no veías espiaba todos tus movimientos. Le trajeron a un joven castrado que no debía tener más de diez años. Parecía una niña aterrorizada, dijo el Ojo. Aterrorizada y burlona *al mismo tiempo*. ¿Lo puedes entender? Me hago una idea, dije. Volvimos a enmudecer. Cuando por fin pude hablar otra vez dije que no, que no me hacía ninguna idea. Ni yo, dijo el Ojo. Nadie se puede hacer una idea. Ni la víctima, ni los verdugos, ni los espectadores. Solo una foto.

¿Le sacaste una foto?, dije. Me pareció que el Ojo era sacudido por un escalofrío. Saqué mi cámara, dijo, y le hice una foto. Sabía que estaba condenándome para toda la eternidad, pero lo hice.

Ignoro cuánto rato estuvimos en silencio. Sé que hacía frío pues yo en algún momento me puse a temblar. A mi lado oí sollozar al Ojo un par de veces, pero preferí no mirarlo. Vi los faros de un coche que pasaba por una de las calles laterales de la plaza. A través del follaje vi encenderse una ventana.

Después el Ojo siguió hablando. Dijo que el niño le había sonreído y luego se había escabullido mansamente por uno de los pasillos de aquella casa incomprensible. En algún momento uno de los chulos le sugirió que si allí no había nada de su agrado se marchara. El Ojo se negó. No podía irse. Se lo dijo así: no puedo irme todavía.

Y era verdad, aunque él desconocía qué era aquello que le impedía abandonar aquel antro para siempre. El chulo, sin embargo, lo entendió y pidieron té o un brebaje parecido. El Ojo recuerda que se sentaron en el suelo, sobre unas esteras o sobre unas alfombrillas estropeadas por el uso. La luz provenía de un par de velas. Sobre la pared colgaba un póster con la efigie del dios. Durante un rato el Ojo miró al dios y al principio se sintió atemorizado, pero luego sintió algo parecido a la rabia, tal vez al odio.

Yo nunca he odiado a nadie, dijo mientras encendía un cigarrillo y dejaba que la primera bocanada se perdiera en la noche berlinesa.

En algún momento, mientras el Ojo miraba la efigie del dios, aquellos que lo acompañaban desaparecieron. Se quedó solo con una especie de puto de unos veinte años que hablaba inglés. Y luego, tras unas palmadas, reapareció el niño. Yo estaba llorando, o yo creía que estaba llorando, o el pobre puto creía que yo estaba llorando, pero nada era verdad. Yo intentaba mantener una sonrisa en la cara (una cara que ya no me pertenecía, una cara que se estaba alejando de mí como una hoja arrastrada por el viento), pero en mi interior lo único que hacía era maquinar. No un plan, no una forma vaga de justicia, sino una voluntad.

Y después el Ojo y el puto y el niño se levantaron y recorrieron un pasillo mal iluminado y otro pasillo peor iluminado (con el niño a un lado del Ojo, mirándolo, sonriéndole, y el joven puto también le sonreía, y el Ojo asentía y prodigaba ciegamente las monedas y los billetes) hasta llegar a una habitación en donde dormitaba el médico y junto a él otro niño con la piel aún más oscura que la del niño castrado y menor que este, tal vez seis años o siete, y el Ojo escuchó las explicaciones del médico o del barbero o del sacerdote, unas explicaciones prolijas en donde se mencionaba la tradición, las fiestas populares, el privilegio, la comunión, la embriaguez y la santidad, y pudo ver los instrumentos quirúrgicos con que el niño iba a ser castrado aquella madrugada o la siguiente, en cualquier caso el niño había llegado, pudo entender, aquel mismo día al templo o al burdel, una medida preventiva, una medida higiénica, y había comido bien, como si ya encarnara al dios, aunque lo que el Ojo vio fue un niño que lloraba medio dormido y medio despierto, y también vio la mirada medio divertida y medio aterrorizada del niño castrado que no se despegaba de su lado. Y entonces el Ojo se convirtió en otra cosa, aunque la palabra que él empleó no fue "otra cosa" sino "madre".

Dijo madre y suspiró. Por fin. Madre.

Lo que sucedió a continuación de tan repetido es vulgar: la violencia de la que no podemos escapar. El destino de los latinoamericanos nacidos en la década de los cincuenta. Por supuesto, el Ojo intentó sin gran convicción el diálogo, el soborno, la amenaza. Lo único cierto es que hubo violencia y poco después dejó atrás las calles de aquel barrio como si estuviera soñando y transpirando a mares. Recuerda con viveza la sensación de exaltación que creció en su espíritu, cada vez mayor, una alegría que se parecía peligrosamente a algo similar a la lucidez, pero que no era (*no podía ser*) lucidez. También: la sombra que proyectaba su cuerpo y las sombras de los dos niños que llevaba de la mano sobre los muros descascarados. En cualquier otra parte hubiera concitado la atención. Allí, a aquella hora, nadie se fijó en él.

El resto, más que una historia o un argumento, es un itinerario. El Ojo volvió al hotel, metió sus cosas en la maleta y se marchó con los niños. Primero en un taxi hasta una aldea o un barrio de las afueras. Desde allí en un autobús hasta otra aldea en donde cogieron otro autobús que los llevó a otra aldea. En algún punto de su fuga se subieron a un tren y viajaron toda la noche y parte del día. El Ojo recordaba el rostro de los niños mirando por la ventana un paisaje que la luz de la mañana iba deshilachando, como si nunca nada hubiera sido real salvo aquello que se ofrecía, soberano y humilde, en el marco de la ventana de aquel tren misterioso.

Después cogieron otro autobús, y un taxi, y otro autobús, y otro tren, y hasta hicimos dedo, dijo el Ojo mirando la silueta de los árboles berlineses pero en realidad mirando la silueta de otros árboles, innombrables, imposibles, hasta que finalmente se detuvieron en una aldea en alguna parte de la India y alquilaron una casa y descansaron.

Al cabo de dos meses el Ojo ya no tenía dinero y fue caminando hasta otra aldea desde donde envió una carta al amigo que entonces tenía en París. Al cabo de quince días recibió un giro bancario y tuvo que ir a cobrarlo a un pueblo más grande, que no era la aldea desde la que había mandado la carta ni mucho menos la aldea en donde vivía. Los niños estaban bien. Jugaban con otros niños, no iban a la escuela y a veces llegaban a casa con comida, hortalizas que los vecinos les regalaban. A él no lo llamaban padre, como les había sugerido más que nada como una medida de seguridad, para no atraer la atención de los curiosos, sino Ojo, tal como le llamábamos nosotros. Ante los aldeanos, sin embargo, el Ojo decía que eran sus hijos. Se inventó que la madre, india, había muerto hacía poco y él no quería volver a Europa. La historia sonaba verídica. En sus pesadillas, no obstante, el Ojo soñaba que en mitad de la noche aparecía la policía india y lo detenían con acusaciones indignas. Solía despertar temblando. Entonces se acercaba a las esterillas en donde dormían los niños y la visión de estos le daba fuerzas para seguir, para dormir, para levantarse.

Se hizo agricultor. Cultivaba un pequeño huerto y en ocasiones trabajaba para los campesinos ricos de la aldea. Los campesinos ricos, por supuesto, en realidad eran pobres, pero menos pobres que los demás. El resto del tiempo lo dedicaba a enseñar inglés a los niños, y algo de matemáticas, y a verlos jugar. Entre ellos hablaban en un idioma incomprensible. A veces los veía detener los juegos y caminar por el campo como si de pronto se hubieran vuelto sonámbulos. Los llamaba a gritos. A veces los niños fingían no oírlo y seguían caminando hasta perderse. Otras veces volvían la cabeza y le sonreían.

¿Cuánto tiempo estuviste en la India?, le pregunté alarmado.

Un año y medio, dijo el Ojo, aunque a ciencia cierta no lo sabía.

En una ocasión su amigo de París llegó a la aldea. Todavía me quería, dijo el Ojo, aunque en mi ausencia se había puesto a vivir con un mecánico argelino de la Renault. Se rió después de decirlo. Yo también me reí. Todo era tan triste, dijo el Ojo. Su amigo que llegaba a la aldea a bordo de un taxi cubierto de polvo rojizo, los niños corriendo detrás de un insecto, en medio de unos matorrales secos, el viento que parecía traer buenas y malas noticias.

Pese a los ruegos del francés no volvió a París. Meses después recibió una carta de este en donde le comunicaba que la policía india no lo perseguía. Al parecer la gente del burdel no había interpuesto denuncia alguna. La noticia no impidió que el Ojo siguiera sufriendo pesadillas, solo cambió la vestimenta de los personajes que lo detenían y lo zaherían: en lugar de ser policías se convirtieron en esbirros de la secta del dios castrado. El resultado final era aún más horroroso, me confesó el Ojo, pero yo ya me había acostumbrado a las pesadillas y de alguna forma siempre supe que estaba en el interior de un sueño, que eso no era la realidad.

Después llegó la enfermedad a la aldea y los niños murieron. Yo también quería morirme, dijo el Ojo, pero no tuve esa suerte.

Tras convalecer en una cabaña que la lluvia iba destrozando cada día, el Ojo abandonó la aldea y volvió a la ciudad en donde había conocido a sus hijos. Con atenuada sorpresa descubrió que no estaba tan distante como pensaba, la huida había sido en espiral y el regreso fue relativamente breve. Una tarde, la tarde en que llegó a la ciudad, fue a visitar el burdel en donde castraban a los niños. Sus habitaciones se habían convertido en viviendas en donde se hacinaban familias enteras. Por los pasillos que recordaba solitarios y fúnebres ahora pululaban niños que apenas sabían andar y viejos que ya no podían moverse y se arrastraban. Le pareció una imagen del paraíso.

Aquella noche, cuando volvió a su hotel, sin poder dejar de llorar por sus hijos muertos, por los niños castrados que él no había conocido, por su juventud perdida, por todos los jóvenes que ya no eran jóvenes y por los jóvenes que murieron jóvenes, por los que lucharon por Salvador Allende y por los que tuvieron miedo de luchar por Salvador Allende, llamó a su amigo francés, que ahora vivía con un antiguo levantador de pesas búlgaro, y le pidió que le enviara un billete de avión y algo de dinero para pagar el hotel.

Y su amigo francés le dijo que sí, que por supuesto, que lo haría de inmediato, y también le dijo ¿qué es ese ruido?, ¿estás llorando?, y el Ojo dijo que sí, que no podía dejar de llorar, que no sabía qué le pasaba, que llevaba horas llorando. Y su amigo francés le dijo que se calmara. Y el Ojo se rió sin dejar de llorar y dijo que eso haría y colgó el teléfono. Y luego siguió llorando sin parar.

Rodrigo Fresán

(Argentina, 1963)

El aprendiz de brujo

Nos embarcamos en una serie de horribles
acontecimientos en los que, de algún modo,
influyó la divina providencia.
Mayor Guy Sheridan,
Diary. 42 Commando, April 1982

Así: como uno de esos barcos que, después de bailar toda la noche con un iceberg al compás de música desarreglada por Mr. Stokowski, descubre que se hunde por entre pasajes disonantes de viento ártico.

Así es.

A veces hasta puedo hilvanar una frase entera con cierta gracia, mis palabras ofrecen una coreografía discernible y, por un tiempo muy limitado, dejo de ser la persona que soy y me convierto en la persona que el resto del mundo querría que fuera.

Me explico: soy de esas impresentables aberraciones de la naturaleza que, si se les pregunta dónde está, lo más probable es que contesten *En el planeta Tierra*. Con esto quiero decir que no soy lo que se considera una persona muy ubicada en el contexto real de las cosas. Seguro que no es la primera vez que oyen referirse a alguien como yo, individuos a los cuales las diferentes formas del arte pretenden redimir y presentar como criaturas encantadoras, diferentes, antihéroes, cuando en realidad somos auténticas basuras: formas originales de lo monstruoso que lo único que hacen es alterar lo establecido. Pérdidas de tiempo en constante movimiento.

En este momento, por ejemplo, no tengo la menor idea de mi ubicación geográfica. Pero, a propósito del barco, pienso que, por una vez, tengo una historia que, sí, transcurre en el planeta Tierra y, sí, merece ser contada. No sé si fue hace mucho o poco tiempo; por favor, no pidan ese tipo de precisiones. Recuerdo que el vapor de las ollas dificultaba la visión y que al principio no sabíamos si era de noche o de día. De estar en uno de esos titánicos transatlánticos en picada hacia el fondo del mar, nos ubicaríamos en la sala de máquinas, ajenos a la catástrofe hasta el inevitable colapso final, preguntándonos con risitas nerviosas por qué todo empieza a inclinarse para un lado sin que nadie nos haya avisado nada.

Recuerdo también que a veces alguien reía a carcajadas, a veces alguien lloraba.

La relación con el espacio fue lo último que cambió. Siva nos había advertido acerca de esto, así que no nos tomó por sorpresa. Nos acostumbramos enseguida a la furiosa economía de movimientos, al desplazamiento armónico.

"En el gesto preciso descansa el secreto de la perfección del Todo", decía Siva moviéndose por el espacio hecho a su medida. De algún modo, lo que terminó ocurriendo no hizo más que rubricar lo acertado de su credo privado. Así, todo gesto inútil fue olvidado, me acuerdo. Y me acuerdo de Mike.

—Algún día alguien va a filmar mi vida, Argie —dice Mike.

Mike es australiano. Mike está llorando. Mike es el héroe de esta historia. Mike está pelando una cebolla.

—Y yo no voy a ir a ver esa película —le contesto.

Yo estoy limpiando un horno. Y la conversación, o lo que por estos lados se entiende como una conversación, termina más o menos ahí. La puesta en marcha del músculo de la lengua, nos ha sido advertido, es accesoria y no tiene justificación, no es útil para la perfección del Todo.

Mike tiene que pelar varios kilos de cebollas y a mí me quedan un par de hornos sucios por lavar. El plato para el que Mike está trabajando se llama *Seaside Fantasy* y a las cebollas hay que cortarlas con la forma de esas pequeñas estrellas que se mueven por el fondo del mar. El fondo del mar, ese lugar lleno de agua hacia donde, de una manera u otra, tarde o temprano, iremos a dar todos nosotros.

A los ocho años me prohibieron ver la película *Fantasía*. Voy a ser más preciso: a los ocho años me prohibieron volver a ver la película *Fantasía*. Ya la había visto cinco veces. Pero no fue por eso que me prohibieron volver a verla. *Fantasía* es esa película de Walt Disney. La que tiene música clásica, y al ratón Mickey, y a las escobas embrujadas cargando baldes y baldes de agua hasta que el castillo del hechicero se inunda y parece el fondo del mar.

El aprendiz de brujo.

Porque, en realidad, *El aprendiz de brujo* es lo único que me interesa de toda la película. No me acuerdo del resto de la película, como no me acuerdo de casi nada más allá de *El aprendiz de brujo*. En serio, el asunto es que la escena de las escobas embrujadas me convirtió en la persona que el resto del mundo no querría que fuera, y de algún modo hay un antes y un después de *El aprendiz de brujo* en mi vida. Porque, sépanlo, yo era diferente antes de ver *Fantasía*. Al menos eso dice mi madre. Me volví loco por culpa de una película de Walt Disney, dice.

El restaurante se llama Savoy Fair y queda en Londres. Hasta aquí voy bien. Lo que no termino de entender del todo es qué mierda hago yo en el Savoy Fair. Creo que ya lo dije: limpio hornos. Estoy haciendo un *stage* en el Savoy Fair. En un *stage* uno paga para hacer de esclavo, aunque suene bastante mejor en los papeles, claro. Mis padres pagaron para que yo, en Londres, en el Savoy Fair, en un *gastronomic stage*, sea esclavo de esa deidad llamada Siva encarnada en un mortal llamado Roderick Shastri.

En realidad, esto del *stage* viene a ser una especie de castigo por algo que hice o dejé de hacer dos o tres meses antes de mi llegada a Londres. No voy a entrar en detalles sórdidos. Alcance con decir (voy a utilizar aquí la versión oficial, la de mi madre) que "no me porté nada bien con la hija de un amigo de papá". Versión discutible, entre otras cosas, porque mi madre no conoce a Leticia, no conoce a la verdadera Leticia. La "hija de un amigo de papá con la que yo no me porté nada bien" es, a mi insano juicio, una forma bastante simplista de ver las cosas.

Pero no importa. Me mandaron castigado a un restaurante de Londres. Tía Ana vive en Londres y yo vivo con Tía Ana. Perfecto, en lo que a mí respecta. Siempre me llevé bien con Tía Ana y fue Tía Ana quien me llevó a ver *Fantasía* por primera vez. Con esto intento decir que mi deuda con Tía Ana es inmensa, por más que, cada vez que toque el tema, ella mire para otro lado y se ponga a hablar de automóviles. La casa de Tía Ana queda cerca de Saville Road. Yo duermo ahí, en el cuarto de arriba del taller, pero paso la mayoría del tiempo en el Savoy Fair. Fines de semana incluidos.

Lo del restaurante se le ocurrió a mi madre. Se supone que me gusta cocinar; que la cocina, junto con el ratón Mickey en *El aprendiz de brujo*, es una de las pocas cosas que me interesan. El plan es que vuelva curado a Buenos Aires y que abra mi propio restaurante con capitales de lo que me corresponde de la herencia del abuelo, y que me case con Leticia, con la Leticia que mi madre —y el resto del mundo— conoce desde el día que nació, no con la Leticia que solo yo conozco, la verdadera Leticia.

La verdadera Leticia se rió a carcajadas todo el camino al aeropuerto y no paraba de hablarme de Laurita, Laurita querida, su hermana mayor muerta. Me acuerdo; Leticia me grita en el oído algo así como que Laurita no se ahogó en Punta del Este. Esa es otra de las tantas versiones oficiales que caracterizan a nuestra ilustre casta, me dice. Laura, la perfecta Laurita Feijóo Pearson, está desaparecida, entendés, se mezcló con el hijo único de Daniel Chevieux, el socio de papá en el estudio de abogacía, ¿te acordás?, y parece que se los chuparon a los dos, que aparecieron ahogados, es cierto, pero en el Río de la Plata y no en Punta del Este. Los tiraron desde un avión. Hace cinco años. Desaparecidos y todo eso.

Yo dije no entiendo nada y entonces Leticia frena el auto a un costado del camino y me empieza a pegar con sus hermosos puñitos. Me pega y me pide que le pegue y, después, que "no me porte nada bien" con ella. Abre una valijita y me va pasando las... todas esas cosas. Cuero, metal, seda; ya saben. Con mirada cómplice y sonrisa sabia.

Así es la historia, y la verdad es que extraño un poco a Leticia; hay momentos en que todo el tema me desborda y es como si me viese desde afuera. Toda mi vida, quiero decir. La veo como si fuese la de otra persona. Una vez leí en una revista que los que estuvieron clínicamente muertos por algunos segundos sienten lo mismo. Se ven desde afuera. Tal vez esté clínicamente muerto desde hace años, quién sabe, desde que vi *Fantasía* por primera vez, y lo que veo en momentos así hace que estos veinticinco años de edad no tengan demasiado sentido. Como si le faltaran partes importantes a la historia. Me cansa mucho buscar esas partes que faltan.

Cuando ocurre esto, nada mejor que ponerse a pensar en *El aprendiz de brujo*. Escobas y baldes fuera de control ante la mirada perpleja de un ratón que acaba de alterar el orden del universo. Por más que el psiquiatra decía que no tengo que pensar en eso, juro que me siento mucho mejor cuando lo hago. En serio.

Mike, el australiano, por si a alguien le interesa, asegura que las revistas especializadas se equivocan: la *cuisine* de Roderick Shastri no es tan "creativa", ni "sublime", ni "plena de encantadoras sugerencias". Lo de Roderick Shastri, me explica Mike, es sencillamente una forma de seducción culposa tanto para el británico snob anti-Thatcher como para el defensor del Imperio que llora cuando ve todas esas miniseries sobre el Raj.

Precisamente por eso, más allá de lo que diga Mike, una cosa hay que reconocerle a Roderick Shastri: apareció en el lugar justo en el momento justo. Igual que Hitler, si lo piensan un poco.

Roderick Shastri es el *head-chef* del Savoy Fair. También es un perfecto hijo de puta. La historia del hombre es más o menos así: hijo de una pareja de voluntariosos inmigrantes que adoraban más a la Reina Madre que a Khali, Roderick Shastri terminó siendo el *protégé* de la anciana dama a la que servían sus padres. Conoció entonces los mejores colegios y las ambiguas disculpas de un reino desunido con serios problemas de identidad.

Todo esto me lo explica mi tía desde abajo de un Rolls Royce. Tía Ana es una experta cirujana de autos de marca. La gente importante le trae sus automóviles para que descubra el porqué de ese ruidito *annoying*, ese particular e irritante sonido que desafina en la banda sonora del armonioso nirvana y Todo Mecánico. A Tía Ana le gustan los autos desde joven, desde que unió Buenos Aires y Tierra de Fuego en un Range Rover sin puertas. Así fue como mi tía obtuvo, con honores y sin preocuparse demasiado, su licenciatura habilitante como loca de la familia.

—Por suerte ahora llegaste vos para relevarme —se ríe Tía Ana. Es una gran tía, mi tía. Una persona con suerte.

Roderick Shastri es una persona con suerte, me explica Mike mientras selecciona duraznos apenas rozándolos con los dedos. Digamos que le pudo haber tocado a él como a cualquier otro inglés con ascendencia india. Le tocó a él. Y —a veces pasa— los tipos con suerte viven con el terror de que se les corte la racha, de que la suerte decida favorecer a otro. Este terror modifica día tras día a los tipos con suerte, pienso yo; los convierte en otra cosa, los convierte en perfectos hijos de puta con suerte. Estos perfectos hijos de puta con suerte necesitan entonces rodearse de inmensas cantidades de tipos con mala suerte. La historia contemporánea está llena de perfectos hijos de puta con suerte, si lo piensan un poco. Pasen y vean.

—Buenos días, mis basuras —dice Roderick Shastri.

—Bienvenido, amo —contestamos a coro.

Es cierto, parece un chiste. Pero no. Roderick Shastri nos exige que lo llamemos amo. Puede que no lo sepan, pero la humillación, no me pregunten por qué, es uno de los aspectos más importantes del trabajo formativo en una cocina. La cosa es así: la preparación de una comida consiste en cientos de pequeñas tareas, y cada una incluye diferentes y sutiles niveles de degradación. El orden en una cocina es tan rígido como complejo y está bien que así sea, me dice Mike. No tiene que insistir demasiado porque no es precisamente lo que a mí me interesa de la cocina; el fenómeno en sí, eso es lo que me interesa: el orden que, observado desde el lugar correcto y con la mirada correcta, ofrece las claves para la comprensión del universo. Traté de explicárselo a Mike en su momento. Es una lástima que yo no haya insistido con el tema. Pero mejor no pensar en eso.

Ahora bien, hay dos maneras de encarar la iluminación a partir de este orden. Con alegría o con terror. Y no creo que haga falta precisar cuál es el evangelio según Roderick Shastri. En el Savoy Fair se parte del fondo del pozo con la remota esperanza de que, al cabo de una semana o dos, uno haya arribado al tibio espejismo de un estadio de trabajo apenas menos humillante. Los métodos de sabotaje y los niveles de intriga para ir trepando por esta resbalosa pirámide alcanzan momentos de creatividad y formas de sutileza mucho más sofisticadas que todos los platos de Roderick Shastri juntos, créanme. Y, en este paisaje, lo peor que le puede ocurrir a una persona que se considere cuerda es tener que limpiar los hornos. Por eso mi tarea específica dentro del Savoy Fair consiste en limpiar los hornos casi todos los días.

A Mike le preocupa mi tarea específica, lo que él entiende como "mi predisposición hacia el abismo". Le preocupa tanto que una vez hasta intenté explicarle mi versión del asunto: si vas de último no hay por qué preocuparse por conservar el puesto. O defenderlo contra gente que sube y gente que se derrumba desde las alturas buscando agarrarse de alguna saliente. Las cosas son más fáciles así. Alcanza con enfocar los ojos hacia arriba y adivinar las verdaderas identidades de las siluetas que luchan por entre el humo y el vértigo. O, mejor todavía, cerrar los ojos.

Para pensar con eficacia en *El aprendiz de brujo* es imprescindible cerrar los ojos; por lo que mi tarea específica en el Savoy Fair es, en mi modesto y cuestionable juicio, francamente envidiable.

A veces alguien reía a carcajadas, a veces alguien lloraba. Mientras tanto, yo estoy limpiando uno de los hornos del Savoy Fair con los ojos cerrados.

—La película de mi vida —me explica Mike entre nubes de vapor— empieza con una escena en color sepia. Yo escapo de nuestra finca y llego, sin que nadie pueda entenderlo del todo, al restaurante de mi abuelo en Sidney. Mi madre llama a la policía, claro.

Alguien piensa que he sido raptado por un dingo, uno de esos salvajes perros amarillos. Me encuentran tres horas más tarde en la cocina del restaurante de mi abuelo en Sidney. Entré por la puerta de atrás. Es un lunes por la noche, día en que el restaurante de mi abuelo está cerrado. Estoy cocinando. Acabo de cumplir cinco años. Corte. Sube la música y aparecen los títulos de la película. Hermoso, ¿verdad?

Mike viene de una familia de famosos chefs australianos, probablemente los únicos famosos chefs australianos de Australia. Me muestra una foto: hombres vestidos de blanco inmaculado, sonriendo contra las formas caprichosas de Hanging Rock. Para él, todo esto del *stage* en el Savoy Fair es mucho más... mucho más importante que para mí. Lo que no es raro, porque siempre tengo la impresión de que la gente se toma las cosas mucho más en serio de lo que corresponde. Hablé de esto con mi psiquiatra. También lo hablé bastante con la hija menor del amigo de papá, con Leticia, pero no le interesó demasiado. Leticia también tiene lo suyo y, por más que no se toma demasiado en serio las cosas, está el asunto ese: su hermana mayor. Leticia no para de ver las fotos de Laura y, cuando finalmente las guarda, me mira con esa sonrisa rara y me enseña la mejor manera de hacer un nudo corredizo y me explica las "variaciones logísticas de combate para el día de la fecha". Después me ata, o la ato, mientras ella lee partes del diario íntimo de su hermana mayor desaparecida. Laura tenía una letra redonda; en lugar de ponerles puntos a las íes les ponía corazoncitos. "Debemos luchar ahora o nunca contra el fin de la dominación burguesa, nosotros más que nadie; es cuestión de vida o muerte...", escribía Laura en su diario íntimo.

Para Mike, este *stage* es cuestión de vida o muerte. Hace seis meses hizo otro en París. Aguantó una semana. Se la pasó despegando pieles de cebolla del piso. Con las uñas. Durante tres días. Tuvo una crisis nerviosa y lo mandaron de vuelta a Australia.

—Todavía no estoy del todo seguro sobre qué hacer con esta parte de la película de mi vida. ¿Tendría que aparecer lo de la crisis nerviosa?

Mis conocimientos sobre cine son más bien limitados, le contesto. Mike arroja un tomate al aire y lo atrapa con la punta del cuchillo.

—¿Por qué?

—Es una historia muy larga. Mi psiquiatra dice que es por una película que vi cuando era chico.

—Ajá.

Es obvio que a Mike no le interesa demasiado mi película. Con la suya le alcanza y le sobra. La única persona que conozco a la que le interesa mi percepción del mundo a partir de la única película que nos muestra la parte transgresora del siempre educado ratón Mickey es a mi hermano menor, Alejo. Tal vez por eso siempre le están pasando lo que entre nosotros hemos dado en llamar "cosas espantosas".

Alejo tiene dieciocho años y es el orgullo de la familia. Toda familia debería tener alguien como Alejo, pienso. Alejo es quien va a hacerse cargo de las empresas de papá y todo eso. Siempre y cuando sobreviva a las cosas espantosas que le suceden cada cinco minutos.

Como cuando se cayó con el triciclo desde un primer piso. Como cuando casi se vacía los ojos en una clase de química. No sería arriesgado afirmar que Alejo ha pasado buena parte de sus dieciocho años en todas y cada una de las salas de primeros auxilios de Buenos Aires. Varios de los mejores amigos de Alejo son médicos de guardia. En resumen: él es el favorito con mala suerte y yo vengo a ser algo así como la bestia en el desván que siempre cae más o menos bien parada.

Otra de las tantas razones para dudar de la existencia de Dios, pienso.

Roderick Shastri es Dios. Al menos eso cree él. Le dicen Siva y él acepta con placer el apodo. Le dicen así porque se mueve con gracia insospechada y porque, en el temperamento de su danza, está implícita nuestra siempre próxima destrucción, el inminente principio del fin de todas sus basuras. Roderick Shastri mide poco más de un metro cincuenta. Lo que lo convierte en el dios más bajo de la historia, creo. Aun así, su cosmogonía particular es bastante impresionante. El panteón privado de Siva, recita Mike, se organiza del siguiente modo:

En la cocina del Savoy Fair, los aprendices de chef —nosotros— reciben órdenes y humillaciones varias del *commis-chef*. El *commis-chef* es castigado por alguno de los *chef-de-partie*, también conocidos como especialistas, dado que se dedican a la repostería, a las carnes, a los pescados. A la misma altura que los especialistas se mueve el *toumant*, figura móvil especialmente peligrosa: siempre aparece cuando uno menos lo espera. Los *chef-de-partie* y el *toumant* inclinan con humildad sus cabezas ante la presencia del *sous-chef*, el siempre alerta segundo de Shastri. Por encima de todos ellos baila Siva quien, cuando está aburrido, los sube y los baja, los asciende y los degrada al azar. Maniobra perenne, esta, del ocio y capricho de Dios, que da lugar, por ejemplo, a que un *toumant* se encuentre de improviso en el lugar de un inexperto aprendiz recién arribado al espanto. Entonces llega la hora del ajuste de cuentas.

El único método posible para evitar estas humillaciones rituales es ir ascendiendo la pirámide sin que se fijen demasiado en uno y, cuando uno está demasiado cerca del Sol, cambiar de restaurante, pasar a un restaurante de menor prestigio como *head-chef* y hacerse famoso, con un poco de suerte. Mientras tanto hay que ganarse el paraíso, sabotear con pimienta postres ajenos, provocar grumos en salsas que deberían ser tersas, subir la temperatura del horno cuando nadie mira y preguntarse en voz alta qué serán esas manchas rosadas en el cuello del *chef-departie* más cercano.

Como yo estoy muy abajo, nadie se preocupa demasiado por lo que veo o dejo de ver. Me dicen *Argie* o *The Ipanema Kid* y según la capacidad geográfica de quien me increpa. De cualquier modo, no me hablan demasiado; para ellos soy el demente al que le gusta limpiar los hornos. Es por eso que lo que ocurre ahora es muy raro, es casi un acontecimiento histórico.

—Usted es el argentino, ¿no? —me pregunta Shastri una mañana.

—Sí, amo.

—¿Sabe usted lo que son las Falklands?

Falklands Salad, *Falklands Soup*, *Falklands Fudge*, pienso.

No puedo acordarme si figuran en el menú.

—Creo que es un postre helado, amo.

—Pequeño imbécil —estalla Roderick Shastri—. Sepa que, a partir de hoy, usted y yo estamos en guerra.

Y me informa que, de aquí en más, mi tarea específica en el Savoy Fair será la de limpiar hornos, todos los hornos. Shastri se pone un poco nervioso cuando el *commis-chef* le explica en un temeroso susurro que lo único que he hecho desde mi llegada al restaurante es limpiar hornos.

Esa noche cuando vuelvo a casa de mi tía me entero de todo. La noticia está en todos los diarios y en la televisión. Las Falklands son las islas Malvinas. Argentina asegura que le pertenecen y por eso invadió esas islas que hasta hace cuestión de horas eran colonia inglesa. De ahí que para algunos se llamen Falklands y para otros Malvinas. Parece complicado, pero no lo es tanto. El hecho es que Argentina e Inglaterra ahora están en guerra y mi Tía Ana está muy preocupada. No cree que la aristocracia local siga confiando los motores del imperio a una mecánica invasora, por nacionalizada que esté, por más que su apellido sea intachablemente inglés. Es una hermosa noche la del 2 de abril de 1982. No hay nubes y sopla un ligero viento importado de los mares del Norte.

Seguiremos informando, dice un tipo de la radio en *The End of the World News*.

El fin de las noticias del mundo.

De algún modo, Mike se suicidó por mi culpa. Pero me estoy adelantando.

Esa misma noche llamó mi madre por teléfono; estaba llorando. Lloraba a través del Atlántico gracias al progreso y la tecnología de avanzada. Lloraba porque a Alejo lo mandaban a pelear en las islas. Alejo ya estaba en Malvinas. No me sorprendió mucho, la verdad. Mi madre lloraba por teléfono y yo no podía evitar la idea de Alejo cuerpo a tierra, la idea de Alejo disparando en la nieve con buena puntería y pésima suerte, la idea de que las lágrimas transoceánicas de mi madre eran una forma alternativa de preguntarse qué estaba haciendo yo en Londres y Alejo en las islas, por qué a mí me tocaba un *stage* en un restaurante de Londres y al pobre Alejo un par de borceguíes con agujeros y un uniforme demasiado grande.

Lo que me lleva a pensar una vez más —y cierro los ojos— en *El aprendiz de brujo* y en el estado de las cosas en el universo. Por un lado, claro, están las diferentes ciencias que afirman que existe un solo universo de reglas inamovibles e iguales para todos nosotros. Y por otro lado estamos todos nosotros, cada uno con una visión diferente del universo, cada uno con una manera diferente de entender las cosas. Imposible para cada una de las partes del universo llegar a comprender el universo como un Todo Indivisible. No es fácil. Más sencillo, pienso, es pretenderse Dios de un caótico universo de bolsillo, y premiar y condenar a los corderos con justicia más que discutible. Es ahí donde empiezan las dificultades.

Argentina asegura que las Malvinas son argentinas. Inglaterra declara que las Falklands son británicas. Mi forma de ver Australia es completamente diferente a la que pudo haber tenido Mike. No conozco Australia. Para mí, Australia es un canguro de ojos extraviados saltando a lo largo y a lo ancho del culo del mundo. Para Mike, en cambio, Australia es un lugar real lleno de casas y personas que hablan un inglés de acento extraño, de rubias permisivas que hacen surf todos los domingos antes de ir a misa, de indios marsupiales color alquitrán y de familiares que cocinan bien desde principios de siglo. Todo esto sin entrar en definiciones más abstractas e inasibles. Para Mike, por ejemplo, Australia también es el fracaso. Si Mike vuelve a Australia será considerado un fracaso por toda su familia de chefs, una pésima inversión en la cual se malgastaron años de esfuerzo y expectativas. Para mí, sin embargo, en ese plano más abstracto e inasible, Australia sigue siendo un canguro de ojos extraviados saltando a lo largo y a lo ancho del culo del mundo.

Igual principio filosófico se aplica a lo que se ha dado en conocer como el conflicto del Atlántico Sur. Para mi hermano Alejo, por ejemplo, toda esta guerra no es más que una nueva e indiscutible evidencia de que él es de esas personas a las que siempre les están sucediendo cosas espantosas. "Si hay una guerra, seguro que me van a mandar a esa guerra. Y si no hay, bueno, alguien va a tener que inventar una guerra para que puedan mandarme", piensa Alejo mientras sale de ver en el cine una película de guerra. La realidad no tarda en darle la razón y ahí va Alejo, silbando bajito rumbo al campo de batalla, pensando en cualquier cosa menos en la soberanía nacional.

A diferencia del de mi hermano Alejo, el universo particular de Roderick Shastri no es tan fácil de delimitar, no es nada sencillo y transparente. Tomemos el tema de la guerra y de la relación de uno con la guerra, sin ir más lejos.

Roderick Shastri está confundido. Por un lado, Inglaterra está luchando por los laureles algo marchitos de su política colonialista, política que sus padres padecieron a lo largo de sus serviles existencias. Por otro lado, Inglaterra le ha abierto todas las puertas a Roderick Shastri, tratándolo como uno de sus hijos dilectos. Ante la confusión de nebulosas, estrellas nova y auroras boreales que se manifiestan disfrazadas de dolores de cabeza fulminantes, Roderick Shastri apunta su telescopio hacia los universos cercanos y elige la opción más fácil: decide odiarme con toda su alma. De algún modo soy el blanco perfecto para las iras de un dios conflictuado: argentino pero de una familia de dinero, estoy ahí, al alcance de su furia y me tiene bajo sus órdenes.

Somos seres complejos.

Cuando a los ocho años inundé toda mi casa pretendiendo despertar a baldes y escobas y a la raza humana, mis padres entendieron que me había portado mal. Cuando intenté explicarles lo que había aprendido gracias a *El aprendiz de brujo*, la claridad con que se me presentaban todas las manifestaciones posibles del ser y su relación disciplinada con los poderes superiores, mis padres se miraron entre ellos, me miraron a mí y me internaron por cinco o seis años, no me acuerdo muy bien, en el Instituto. Allí había un sacerdote que se hacía llamar consejero espiritual y nos hablaba de Adán y Eva, de Caín y Abel y de Noé y el Diluvio. A nadie se le ocurrió meter a Noé en un Instituto, ahora que lo pienso. Para las fiestas me mandaban con permiso especial a casa, donde siempre había alguien que me seguía por todos lados y me acompañaba cuando, por esas cosas de la vida, tenía necesidad de ir al baño.

El ratón Mickey recibe una importante lección en *El aprendiz de brujo*. Hay que vivir el universo propio sin que este entre en colisión con el de otra persona. El universo de Mickey, por un momento, entra en conflicto con el del Maestro Hechicero. De ahí la locura de las escobas, de ahí que yo haya inundado mi casa como apresurado manifiesto para alertar al mundo o, al menos, a mi familia. La intervención del Maestro Hechicero vuelve a encarrilar el Todo Universal sin alterar el universo de Mickey, quien, una vez superado el peligro, vuelve a su mundo ratonil con más experiencia, y todos felices, Mr. Stokowski incluido.

Cuando no sucede esto, cuando el caos individual se disfraza de orden universal, empieza lo que generalmente conocemos con el nombre de *problemas*.

El problema en este caso, como en la mayoría de los casos, es que Roderick Shastri se apresura al seleccionar a su víctima. Las opciones obvias rara vez son las correctas pero, claro, esto recién se comprende mucho tiempo después de que el primer error haya generado otro error y este segundo error haya dado lugar a otro. Mickey intenta detener a la primera escoba con su hacha, pero de las astillas nacen otras escobas y a esta altura no es fácil decirle a los bailarines que se vayan con la música a otra parte.

Creo que es el 15 de abril por la mañana cuando Roderick Shastri finalmente comprende que carece de recursos para castigarme. Todo su poder no puede alcanzarme porque, paradójicamente, me encuentro en el compartimiento más bajo de su universo. Soy un agujero negro y soy muy feliz limpiando hornos con los ojos cerrados. Es más, soy muy bueno limpiando hornos. Roderick Shastri no puede volverse atrás; me ha declarado la guerra delante de sus basuras, me ha condenado con voz fulminante desde su metro cincuenta de estatura.

Sí; tal vez la falta de visión de Roderick Shastri esté intrínsecamente relacionada con su estatura. Siva no pudo ni supo ver más allá. De haberle dedicado un mínimo de reflexión a todo el asunto, hubiera comprendido que el peor castigo, el castigo obvio, habría sido ascenderme a una posición media —tournant— por ejemplo, para que mis camaradas me destrozaran alegremente. Si lo piensan un poco, el Viejo Testamento está repleto de situaciones similares, donde los designios del Señor son inescrutables, como corresponde. Pero Roderick Shastri no es un dios misterioso. Razón por la cual elige una nueva víctima. Mike. El último chef lírico de Australia, el hombre de la película en eterno rodaje y, además, otro hijo de las colonias. El australiano Mike. Lo más parecido a mi único amigo.

Es entonces cuando la definición abstracta e inasible de la Australia de Mike entra en conflicto con la definición real de la Australia de Mike. Gana la definición abstracta e inasible de la Australia de Mike. Diez días después del comienzo de las hostilidades, del comienzo de todas las hostilidades, Mike vuelve a la definición real de la Australia de Mike, convenientemente embalado para el largo viaje.

Ahora voy a cerrar los ojos y, por favor, obséquienme un par de minutos de sus vidas para que les describa el ataúd de Mike. El hombre de la funeraria decidió que lo más conveniente era sellarlo en Inglaterra. De cualquier modo, dijo, el funeral será con cajón cerrado. Era lo mejor teniendo en cuenta las circunstancias. El ataúd de Mike es un gran ataúd, entonces. Una bandera australiana cruzada sobre el roble, manijas de plata, serpientes que se muerden la cola con respetuoso entusiasmo por el caído en acción. El ataúd de Mike es embarcado en un avión de British Airways. Lo suben con una grúa neumática; estoy seguro de que Mike aprobaría todo esto: el ataúd, la niebla de Heathrow, la voz por los altoparlantes y los *hooligans* que van al Mundial, escala en Madrid. Me hubiera gustado estar ahí. Quiero decir que me hubiera gustado acompañarlo; recuerdo que sentir esto me causó cierta inquietud: hacía tanto tiempo que no sentía particulares ganas de ir a algún lado. Por eso pensé en todo, hasta el último detalle, como si lo viera proyectado en la pantalla de un cine. La sombra del ataúd sobre el asfalto de la pista. Después, el desierto australiano, una familia de chefs alrededor de un agujero en la tierra reseca, el sonido de esa piedra anudada a una soga zumbando en el aire sin usar y la expresión imperturbable del aborigen que la hace girar sobre su cabeza, a respetuosos metros de donde termina el cortejo fúnebre.

El aborigen ha servido a la familia durante años y hace girar la piedra con un ínfimo movimiento de su mano curtida, lágrimas dulces trazan surcos en el maquillaje ritual de su cara y —¿dónde leí eso?— entonces cae la primera palada de polvo que vuelve al polvo. Un gran ataúd para el gran final de la gran película de Mike.

La primera gran idea de mi vida se me ocurrió después de ver *El aprendiz de brujo* varias veces más de las recomendables para un niño en pleno desarrollo. Recuerden: abrí todas las canillas, inundé mi casa, arruiné varias generaciones de alfombras y, ustedes ya lo saben, descubrí ese ritmo privado con el que baila el cosmos. La segunda gran idea quizá no fue tan trascendente como la primera, pero sirvió para restablecer el orden del Todo Sinfónico, eliminando a uno de los músicos que por creerse compositor atentaba contra el espíritu de la partitura. Aprovecho esto para señalar que los arreglos de Leopold Stokowski para la música de *Fantasía*, digan lo que digan los entendidos, me parecen excelentes, y no pude evitar inspirarme para mi ínfima hazaña en el recuerdo de los movimientos precisos de su batuta a la hora de orquestar la música que me llenaba la cabeza desde el suicidio de Mike. "En un gesto preciso descansa el secreto de la perfección del Todo", solía decir Roderick Shastri, deidad gastronómica, *head-chef* del Savoy Fair.

Y fui yo quien ejecutó ese gesto.

Una semana después de Mike resultaba evidente que la etapa inglesa de mi vida estaba por llegar a su fin. La guerra, en cambio, seguía y mi madre bailaba en los bordes de la locura con preocupante frenesí: las cartas de Alejo desde el frente demostraban un total desinterés por lo que ocurría allí; solo contaban la historia de un soldado argentino obsesionado con rendirse a los ingleses y ser llevado a Inglaterra para ver algún día a los Rolling Stones. Por todo esto, y ante la imposibilidad de que mi hermano volviera a casa, se decidió que tal vez fuese mejor que al menos regresara yo. Un hijo es un hijo, después de todo.

Fue por esos días cuando me enteré del programa de televisión. Mike no estaba para contármelo, pero las basuras hablaban entre las cacerolas con voz más alta y excitada que la habitual: un productor de la BBC había ofrecido a Roderick Shastri la oportunidad de conducir su propio programa. La decisión no había sido difícil. Roderick Shastri era de ascendencia india, estaba de moda y se movía por la cocina con gracia insospechada. Aquí llegamos a su teoría del "gesto preciso" y de la necesidad de una perfecta relación del chef con el espacio que lo rodea: "Es imposible cocinar con clase si uno no se encuentra en armonía con su medio." Por eso, la cocina del Savoy Fair estaba diseñada según la preceptiva, indicaciones y medidas que dictaban la estatura y necesidades de Roderick Shastri, amo y señor. Por eso, todas sus basuras se golpean la cabeza con los aparadores y todas las ollas y sartenes están abolladas en su primera semana de uso. En realidad, la cocina del Savoy Fair está diseñada al milímetro para que Roderick Shastri sienta lo que siente un hombre medianamente alto cada vez que cocina.

El programa iba a ir en vivo desde el restaurante. A partir del miércoles. El martes me llevé las herramientas de mi Tía Ana al restaurante. Cuando cerró el Savoy Fair me escondí detrás de un horno. Esperé a que se fueran todos. Trabajé toda la noche. Cuando terminé, todo el mobiliario de la cocina había sido desplazado unos cuantos centímetros de su posición original y la música ominosa que me llenaba la cabeza desde la muerte de Mike pareció detenerse por unos segundos. Esperé con los ojos cerrados. Entonces la sentí volver, plena de cuerdas y bronces: la arremetida final y el trueno definitivo que anuncia la última tormenta, la música que pone en movimiento las escobas, la música que pone en movimiento todas las escobas del universo.

Y el aprendiz de brujo experimentó por primera vez el regocijo intimidante de saberse Maestro Hechicero.

Todo el mundo habló acerca de ese programa de televisión durante la semana siguiente. Dicen que fue algo grande. La más breve carrera televisiva de la historia. Yo no lo vi, claro; estaba haciendo trámites para volver a Argentina, y además, ya saben, soy demasiado sensible a lo que veo. Pero Tía Ana me contó todo:

—Tendrías que haber visto a tu jefe. Pobre hombrecito. Extendía los brazos y no alcanzaba a agarrar nada. Apoyaba los platos en el aire. Daba saltitos inútiles para intentar abrir la puerta de la despensa... Un espectáculo verdaderamente triste. No sé por qué pero me hizo acordar al Aston Martin de Lady Eleonora después que cayera al Thames durante el cambio de guardia. Algo terrible... El hombrecito empezó a llorar frente a las cámaras y se lo llevaron envuelto en una frazada. Aullaba algo en indi, creo. Te diré que no me pareció tan mala persona.

Al otro día, con una puntualidad que no presagiaba nada bueno, asumió sus funciones el nuevo *head-chef* del Savoy Fair. Se llamaba Patrick McTennyson Bascombe. Portaba el escudo de armas de su familia en el delantal, a la altura del corazón, y después de ilustrarnos con la apasionante saga de sus siempre victoriosos antepasados nos explicó de muy buen modo que debíamos llamarlo "Milord" y que, de allí en más, nosotros seríamos "sus adorables pedacitos de mierda". Era otro perfecto hijo de puta y el latido del corazón del universo volvía a su habitual ritmo acelerado. Pero no era asunto mío.

Nadie de la familia fue a buscarme al aeropuerto. La única que sonreía entre todas esas personas era Leticia Feijóo Pearson con quien, como ustedes sospecharán, me casé prácticamente al día siguiente.

Alejo había vuelto de la guerra. Estaba entero y no paraba de sonreír. Se lo veía perfectamente dispuesto a aceptar la siguiente cosa espantosa que le deparara su inevitable destino. Por el momento entraba a trabajar como "brazo derecho" de papá; no me pregunten qué significa eso exactamente.

Yo me la pasaba encerrado en mi oficina, leyendo los perturbadores memos que me hacía llegar Leticia a través de mi cada vez más perturbada secretaria. Pobre mujer, le faltaba un año para jubilarse y mi padre decidió adjudicármela. A veces, para que no se sintiera tan mal, le dictaba cartas a Mike en Australia. Una carta por semana, poco trabajo.

Un día en que Leticia tenía sesión con su médium o consulta de urgencia con su kinesiólogo, me escapé de la oficina. Era una tarde de fines de septiembre y tenía varias horas por delante. Comí algo en un bar del centro, una hamburguesa que desafiaba con éxito la Teoría de la Relatividad, y terminé entrando en un cine vacío. Ese que tiene la pantalla gigante, esto es Cinerama.

Daban *Lawrence de Arabia*.

La vi dos veces seguidas. La copia no estaba en muy buen estado pero no me importó.

Cuando salí era de noche, llovía más que en la Biblia y el mundo me parecía, de improviso, repleto de infinitas posibilidades.

Evelio Rosero
(Colombia, 1958)

—¿Qué hacer?, pues irnos, Nuncio, los tres, y rapidito, ¿matarlas?, ¿y para qué?, yo no mato ni una, lo juro, antes salgo corriendo, allá tú si eso es lo que quieres, allí está la puerta, destráncala, entra y verás cómo escapas, son treinta y cuatro gatitas, debimos traernos tres, ¿para qué más?, qué bestias, al Leo casi lo descoyuntan, míralo, sin pelos, sin un ojo, si no lo defendemos y corremos y trancamos estaríamos difuntos, vámonos, amanece y las oyen y las sacan, no se van a morir de hambre, Nuncio, volémonos, si no vienes yo me voy, ¿y tú Leo?, ¿me acompañas?, carajo yo te llevo en mis espaldas.

—Sus papis las deben estar buscando —respondió el herido, usando la mitad de los labios. Parecía un despojo humano, sin un ojo: una costra azul circundaba el hoyo negro; de vez en cuando se llevaba un pañuelo ensangrentado a la cara y se palpaba la ausencia doliente del ojo—. Vámonos —añadió—, pero después que las matemos, y bien muertas, qué diablos.

—Así se habla —dijo Nuncio Martín. Estaba de pie, recostado contra la puerta alta, despintada, reforzada con una tranca de madera.

—¿Matarlas? ¿A quién se le ocurre? —dijo Silvio Molino, el primero que había hablado.

Se oyó un suave quejido detrás de la puerta:

—Por Dios —oyeron—. Déjennos ir, juramos que nunca diremos nada.

—Seguro que sí —replicó Nuncio Martín—. Fuimos a darles agua y por poco matan a mi amigo. Le sacaron un ojo, por si no lo sabían. ¿Quién tiene ese ojo? ¿Ya se lo comieron?

—Ustedes no venían a darnos agua —dijo la misma voz que lloraba.

Era una de las treinta y cuatro estudiantes de bachillerato raptadas en el bus del colegio, cuando se disponían a regresar a sus casas. Solo una se salvó, pues fue después de dejarla a ella que el autobús resultó abordado en un semáforo por tres sigilosos espectros que encañonaron al chofer y lo obligaron a tomar la vía a Fontibón y después la vía a Faca y dar vueltas y revueltas hasta que anocheció. Y lo ataron y amordazaron debajo de un ciruelo, a trescientos metros de la carretera.

Bogotá quedaba lejos.

En el bus ninguna de las colegialas opuso resistencia. Eran de quinto y sexto de bachillerato, ojos de señoritas asustadas. Se apretaban los muslos con los dedos, se pellizcaban, no sabían si echarse a reír o llorar pavorecidas, ¿era un juego la vida?

Al anochecer, empezaron a llorar y rogar de vez en cuando. Pensaban que las iban a matar, una por una. No era raro, se veía en los noticieros, día a día. Nuncio Martín las había tranquilizado, al principio. Les dijo que no las querían a ellas, ni para matarlas ni para nada, que solo querían el bus, irse en el bus, solo eso. Eran muchachas de dieciséis y diecisiete años, de familias linajudas y acaudaladas. Eran rubias y morenas y miraban como venadas, eran como las habían soñado. A muchas de ellas se les ocurrió que acaso los tres raptores decían la verdad: iban a soltarlas en Faca para que volvieran caminando solitas hasta sus casas. A otras se les ocurrió que acaso las secuestraban por dinero: pedirían todo el oro del mundo por ellas. Y solo a dos de las treinta y cuatro se les ocurrió que lo único que querían esos tres hombres era violarlas. Comérselas —se dijeron.

Se llamaban Claudia Pinzón y Sinfonía Orestes, ambas de sexto de bachillerato, y ninguna de las dos era virgen, por supuesto. Y, por supuesto, también eran amigas. Compartían el mismo asiento. Y ambas percibían —olían— qué pretendían las miradas de los tres hombres, cómo las sopesaban en el bus, las comparaban, cómo se desmoronaban y derretían cuando ellas elevaban las rodillas contra el espaldar de los asientos y entonces las faldas se abrían como un telón que permitía verlas por entero.

—¿A dónde nos llevan? —preguntó por fin una de ellas

—A ninguna parte —respondió Leo Quintero, acariciándola con los ojos, sus grandes ojos amarillos—. Ahora nomás las soltamos, no lloren, ustedes se regresan caminando, encontrarán un alma caritativa que las lleve a Bogotá. Muchos buses y camiones querrán llevárselas; ustedes dicen nos llevan y listo, nada más, ¿quién no va a cargar unas muchachas tan buenas como ustedes?

—Es mejor que te calles, Leo —dijo Nuncio Martín. Y, dirigiéndose a todas, mientras avaivenaba el revólver—: A bajarse.

Ya el autobús se había detenido en una carretera destapada, paralela a la vía principal, en las inmediaciones de Faca. Ahí empezaron algunos grititos, ¿las dejarían ir?, ¿iban a matarlas?, se hizo de noche, tengo miedo, voy a desmayarme, mi mami debe llorar por mí.

—Les juro por lo que más quieran —dijo Nuncio Martín— que a la primera que diga otra palabra la mato.

Se llevaron al chofer hasta el ciruelo y lo ataron. Era un viejito seco y atemorizado y no dijo esta boca es mía. Las treinta y cuatro colegialas esperaban en grupo, apeñuscadas. La luna llena alumbraba sus rostros fascinados. Veían tres hombres armados —como en las películas, como en los noticieros— que se dedicaban a pinchar y desinflar una por una las seis ruedas del bus. Por eso se descubrieron llorando espeluznadas: los tres hombres no querían ningún bus, eso quedaba demostrado.

Las querían a ellas. ¿Y para qué? ¿Dinero?

Solo Claudia y Sinfonía eran las únicas que no lloraban.

—Tendrán que escondernos en alguna parte —dijo a susurros una de ellas.

—Ojalá pronto, tengo frío —respondió la otra.

Nuncio Martín, Leo Quintero y Silvio Molino eran tres operarios de veinte años, cuyo único y común afán hasta la fecha había sido la afición a cines pornográficos. Conocían muy bien el territorio. Vivían en Faca y trabajaban en la misma factoría. No les iba bien con los noviazgos y un día se cansaron, así de simple. Todos querían mujeres, ese era el sueño, una gran cantidad de culos, decían, igual que en la mejor película, con ellos como protagonistas. Y aquellas colegialas resultaron las elegidas. Los estremecía verlas temblar de frío, blancas en el rubor de la luna, dispuestas a huir, pero sin huir nunca.

Encontraron sin dificultad la trocha que les permitió bajar a la orilla de un río. Los silbos de autos rodando por la carretera los reemplazó la corriente del río, espumoso de residuos industriales, pero ancho y blanquísimo, romantizado de luna. Vadearon las aguas saltando sobre las piedras. Los gritos de las muchachas parecían risas y juegos. Todas se levantaban las faldas y las apretaban contra los muslos como si no quisieran mojarse los uniformes. Los tres raptores las contemplaban mordiéndose los labios. Hubieran querido que una que otra se cayera, que los uniformes escurrieran, pegados a la piel, como en el cine. No ocurrió y siguieron avanzando con las muchachas por delante, como un rebaño. Las cuidaban bien, las contaban, no permitían que se separaran. Y de vez en cuando bebían aguardiente.

—Este asunto es de dinero —les dijeron para calmarlas de nuevo—. Mañana vendrán sus papis a recogerlas y nosotros las devolvemos sanas; pero antes, ellos nos tienen que dar un premio, porque ustedes son valiosas, porque ustedes son lindas y merecen regresar intactas; nosotros las cuidaremos. La primera que grite o quiera irse sabrá lo que es oír un disparo dentro de su carne. La rebelde será la escogida; tengan cuidado, y respeten. Nosotros las respetaremos.

Ninguna de las colegialas replicó. Claudia Pinzón y Sinfonía Orestes cambiaron una mirada: se diría que estaban desilusionadas.

Los tres raptores habían planeado llevarlas caminando por la noche —de regreso, sin que ellas lo advirtieran— hasta las mismas afueras de Bogotá, lejos del bus y del conductor amordazado. Allá conocían un galpón abandonado, debajo de un entoldado de zinc, en donde antes funcionó una fábrica de ladrillos. Nadie lo frecuentaba, ni ladrones ni mendigos, y quedaba lejos de la carretera. Allá no se oía nada, solo el viento, o la lluvia —si llovía—, o cualquier gato salvaje extraviado. Allá tendrían su luna de miel, las escrutarían a su gusto, al derecho y al revés, bailarían con ellas, las besarían, las olerían, lo que quisieran; especialmente tenerlas cerca y muy cerca y más cerca todavía, todas las treinta y cuatro desnudas, y ellos los máximos, los duros.

Hasta ahí todo iba planeado y se ejecutaba sin error. Habían calculado el tiempo que demorarían en llegar al galpón de las afueras, pero no consideraron el cansancio de las colegialas. Después de la primera hora de vericuetos, esquivando haciendas y perros, cruzaron por un bosque alto y compacto, y varias de las colegialas cayeron, extenuadas. Una dijo: "Mejor mátenme yo ya no puedo", y otras pidieron agua. Parecían un grupo de *boy scouts* extraviado, en plena prueba de fuego: sobrevivencia. Los raptores esperaron unos minutos; después empezaron a empujar a las más remolonas, y a dos que de verdad se mostraban agonizantes debieron turnárselas para llevarlas casi cargadas, por los sobacos, abrazadas a ellos igual que heridos de batalla, como en el cine. Las dos muchachas gemían, se acostaban a ellos, impedían la marcha del grupo, dificultaban los planes. Una de ellas tenía un trasero que obnubilaba; más de una vez lo enaltecía, mostrándolo a la luna cuando debían cruzar zanjas, cuando debían trepar por colinas de basura fosilizada y desperdicios luminosos, de un vaho ácido, diseminados como un extraño jardín del futuro. La otra ofrecía sin misericordia la esplendidez de sus senos mientras la sostenían: eran Claudia Pinzón y Sinfonía Orestes, que se resistían o no se resistían —no se sabe—, pero que de cualquier manera hacían las cosas a su manera. Los tres raptores las atisbaban desamparados. Ya llegarían, ya llegarían. ¿Qué pasaba con esas? Se pegaban a ellos como si no les tuvieran miedo, lanzaban encima sus respiraciones y sus lamentos, el fresco aliento de sus sangres jóvenes, y sus manos casi sin conciencia los palpaban, los exploraban, sus cuerpos como trampas los enloquecía. Olían a leche tibia, y eso los emborrachaba. El deseo hervía. Los tres raptores adolescentes avanzaban sin abandonar las armas, sin dejar de amenazarlas, pero el deseo creciente los acometía y obligaba a pensar en comenzar de una vez con el desenfreno, desnudarlas una detrás de otra y festejar, variadito, debajo de la luna. Nuncio Martín se interpuso y sobrepuso a esos deseos —que eran sus mismos deseos—. Supo frenarlos a tiempo. Abofeteó a Leo, porque le sopesó las nalgas a la gordita cansada. "No es para eso que las traemos", dijo mintiendo enfrente de las muchachas, y logró tranquilizar a la mayoría. Creyeron que las secuestraban por dinero, en definitiva, y que lo mejor era caminar adonde las llevaran y dormirse y esperar que las rescataran. La marcha se aceleró, e incluso las dos más agonizantes encabezaron el grupo, desencantadas.

Silvio Molino, Nuncio Martín y Leo Quintero tenían arrendada una casa para todos, en Faca. No les faltaba pan. Lo único que les faltaba eran mujeres; en ningún sitio pudieron conseguirlas como ellos querían, como las veían en las pantallas, tan hermosas como putas; pero las putas de las películas eran idénticas a las colegialas —creyeron descubrir un día—, y se hicieron expertos en perseguir colegialas por Bogotá, hábiles en corretearlas y acorralarlas, peligrosamente, pero sin éxito, y las colegialas del norte de Bogotá eran las que más se parecían a las lúbricas rubias angelicales, desnudas en lechos de cuero; sí, eran ellas (encerradas toda su vida con monjitas) las más idénticas a las chicas de las películas, doradas, tiernas y tiernísimas, sedientísimas. Les pareció mejor que los prostíbulos una aventura con colegialas, de una vez y para siempre, para quemar las ganas eternas que los mataban. Y entonces ahorraron, discutieron como cómplices descabellados durante las noches, hicieron mapas, registraron los horarios de las colegialas, sus entradas y salidas, sus rutas escolares, se excitaron de sueños, y en lugar de comprar más boletos de pornográficas compraron dos revólveres y una pistola a un policía retirado. Seis meses de abstinencia los espoleaban; eran enamorados.

Llegaron al galpón cuando ya la luna se esfumaba. En poco tiempo madrugaría.

—Ahora esperen a sus papitos —les dijeron, y las encerraron, ateridas, apretujadas. Las oían bostezar; unas pedían agua, otras lloraban y llamaban a sus mamás. Fue ahí cuando por primera vez la cordura les avisó: debieron traerse tres, para los tres, y nada más,

¿para qué tantas? Los lamentos se reduplicaban. En realidad, con una sola bastaba, ¿qué les pasó a ellos?, ¿cómo fue que se embrutecieron?, ¿a quién se le ocurre un bus con treinta y cuatro colegialas, ni una más, ni una menos?

Bebieron más y recuperaron su sueño: muchas colegialas, cantidad de culos alrededor, para comparar, y ellos los protagonistas. Se decidieron. Reposarían un poco; también ellos estaban cansados; se beberían la última botella, hablarían, acomodarían los planes. Porque ya no sabían cómo continuar, ni qué hacer, ni quién empezaría primero, o si debían aprovecharlas en grupos de seis, o todas al tiempo, cómo, cómo.

A lo mejor, pensaban, después del primer envión ellos caerían dormidos, derrotados por el número, y ellas escaparían, informarían de su paradero, los capturarían, los encerrarían, saldrían en televisión, sus parientes los señalarían a carcajadas... Apareció el miedo, por primera vez. Un miedo confuso, que los arredró, la certidumbre de entender que solo eran en realidad tres adolescentes con la sangre embravecida y la cordura extraviada. Se pusieron nerviosos. Discutieron, sin que les importara ser escuchados.

De pronto parecieron inspirados:

—Contentémonos con dos —dijeron—. Sí. La gordita de ojos azules, que se hizo la muerta durante el viaje, y la tetoncita. Ricas y tan tranquilas, para qué más.

Se referían a Claudia Pinzón y Sinfonía Orestes.

—Son nuestras —exclamó Leo—. Después ya veremos.

Oyeron lamentos:

—¿Qué van a hacernos?

—¿Qué están diciendo?

—Dinero —oyeron—. Pidan dinero, por Dios. Les pagarán lo que quieran.

Después oyeron protestas, por primera vez: Hampones. Locos de mierda. Degenerados. Los van a atrapar, los van a encerrar de por vida. Mi papi vendrá por aquí y los matará con las manos, barrerá los suelos con sus cabezas.

Se miraron petrificados. Quién iba a suponer semejante vocabulario. Pero ellas tenían razón, los advertían, y por un minuto imaginaron el galpón rodeado de patrullas, televisión, padres de familia armados con bates de béisbol, abuelitos encolerizados, monjitas tronadas, crucifijos, crucifijos...

—Carajo —dijo entonces Nuncio Martín—, acabemos con esto y larguémonos.

Vació la botella de aguardiente y sucedió lo que después sucedería: el primero en entrar, Leo Quintero —de los grandes y especiales ojos amarillos que ninguna colegiala evitó mirar porque era ineludible caer en la marea de lujuria que irradiaban— resultó casi muerto a pellizcos y mordiscos y perdió un ojo. Pero, ¿qué se habían creído ellos? —pensaron—, ¿que a una sola señal las muchachas bailarían en su honor? Si fue fácil empujarlas a caminar por la noche, otra cosa sería desnudarlas: pues tan pronto los vieron entrar gritaron estremecidas y todas a una —todas menos dos, que miraban expectantes—, se lanzaron sobre Leo, una jauría de perros enloquecidos, igual que si se jugaran la vida, tan enfurecidas como terrificadas, derribaron a Leo Quintero y desgarraron, trizaron, picaron y cortaron sin que les importaran las armas que apuntaban; el grito de Leo amedrantó a los otros raptores, los empujó en retirada; a duras penas recuperaron los despojos ensangrentados del amigo (que gritaba llamando a su madre) y cerraron la puerta como si huyeran de fieras reales, y en realidad huían. Jamás se les ocurrió que ocurriera. Tuvieron que disparar al techo para abrirse paso, al techo —porque hasta ese momento no imaginaban disparar a nadie. Si esas dos colegialas, la gordita y la tetoncita —Claudia y Sinfonía— no calman a las más iracundas, acaso los desojaban a todos, los despellejaban vivos. No se explicaban cómo las colegialas no se adueñaron del arma de Leo y los pusieron a bailar a plomo, cómo no los mataron. Y ahora ellos parecían los acorralados, del otro lado de la puerta trancada, todavía sin decidirse a actuar, los planes deshechos, las almas heridas.

Mejor matarlas —discutían, ahogados en aguardiente— o después los delatarían.

Sufrían los tres raptores, sufrían en la carne y el deseo, pero el miedo a matar o morir despedazados era mayor que cualquier ocurrencia de amor a esa hora. Las heridas de Leo los estatizaba. Si ellos abrían esa puerta alcanzarían a deshacerse de una, o dos, o tres o seis, y después acabarían desollados. Además, ellos serían solamente dos en la batalla: Leo lloraba, inutilizado. ¿Qué hacer? Huir. Huir, o revolcarse por lo menos con dos de las leoncitas, las provocadoras.

—¿Por qué no las convencimos, por qué no les hablamos? —se lamentó en voz alta Silvio Molino, involuntariamente, consigo mismo.

—Cochino —le respondieron del otro lado.

Por el resquicio más grande de la puerta Silvio Molino se asomó. Quería huir rápido, pero quería, también, verlas de nuevo. Algunas orinaban en círculo en un rincón del galpón; seguramente orinaban del susto, porque de vez en cuando miraban aterradas hacia la puerta. Otras se habían armado de un madero puntudo, del tamaño de un poste de alambrado, y lo esgrimían en dirección a la puerta. ¿Qué hacía ese maldito madero en el galpón? ¿Por qué no revisaron? Otras buscaban entre la basura objetos con qué atacar, con qué defenderse, otras aullaban, y muy pocas rezaban, arrodilladas, y lloraban. Solo dos respiraban quietas y lejos, indagándolo todo con el mismo terror con que Silvio Molino observaba: Claudia Pinzón y Sinfonía Orestes, las únicas no vírgenes de las secuestradas.

Las pasmaba y desazonaba la inaudita disposición a la batalla, las uñas que apuntaban, las bocas desquiciadas que rugían y enseñaban los dientes. No era para tanto, pensaban; pero mejor no se metían; era evidente que sus amiguitas se los querían comer enteritos y crudos; gritaban como poseídas, seguramente recordaban las lecciones de Sor Clementina: Dios estaba con ellas, los Ángeles de la Guarda, los Soldados Bienaventurados, David, Salomón...

—¿Qué hacer? —volvió a insistir Silvio Molino—. Yo me largo.

—Quédate quieto —le dijo Nuncio—. No van a poder con nosotros. Tranquilo. Solo herimos a una y así las asustamos; las tendremos listas.

—¿Herir a una? Estás loco. ¿Y si muere? Yo las dejo, larguémonos a Chapinero, hagamos una fiesta.

—Quedémonos y terminemos.

—Mátenlas a todas. —Leo había hablado. Hizo un gesto de desfallecimiento con las manos—. Necesito un médico. Es la gangrena; tendrán que quitarme la cabeza, hermanitos.

Una suerte de rabia y tristeza pareció recogerlos a todos.

—Acaben de una vez —dijo el herido—. Sean berracos, tengan cojones, por lo menos saquen a una y demuéstrenlo. Una solita por lo menos, que yo los vea, que no me muera sin verlos.

—Pensé que sería fácil —repuso Silvio Molino.

—Ya lo oíste, una por lo menos, es su último deseo —repuso Nuncio Martín.

Y empezó a descorrer la tranca:

—La primera que se mueva y disparo —gritó.

Nadie adentro dijo nada, ni un sollozo, ni un suspiro.

Nuncio Martín empujó la puerta de una patada.

"Dios mío" alcanzó a pensar Silvio Molino cuando las vio, "parecen demonias".

El herido quedó atrás, sentado, observándolo todo, revólver en mano. Pero lo que vio, después de un minuto de humo de sangre, lo dejó pétreo, y el revólver cayó de sus manos.

—Perdónenlos —gritó, y lo siguió gritando como un demente un buen tiempo, mientras amanecía. Se oyó un tiro y eso fue como si las enardeciera más. Furias y lamentos sacudieron el galpón; después solo se oyó un grito revuelto de cólera y de miedo que empujó a Leo de espaldas contra la pared; vio fieras que pasaban sobre él —pisando su pecho y su cara— como una interminable jauría de garras y ojos enrojecidos.

A él no lo mataron, y todo gracias a Claudia Pinzón y Sinfonía Orestes, las ángeles guardianes, las protectoras, las únicas misericordes que casi se despidieron de él con un beso en su ojo desaparecido. Todas huyeron. Lo abandonaron —deseando morir— a la puerta del galpón; desde ahí vio cómo las fieras en manada se transformaban en palomas celestiales y echaban a volar por la sabana, a la estampida, en la madrugada.

Leo Quintero fue el único sobreviviente, y aún sigue pagando por lo que quiso hacer y no hizo. Del incidente nunca se supo, nada se hizo público. Se impuso la urgencia del colegio y los padres de familia por encubrirlo todo, por olvidarlo todo, y el rapto de un bus escolar —con treinta y cuatro inocentes a bordo, octubre de 1984— quedó evaporado. A Leo Quintero lo conocí en la cárcel Modelo; le dicen El Tuerto, cuenta su historia a cualquiera y solo pide, a cambio, media botella de aguardiente —por lo menos.

Bogotá 1996.

Juan Villoro
(México, 1956)

El Apocalipsis (todo incluido)

Las maletas con rueditas producen un rumor parejo. Son la pista sonora de la vida que se arrastra hacia un hotel, el sonido de la gente que tiene rumbo.

Montse Llovet despertaba oyendo esa marea bajo su balcón en el Barrio Gótico. El oleaje de los fugitivos la lastimaba porque no tenía a dónde ir.

Le explicó a Rubén que había crecido en una calle del Ensanche trazada de acuerdo con la ruta del esfuerzo: del mar a la montaña. Las motos roncaban al subir. Sin embargo, ese ruido nunca le molestó tanto como el de las maletas. Agraviantes, rastreras, las rueditas de los otros denunciaban que Montse era una desempleada de veintisiete años, sin pareja ni horizonte; es decir, trilingüe y con un máster en imagen y diseño que no servía de nada. Estudiar en la Barcelona del tercer milenio era como llenar la despensa con productos caducados. En algún momento eso había servido para algo, ahora todas las etiquetas decían: “Ábreme y verás”.

Eso fue lo que le contó a Rubén Venegas poco antes de apagar la luz y de que él le ofreciera un Stilnox para mitigar sus desórdenes de sueño.

Rubén admiró que los labios de Montse (de un rosa irreal, perfecto) fueran capaces de hablar con tal fastidio. La chica con la que se acababa de acostar odiaba todas las maletas que no eran suyas.

Fue entonces que él le dijo:

—Te invito al Apocalipsis.

Ella sonrió sin abrir los ojos, adentrándose en el sueño con una felicidad hipnótica. En su tenue sonrisa, la oferta de Rubén se mezclaba con el Stilnox. Él la vio con reverencia, seguro de estar ante el encuentro promisorio que le había pronosticado Felipe Romo (en esos momentos le pareció no solo un gran amigo, sino un erudito de la arqueología cuya tendencia a aceptar hipótesis radicales era clara prueba de independencia crítica).

Después del primer café, vio de otro modo a su compañero de fatigas en Chichén Itzá. Felipe era cínico y los cínicos son optimistas. Sostenía que los europeos estaban tan deprimidos que al llegar al Mediterráneo Rubén sería atractivo por contraste: "A los cincuenta años estamos derruidos, pero si hay crisis, podemos ofrecerle un escalón a la gente joven: pueden pisarnos para subir. Hemos alcanzado la Edad del Peldaño".

La boca de Felipe era minúscula. Parecía la ranura para introducir una moneda en una máquina. De esa magra rendija salían palabras hinchadas de seguridad. Mientras Europa se iba al carajo, él impartía tenebrosas conferencias sobre el Apocalipsis Maya.

Rubén estaba en Barcelona porque Felipe le había cedido su sitio en el congreso "Cosmos de distintos mundos". A última hora, el amigo recibió una oferta mejor pagada de una asociación dianética en California.

El viaje se presentó como una gran oportunidad de abandonar la rutina en Chichén Itzá y el cuarto de azotea que rentaba en Mérida, donde su tortuga acababa de morir (quería una mascota longeva y fácil de atender y dio con un ejemplar kamikaze que mordió un cable eléctrico). Necesitaba despejarse, siempre lo había necesitado. Le gustaba verse como el último turista de una zona arqueológica, el que apaga la luz y da el adiós definitivo.

Por desgracia, su viaje representaba una impostura. Rubén no era arqueólogo, sino guía; podía entretener a un rebaño de turistas deshidratados, pero no había hecho trabajo de campo, ni investigado nada. "No te preocupes: lo que cuenta es tu tatuaje", observó Felipe con su habitual cinismo.

Rubén llevaba en el omóplato el glifo emblema de Palenque: el Dios Conejo. Estaba orgulloso de ese diseño en tinta blanca, una rareza en el mundo de las pieles decoradas. Aunque resultaba improbable que los asistentes de su conferencia le vieran el omóplato, las palabras de Felipe surtieron efecto. Recobró la confianza para exponer los avatares de la vida maya. Su epidermis ostentaba un signo de poder.

Alteró su currículum para que su formación pareciera universitaria, aunque sin exagerar demasiado. No se adjudicó un doctorado en Yale, pero sí un máster con Linda Schele, lo cual no estaba tan lejos de ser cierto (Rubén fue su chofer durante la Mesa de Palenque de 1978 y sostuvieron conversaciones maratónicas que él juzgaba muy estimulantes).

Pero la participación en el congreso lo iba a enfrentar a un problema más grave: él no creía en el Apocalipsis Maya. Felipe era un mitómano deseoso de aparecer en History Channel. Acaso por falta de carácter, Rubén prefería la objetividad. El primer desencuentro con su exmujer ocurrió cuando ella le dijo: "¡No me digas que eres de esos aburridos que creen en la realidad!" Sí, necesitaba datos para convencerse. Cuando vio la maleta de su esposa en medio de la sala, entendió que ella se iba. El Apocalipsis Maya no le había dado una seña semejante. En Barcelona, representaría la valiente postura de los indecisos.

Entró al auditorio de la entidad bancaria donde se celebraba el congreso, y Montse se acercó a preguntarle si disertaría sobre el fin del mundo. La mirada de la chica no dejaba lugar a dudas. Rubén descifró ahí un maravilloso anhelo de desgracia. Además, estar en un banco en tiempos de crisis, contribuía en forma ambiental para hablar de la catástrofe.

Ante la pálida belleza de Montse Llovet, decidió que solo diría lo peor.

Rubén Venegas solía pasar horas en la oficina de Marcia en Chichén Itzá, no por lo que ella pudiera decirle, sino porque tenía aire acondicionado. Trabajar a cuarenta grados a la sombra, rodeado de selva húmeda, transformaba a una funcionaria con aire frío en una diosa.

Permanecía en la oficina hasta que el sudor se le secaba. Mientras tanto, Marcia especulaba en la manera de solucionar o crear conflictos. Pertenecía a esa clase de personas que no preguntan para que les respondan sino para responderse a sí mismas de algo que, en forma sorprendente, ignoraban hasta ese momento. Se había depilado las cejas de un modo extraño; parecía llevar sobre los ojos el logotipo de Nike, un signo perfecto para su monólogo interrogatorio.

Marcia era delegada del Instituto Nacional de Antropología e Historia en la zona de Chichén Itzá; es decir, la responsable de evitar las amenazas de la modernidad sobre los dioses antiguos.

Había enfrentado con éxito los acontecimientos masivos en los que Elton John y Plácido Domingo trataron de rejuvenecer entre las ruinas. Aunque esos conciertos fueron criticados como ofensas al patrimonio, nadie se robó un Chac Mool y la pirámide del Castillo no fue grafiteada. Marcia salió fortalecida porque sabía medir el éxito con criterio de emergencia. Los boletos habían sido caros, la acústica mala y las sillas incómodas; sin embargo, los sitios mágicos exigen sacrificios y no hubo daños mayores. Elton John era un cursi con sobrepeso y la voz de Plácido Domingo estrangulaba "Cielito lindo" pero, ¿quién deseaba que un show entre pirámides fuera normal?

Aunque era cierto que el dinero recaudado no había favorecido al sitio arqueológico, resultaba absurdo pedir milagros de beneficencia en una zona ya invadida por vendedores de artesanías. Chichén Itzá, la Ciudad de los Brujos del Agua, era un bazar que ofrecía sombreros de charro y mantas multicolores a cuarenta grados de temperatura.

Ataviada con un elegante huipil, Marcia supo sortear los embates de los puristas en esos espectáculos masivos. Ahora su gélida oficina enfrentaba un desafío superior: del 21 al 23 de diciembre el sitio sería invadido por los turistas del Apocalipsis.

Todos los hoteles (incluidos los de Cancún y Mérida) se llenarían de sibaritas del cataclismo, suicidas a plazos, masoquistas de todas las denominaciones. Hay viajes en los que la maravilla es que todo salga mal. El Apocalipsis Maya representaba la forma más extrema del posturismo. El estallido final con coctel margarita.

De tanto hablar de los nueve niveles del inframundo y los trece niveles del cielo maya, los guías turísticos eran expertos en divisiones. Rara vez se ponían de acuerdo. El Apocalipsis los separó en dos bandos, la mayoría defendió la catástrofe, a todas luces más redituable, y una tediosa minoría confió en la supervivencia de la especie.

Rubén pertenecía al exiguo número de los escépticos. Sabía que la selva es una estufa vegetal en la que se sobrevive con primeros auxilios y que uno de ellos era el tremendismo. Durante décadas, los turistas habían estado más atentos a la resistencia de su bloqueador solar que a la cosmogonía maya. Para recuperar su atención, nada podía funcionar mejor que el morbo. Los colegas del bando rival sostenían que las esculturas de Chac Mool eran usadas como mesas de quirófano para extirpar corazones, que en el juego de pelota se mataba al ganador porque no había mayor premio que la muerte y que todas las mujeres hermosas eran arrojadas a las aguas del cenote sagrado.

La profecía del Apocalipsis Maya era una estupenda oportunidad de estimular la truculencia. Un solitario dato arqueológico respaldaba esta noticia: en el sitio de Tortuguero, un friso informaba que un ciclo astronómico se cerraría en diciembre de 2012. Eso era todo. Rubén no podía creer en una fabricación catastrófica tan ajena a la evidencia. Los accidentes le parecían más confiables que las profecías: su tortuga, predestinada a una larga vida, encontró una muerte precoz en la corriente eléctrica.

La capacidad astronómica de los mayas resultaba admirable, pero había que entenderla como una destreza científica, ajena a las seducciones de la magia. Sin ayuda de radiotelescopios, los mayas descubrieron que cada veintiséis mil años se produce una excepcional alineación de planetas. Anunciaron el fenómeno para diciembre de 2012, cuando su civilización ya habría perecido. Para Rubén la exactitud de ese cálculo, proyectada hacia un futuro desierto, sin mayas clásicos, era más escalofriante que el colapso de todas las cosas.

La mente maya se ordenaba en ciclos; las etapas no marcaban un fin definitivo: abrían un nuevo ciclo. Eso pensaba Marcia, y eso pensaba Rubén antes de viajar a Barcelona. Pero el enemigo de ambos, Jacinto Pech, pensaba lo contrario y llevaba meses dedicado al proselitismo de la paranoia.

En los hoteles, ya no había vacantes para asistir al show del desastre.

Durante su conferencia en Barcelona, Rubén Venegas pronunció suficientes nombres mayas para parecer competente. Después de decir "Dzibilchaltún" sintió una rara energía. Con progresivo entusiasmo, habló de la misteriosa desaparición de una cultura.

Debilitados por sequías, luchas intestinas, cataclismos ("*Huracán* es una palabra maya", precisó) y la aniquilación de la élite en la que se depositaban todos los saberes, el pueblo ilustrado de Yucatán se borró de la faz de la Tierra. Sus descendientes vivían en la miseria. Ese era el auténtico Apocalipsis. Rubén sostuvo esta postura politizada en el primer tramo de su plática, causando simpatía pero no gran efecto. Cuando se adentró en temas esotéricos y en signos de derrumbe, la admiración creció a su alrededor.

Para subrayar su objetividad, descartó las hipótesis populares que insistían en ver a los mayas como extraterrestres, sobrevivientes de Cartago o descendientes de la tribu más perdida de Israel. Sin despegar la vista de Montse, habló del tiempo como aniquilador de las eras y la entereza con que el pueblo que inventó el número cero podía contemplar la nada.

Hasta aquí sus palabras respondían a sus convicciones. Vio el reloj pulsera que había puesto sobre la mesa (veintitrés minutos de conferencia) y advirtió, con la adiestrada intuición de quien vive de interesar a los visitantes, que el público aguardaba algo más fuerte. Desvió la vista al rostro de Montse, se preguntó si el puntito negro sería una mosca o un lunar, y comenzó a hablar como lo hubiera hecho Jacinto Pech. Se adentró en un rito de paso que lo llenaba de energía: utilizaba en su favor la voz del enemigo.

Durante años había sido elocuente entre mosquitos. En el elegante auditorio barcelonés pudo ser algo más: un profeta del fin de los días. La Vía Láctea preparaba un insólito desfile planetario y las consecuencias de esa conjunción cósmica ya estaban a la vista: el tsunami que devastó la central nuclear de Fukushima, la caída del sistema financiero, la gripe A, las revueltas en Asia Menor...

¡La realidad actuaba con apocalíptica convicción! La Tierra volvía a tener sed como en los tiempos en que los dioses negaban el agua. Todo parecía a punto de desintegrarse. Ese fue el mensaje que interpretó en los ojos de Montse: "Haz, te lo ruego, que todo termine". Una ovación entusiasta acompañó su elegía del cataclismo.

Antes del viaje a Barcelona, Rubén era tan ajeno a las noticias que había tirado a la basura los únicos tres periódicos que conservaba. Los encontró por casualidad en su armario, en la parte superior donde guardaba su escopeta calibre 16. Vio las portadas con noticias envejecidas. ¿Qué diablos hacían ahí? Tiró los papeles amarillentos sin reparar mayor cosa en ellos. Semanas más tarde recordó por qué los había guardado: eran los periódicos del día en que nació su hija. Los había comprado para eternizar esa efeméride. Durante dieciséis años los tuvo ahí sin recordarlos. De pronto los vio y fue incapaz de asociarlos con el momento más decisivo de su vida. ¡Había mandado a la basura el contexto histórico en que nació su hija! El hecho de que el calibre de la escopeta coincidiera con la edad de Marlene no le pareció una sincronía mágica, sino una estupenda oportunidad de pegarse un tiro. No lo hizo pero se emborrachó en el bar del hotel Villas Arqueológicas. Durante demasiados tequilas repasó su triste circunstancia. Su hija se había convertido en una hermosa adolescente que estudiaba en el D.F. y no le dirigía la palabra. Su trabajo como guía era tan mediocre que ni siquiera se había visto engrandecido por un piquete de víbora. Vio el retrato de Sylvanus Morley en la pared. El egregio explorador de Chichén Itzá parecía reclamarle su falta de clase. Morley había llevado un fonógrafo para aprovechar la espléndida acústica del juego de pelota mientras bebía champaña al atardecer. ¡Qué lejos estaba él de esa grandeza! Morley había servido de inspiración para el personaje de Indiana Jones y él no era otra cosa que un borracho miserable. No descubría ruinas: las encarnaba. Su Apocalipsis ya había sucedido.

La oportunidad de suplir a Felipe Romo le dio pretexto para volverse a afeitar todos los días, lo llevó a un progresivo redescubrimiento de su autoestima y le permitió una expansión definitiva en la sala de conferencias de Barcelona donde de pronto creyó emular al augusto Sylvanus Morley.

Gracias a la espléndida angustia de Montse, recuperó el interés por el decurso de los acontecimientos: creer en el Apocalipsis significaba tener sentido de la historia, insertarse en la flecha del tiempo, el flujo de las noticias que irresponsablemente había tirado a la basura.

Había grandeza en encarar al cosmos frente a frente. En cambio, pensar que nada sucedería el 21 de diciembre significaba aceptar el marasmo, la norma, la resignación burocrática.

Rubén salió tonificado de su conversión al catastrofismo. La audiencia lo recompensó con un baño de afecto, convencida de que él exponía con franqueza convicciones arraigadas en su biografía y en la memoria de la tribu.

Invitó a Montse a cenar a la Barceloneta. Encandilado por el crepúsculo mediterráneo, dialogó consigo mismo acerca de la relación entre economía y sexualidad. El cínico Felipe le había dicho que en las crisis los cincuentones ligan más, pero él no estaba en condiciones de ofrecer seguridad monetaria en medio del naufragio. Carecía del *eros economicum* mencionado por Felipe. Montse era un milagro inmerecido. A los veintisiete años había viajado más que él, hablaba idiomas y le tuvo que describir no solo los platillos de mar sino los mariscos que él jamás había probado. ¿Por qué se interesaba en un presunto arqueólogo mexicano?

Vio los mástiles de los yates que oscilaban en el agua. El cielo se disolvía en un azul definitivo. A lo lejos, un faro barría el horizonte. Ante ese atardecer punteado por gaviotas, creyó descubrir lo que podía ofrecerle a Montse: era custodio de un secreto distante, un fuego que ardía en la noche de los tiempos, la llama del acabamiento. Durante años, había subido y bajado pirámides; había explicado que el Templo de las Columnas representaba una procesión de guerreros; había hablado del saqueo de los tesoros sumergidos en el cenote sagrado y de la misteriosa máscara de Palenque, ciudad bastante lejana, que apareció al fondo de esas aguas, pero no había sido capaz de advertir su propia conexión con esa red de símbolos. La curiosidad de Montse, sus ojos jóvenes de fin de mundo, le hacían saber que al fin formaba parte de una cadena de sentido. No solo era un guía: era el Informante, el mediador. Gracias a esa revelación, la misma persona que olvidó por qué había guardado los periódicos del día en que nació su hija, se transformaba en el oráculo que bebía pacharán en el Mediterráneo.

Además llevaba un tatuaje en la piel, hecho en tinta blanca. Un par de horas más tarde, Montse conocería su omóplato de guerrero maya.

La pasión es una forma de la elocuencia. En los siguientes días, Rubén se sintió capaz de disertar con pericia sobre las guerras mayas, la captura de prisioneros, el número sagrado de las víctimas, la función religiosa de la sangre derramada. En cambio, Montse tenía una enorme facilidad de ser concreta. En lo que él desplegaba hipótesis, ella ofrecía datos sacados de Internet y de la librería Altaïr. Su información otorgaba instantánea realidad a las especulaciones de Rubén. Si toda relación sigue un camino, la suya nació con una meta definida: irían al señorío de Rubén, Yucatán, al diciembre de las últimas oportunidades. Ella leyó tantas cosas sobre el tema que, en cierta forma, era como si ya hubiera hecho el viaje.

Un portal web llevaba el atinado nombre de *sacbé.com*. Rubén explicó que el *sacbé* es el camino blanco de los mayas, la senda que une dos ciudades santas, pero fue Montse quien encontró ahí un auto de alquiler a mitad de precio (Rubén había inventado una mentira que prestigiaba su carencia de transporte: su Land Rover todoterreno se había convertido en "pérdida total" al volcarse en el Cañón del Sumidero). Para el momento en que se abrocharon los cinturones en el avión, Rubén y Montse ya se tocaban con la sabiduría casual de los cuerpos que se entienden a la perfección. La revista de a bordo incluía un artículo sobre "Platón y el amor". Rubén se identificó con la descripción del hombre como un ser demediado que busca su otra mitad. Montse lo complementaba como solo podía hacerlo una contrafigura de sí mismo. Era hermosa, joven, inteligente, práctica.

Otro artículo hablaba del Barça. Rubén sintió que viajaba a la gran final, una epopeya sin partido de vuelta. Pero algo resquebrajaba esa armonía. Ante la chica catalana que dormitaba en el avión, él gozaba de una reputación muy distinta a la que tenía en Chichén Itzá, donde aseguraba que el Apocalipsis Maya era un *bluff* y que todo seguiría como siempre. Marcia contaba con él para desprestigiar a Jacinto Pech, líder del sindicato.

Pech tenía raíces mayas. Su padre y su abuelo habían sido guías en Uxmal y Palenque. Ese sólido linaje se reforzaba con su infinita capacidad para tejer redes comerciales. No podía comer cochinita pibil sin convertir el almuerzo en un negocio. Tenía intereses en la venta de artesanías, contactos con las agencias de turismo y los noticieros de televisión. Defendía las hipótesis más alarmistas porque atraían al público y prometía espectaculares desgracias sin otro argumento que *sus* cromosomas. Como hablaba de sus ancestros, podía exagerar sin que eso pareciera una falta de rigor. De por sí, los mayas eran excesivos: practicaban el autosacrificio perforando el pene con un aguijón de mantarraya y se drogaban por vía anal. En labios de Pech el pasado se convertía en un baño de sangre y negras profecías, pero criticarlo era políticamente incorrecto, y odiarlo, racista. Además, repartía *katunes* entre los guías que votaban por él. En el calendario maya, un *katún* es un ciclo de veinte años. En la cosmogonía sindical de Jacinto Pech, un *katún* representaban dos mil pesos.

Los ojos de Marcia, adornados por sus cejas en forma de logotipo, miraban el universo con paciencia. En el periodo clásico, hubiera podido ser astrónoma. En 2012, analizaba el Apocalipsis Maya como un conflicto gremial. Su objetivo consistía en acabar con Pech, que tanto hizo para que le quitaran el puesto por lo del concierto de Elton John.

Si el mundo no se acababa, el desprestigio de Pech sería absoluto. Ningún otro guía tenía un portal en Internet más visitado ni más truculento. Para él, cada enigma se basaba en una atrocidad. Convencido de que describir el horror es la mejor manera de promoverlo, advertía de los peligros de viajar a Chichén para el Apocalipsis y sugería un "kit de supervivencia" (linterna, silbato, dos metros de soga, repelente contra insectos, etcétera). ¿De qué podía servir un silbato en el estallido final? Lo importante no era eso, sino que los turistas se sintieran exploradores de alto riesgo.

Si la realidad no se disolvía para siempre, Pech quedaría en evidencia y el sindicato tendría que elegir a un representante que garantizara una estabilidad digna del postapocalipsis. Rubén Venegas era el candidato ideal. Había llegado a los cincuenta sin energías de pelearse con nadie; odiaba los misterios, vivía en pos de la cerveza de las seis de la tarde, actuaba como si las normas existieran. En un país donde la ley es una representación, transmitía sentido de la rutina, lo más cerca que se podía estar de la legalidad.

Pero Marcia ignoraba que su principal cómplice se había trasfigurado en Barcelona. Sustituir a Felipe Romo en el congreso "Cosmos de distintos mundos" lo llevó a la disyuntiva de aburrir al auditorio con la somera tesis de que el planeta seguiría como si nada o cautivar con la noticia de que la actual generación de la especie tenía el privilegio de ser la última.

La recompensa de su impostura llevaba el nombre de Montse Llovet. Desde su balcón del Barrio Gótico, ella vio pasar demasiadas maletas que no eran suyas. Anheló un cambio en la estancada Europa hasta que un caballero oscuro con un tatuaje blanco en el omóplato le pidió que empacara para viajar al fin del mundo.

Rubén tomó un Stilnox en el vuelo transoceánico, no para dormir, sino para dejar de pensar en lo que Montse podría averiguar en Chichén, donde él representaba el decepcionante sentido común y se beneficiaba de ello. ¿Hay algo peor que la sensatez interesada?

Soñó que era un sacerdote que llevaba a una doncella al sacrificio. Mientras ella sonreía, él acariciaba su cuchillo de pedernal. Montse lo miraba con una confianza inmerecida, contenta de ir al acabose.

Estaba con el hombre equivocado.

Entre las ruidosas motocicletas de Barcelona, Rubén le había prometido a ella otros estímulos:

—En la selva todo ruido tiene una respuesta. Si canta un tucán, eructa un mono.

Viajarían al intrincado sistema de representaciones donde un pájaro es un sonido que es un mensaje que es un talismán simbólico.

—¿Has leído a Barthes? —le preguntó ella.

—Solo en las ramas de los árboles —fue la satisfactoria respuesta de Rubén.

Cuando aterrizaron en Mérida, Felipe Romo aún no regresaba de su gira para discutir el Apocalipsis Maya y ellos pudieron instalarse en su casa de Mérida, muy superior al cuarto de azotea que él alquilaba desde su divorcio.

Dispuesto a continuar su cambio de piel, se atrevió a decirle a Montse que el sitio era suyo. Le costó trabajo justificar la alarmante colección de camisas hawaianas ("hace siglos tocaba el bongó en una orquesta tropical") y explicó que no sabía dónde estaba el café porque su prima había vivido ahí en su ausencia y era una desordenadora compulsiva". Montse lo vio con un asombro que a él le pareció admirable. Todo era tan peculiar en esa tierra que hasta Rubén parecía lógico. Por una vez, él agradeció que su hija Marlene hubiera dejado de hablarle y no tuviera que ser presentada con su novia.

En la librería Altaïr, Montse había comprado el libro de John Lloyd Stephens sobre Yucatán. Aquel viaje había sido tan extremo, tan marcado por la otredad que, en comparación, lo que ella atestiguaba ahora parecía mucho más llevadero. De inmediato comenzó a tomar apuntes sobre los signos de ese espacio milenario y a hacer atractivos diseños gráficos con glifos que no significaban nada especial pero aludían con fuerza a un esplendor pretérito donde eso podía ser comprendido.

Comieron armadillo en salsa de achiote, escucharon las serenatas de los tríos en la Plaza Grande y compartieron las rarezas idiomáticas del lugar. Fueron a comprar El diario de Yucatán y el vendedor les dijo: "Ya se gastó".

La expresión cautivó a Montse:

—Lo mismo le pasa al mundo: ya se gastó.

Habían llegado a Mérida una semana antes del Apocalipsis. Rubén tomó la precaución de ir a Chichén por su cuenta, para "arreglar asuntos de trabajo", mientras Montse recorría las piedras blancas de la ciudad colonial.

En la zona arqueológica, Marcia le informó con entusiasmo que Jacinto Pech seguía cavando su ruina. Había llegado al extremo de anunciar el fin de los tiempos en uno de los foros más morbosos del planeta, el canal de televisión de *National Geographic*.

—Los gringos le pagaron veinte mil dólares por esas declaraciones. Lo tengo documentado —sonrió Marcia. Pech se hundía rumbo a Xibalbá, el inframundo de los mayas.

—¿Y si tiene razón? -preguntó tímidamente Rubén.

Marcia soltó una carcajada ante tan buen chiste.

Aunque aumentó su dosis de Stilnox a una pastilla y media, Rubén soñaba como si estuviera despierto. El mismo terror asumía distintas encarnaciones: era un brujo, un sumo sacerdote, un arqueólogo, un líder sindical o un simple guía que había engañado a los suyos. Al despertar, se prometía decirle la verdad a Montse. Con dolorosa inocencia, ella amaba a un impostor; la casa donde vivían —con hamacas de hilo de seda en la terraza— no era suya. Pero lo más grave, lo más difícil de justificar luego de tantas y tan buenas pláticas de terror cósmico, era que nada podía beneficiarlo tanto como la normalidad del 21 de diciembre. Si el Apocalipsis se convertía en un día cualquiera, Jacinto Pech estaría arruinado para siempre y él lo sustituiría al frente del sindicato.

Pero Montse estaba demasiado contenta para ser decepcionada. No podía devastarla de ese modo. Todo le parecía "guay", "flipante" o "*fantastic*". Estas palabras lo hacían sentirse justificado al modo de un personaje de cómic. Como los superhéroes, Rubén era bipolar. Su doble conducta no era precisamente la de Batman, ¿pero quién quiere estar con el verdadero yo de una persona si el falso es superior?

Antes de ir a Chichén, visitaron las ruinas de la ruta Puuc. Ahí se cumplió la promesa de que cada sonido tuviera una respuesta. Un mono saraguato rugió y Rubén le contestó, eso activó el graznido de un pájaro y luego el zumbido de un insecto. Cada murmullo desembocaba en otro. En su armónica sabiduría, la selva ignoraba los sonidos impares. Montse, que había crecido en el caos sonoro de Barcelona, se sintió en la matriz orgánica del ruido.

Vieron las delicadas cresterías de las pirámides Puuc, las iguanas que seguían el curso del sol en las escalinatas de una pirámide (saurios enamorados de la luz), los murciélagos que volaban en círculo en la boca de un cenote.

Esas maravillas fueron mejoradas por una desgracia ajena. El ambicioso Felipe Romo quiso explotar hasta el último momento el interés por el Apocalipsis Maya. El 20 de diciembre ofreció una conferencia en Toronto. Esa noche cayó una nevada histórica y el aeropuerto se cerró, haciendo imposible su regreso a Yucatán. Escribió un largo correo electrónico en el que se incriminaba por su codicia y agradecía a Rubén que siguiera en su casa. Montaría guardia en el aeropuerto hasta que despegara el primer avión al sur o hasta que "tuviera el valor de un guerrero maya". La última frase era críptica, pero Rubén estaba tan contento que no quiso descifrarla.

—¿Buenas noticias? —le preguntó Montse al verlo sonreír ante su MacBook.

Él le mostró un video en YouTube sobre la nevada en Toronto:

—El Apocalipsis se acerca.

La nieve sepultaba autos en las calles, el agua se había congelado en las fuentes, largas estalactitas colgaban de los puentes, un radar giraba entre una espiral de copos blancos.

Vieron una toma aérea del aeropuerto convertido en un portaviones de hielo. Rubén sintió el placer compensatorio de quien ve la nieve desde el trópico.

Consiguió que él y Montse pasaran la noche del 20 al 21 en el campamento de arqueólogos de Chichén. Así evitaron el contacto inicial con la invasión del sitio arqueológico.

A las ocho de la mañana preparó dos Nescafés en la cocina del campamento. Le costó trabajo despertar a Montse. Los desórdenes nocturnos que padecía en Barcelona se habían transformado en una inmensa capacidad de sueño. El trópico operaba en ella como un hipnótico más eficaz que las pastillas que Rubén consumía en fracciones progresivamente esotéricas.

Fueron a Serie Inicial, las ruinas del viejo Chichén que aún no se abrían al público.

Detrás de un inmenso arco triangular los aguardaba una ciudad secreta. Las retorcidas ramas de los árboles dialogaban con los arabescos mayas. En la Plaza de la Tortuga tuvieron la impresión de ser los únicos testigos de un mundo abandonado.

Mientras tanto, a miles de kilómetros de distancia, los planetas se alineaban conforme a la previsión de los mayas. No tan lejos, en Toronto, Felipe Romo recibía una noticia escalofriante: el aeropuerto seguiría cerrado. Pasaría el Apocalipsis en el *duty free*.

Rubén había tomado un cuarto de Stilnox para estar tranquilo. Tal vez por eso, o por la serenidad que le infundía esa templada mañana de diciembre, quiso decirle a Montse que no era arqueólogo, que no creía en el Apocalipsis y que no tenía casa (en otra confesión le hablaría de su hija, los periódicos tirados a la basura, la escopeta calibre 16 que alguna vez pensó en utilizar contra sí mismo; este último detalle lo hizo sentir valiente, casi heroico: no solo contaría lo peor de sí mismo, sino que le informaría a su mujer de la existencia de un arma que ella podría usar en su contra en caso de caer en el despecho o la sinrazón, y de ser una pésima persona).

En la Plaza de la Tortuga se supo en una encrucijada cósmica, el momento perfecto para que alguien diga "soy gay", "me meto coca", "cambié de religión" o "cásate conmigo". Sintió gran confianza para pronunciar la frase: "Soy un impostor". No abrió la boca porque Montse se le adelantó:

—Quiero tener un hijo.

Creyó entender de otro modo las emociones de esa chica. No estaba ante alguien que buscara un boleto de primera fila para el espectáculo del fin del mundo. La posibilidad del acabamiento le interesaba a ella como una oportunidad de poner a prueba lo que había sido y lo que podía ser. No había ido a Yucatán en pos del turismo catastrófico, sino de algo más complejo y acaso más peligroso. El Apocalipsis no representaba para ella un espectacular momento de clausura, sino un examen de conciencia.

"Quiero tener un hijo", Rubén repasó mentalmente la frase. Montse habló mientras comía una pitahaya que había llevado en su mochila, convenientemente rebanada con su cuchillo de monte. En lo que podía ser su último desayuno, proponía un futuro, la única eternidad asequible a la especie, la sucesión.

—Un hijo, dos hijos, los que quieras —contestó Rubén—: en el más allá las familias son numerosas —aunque quiso hacer una broma, se le cortó la voz, conmovido por el deseo de Montse.

Al salir de Serie Inicial para regresar de nuevo a Chichén ya creía en el Apocalipsis, con la redoblada intensidad de los conversos. Todos sus predicamentos se resolverían en la nada del día 23.

Una vez más comprobó que México es un país donde el presente trata en vano de arruinar el pasado: la zona arqueológica era recorrida por vendedores que promovían lentes oscuros, botellas de agua, artesanías, recargas de teléfonos celulares. Los turistas gringos tomaban vitamina B para repeler mosquitos y se untaban bloqueador para morir en perfecto estado de salud. Los concheros y otras sectas *new age* hacían sonar caracoles marinos.

Ese caótico tumulto sugería que la civilización ya se había acabado. Con la llegada de la tarde, un viento fresco despejó el aire estancado, pero también trajo olores raros. La Ciudad de los Brujos del Agua olía a barbacoa, mariguana y algo podrido.

Montse y Rubén durmieron a la intemperie y defecaron en las casetas colocadas por el INAH (exagerada en los detalles, Marcia había temido una diarrea multitudinaria y colocó casetas de sobra).

A las tres de la mañana vieron los astros en fila india. Mucha gente había llevado telescopios. A ellos les bastaban los ojos para comprobar el prodigio que sentían en la piel.

Rubén no necesitó un somnífero para dormir como Montse. Sus almas se unieron en un sueño profundo. Despertó ante un rostro que confundió con una deidad maya.

—Te estaba buscando —Marcia arqueó sus cejas de logotipo—: Pech está desesperado; todavía promete el fin del mundo. Puse a dos reporteros a seguirlo. Ahora sí se jode.

—¿Quién es esa loca? —le preguntó Montse cuando la representante del INAH ya se había ido.

"Mi futuro", pensó Rubén, pero no lo dijo.

El mundo no se acabó entre el 21 y el 23 de diciembre de 2012. Solo se volvió más raro. Rubén compró los periódicos para conservar, ahora sí, esa efeméride. Su segundo hijo nacería nueve meses después.

En las semanas que siguieron a la noche bajo las estrellas, Rubén Venegas descubrió las variadas formas que el destino tiene de cumplirse. De algún modo, el Apocalipsis sí ocurrió o al menos provocó que dos charlatanes se convirtieran en mártires de la coherencia. Era difícil acomodar las desgracias que sucedieron antes de que acabara el año. Devastado por haber perdido la cita de su vida, Felipe Romo abandonó el aeropuerto de Toronto, caminó sobre el hielo, se acuclilló contra un farol, se quedó dormido (acaso había tomado un calmante o una droga) y murió de hipotermia. Montse no llegó a saber que Rubén lo había suplantado de diversos modos. Si el arqueólogo murió por algo que parecía un descuido masoquista, Jacinto Pech optó por una dramática confirmación de sus profecías: llevó a un grupo de turistas al cenote sagrado, prometió el acabose y se lanzó al abismo. Durante meses, fue posible ver en YouTube el escabroso video de este suicidio. Posiblemente, Pech hubiese podido sobrellevar el desprestigio y la pérdida de influencia en el gremio, pero Marcia, convertida en la diosa griega de la victoria que anunciaban sus cejas, amenazó con denunciar la red de tráfico de influencias que había creado.

Rubén sintió una extraña depresión a causa de que el mundo se salvara y en cambio murieran quienes habían anunciado su aniquilación. Había algo casi sacrificial en esa coincidencia. Durante muchos toques de mariguana le dio vueltas a la sensación de inmerecido bienestar provocada por esas muertes, que lo ayudaron de un modo que primero le pareció siniestro, luego incómodo y finalmente irrenunciable. Marcia movió hilos con eficacia y el sindicato de guías descubrió que su nuevo líder debía ser un escéptico. La familia de Felipe le permitió seguir en la casa que ahora sí podía pagar. Por su parte, Montse consiguió trabajo como diseñadora en una empresa de Miami que llenaba de hoteles la Riviera Maya.

Todo se acomodó con la predecible nitidez de los astros, sin necesidad de que Rubén le confesara a Montse que había mentido para estar con ella. Una tarde, mientras acariciaba la suave nuca de su bebé, se sintió tan fortalecido por el renacimiento de su vida que se atrevió a arruinarla:

—¿De veras creías en el Apocalipsis? —le preguntó a Montse.

—Pero claro; ¡si eres un desastre, cariño! —sonrió ella—: logras que todo empeore maravillosamente.

El cielo se teñía de un delicado color naranja, como si reaccionara a la felicidad de Rubén.

En forma extraordinaria, el mundo se seguía acabando.

Guillermo Martínez

(Argentina, 1962)

Una felicidad repulsiva

Leo a Flaubert. *Tres condiciones se requieren para ser feliz: ser imbécil, ser egoísta, y gozar de buena salud*. De acuerdo; pero aun así, y como cada vez que alguien afirma, como un axioma, «la dicha perfecta no existe», no puedo evitar recordar la felicidad serena, extendida, imperturbable, verdaderamente repulsiva, de la familia M.
La precaución por omitir el apellido, lo sé, es absurda, un pequeño pudor inútil, el uso de la anamorfosis, como me aconsejaba mi padre para atenuar mi vocación suicida por la verdad, desde que la publicación de uno de mis cuentos acabó para siempre con las simpáticas reuniones de fin de año en mi familia. En la ciudad donde nací ya todos saben de quiénes hablo y fuera de esta ciudad nadie los conocería, porque a su reinado tenue y distraído le convenían la discreción y las dimensiones locales. Les bastaban en realidad los límites todavía más sobrios del club de tenis exclusivo donde se jugaba el Torneo Mayor. Porque la familia M era a primera vista, sí, una familia de tenistas. Yo había oído hablar de ellos a los diez años, en el modesto club de barrio de dos canchas donde di contra un frontón mis primeros raquetazos. Pero recién los vi dos años después, cuando mi juego progresó lo suficiente como para que mis padres, en deliberaciones prolongadas y secretas, decidieran el gasto de asociarme al club de *ellos*. Con mi única raqueta y mis zapatillas demasiado raídas traspuse la arcada imponente de la entrada y di un rodeo a la mansión inglesa de la sede social que ocultaba las canchas. En el silencio de la

tarde empecé a escuchar, cada vez más vibrante y potente, el cruce de pelotazos, y cuando me asomé al final del camino de lajas, detrás del alambrado, nítidos, magníficos, reales, allí estaban. Entendí al verlos, mejor que con cualquier otro ejemplo, lo que me había explicado mi padre sobre los arquetipos platónicos. El viejo M jugaba con Freddy, el hijo mayor, en esa cancha algo separada de las demás que —supe después— estaba reservada de lunes a viernes para ellos. Eran, minuciosamente, perfectos. El golpe de derecha del viejo M resonaba como el mandoble en la batalla de un rey menguante, pero todavía embravecido y resuelto. Su revés era sibilante y astuto, siempre con *slice*, como si fingiera una debilidad para atraer allí los golpes. Y cuanto más violento era el ataque de su hijo sobre ese costado, más rasante e insidiosamente baja volvía la pelota. Eran altos, atléticos, iguales. De la misma especie. El viejo tenía un mechón blanco en un pelo de color curioso, entre rubio y pelirrojo, con un tono caramelo. Parecían vagamente extranjeros y al contar en voz alta los tantos el viejo pronunciaba las palabras en un castellano demasiado educado, con la inflexión de un acento. Vistos uno junto al otro, en el cambio de lados, el hijo era quizá un poco más alto. Tenía un saque poderoso y un juego explosivo de ataque. Todo en él era de un ímpetu arrollador, vertiginoso, temerario, una carrera permanente, a veces desbocada, por alcanzar la red. Su volea era temible con una cualidad espectacular de acróbata para cortar los *passing-shots* hirientes de su padre. Cada vez que volvía a su lugar para sacar, se echaba hacia atrás en un gesto brusco un flequillo que le caía sobre la frente y resoplaba con el pie junto a la línea como un corredor a duras penas contenido. Apenas los vi supe, con esa desazón de lo verdadero y lo irreparable, que nunca llegaría a jugar como ellos.

Era un set de entrenamiento y cuando terminaron Freddy se fue hacia los vestuarios y el viejo M llamó a la cancha a su hijo menor,

Alex. Lo vi pasar junto a mí, el pelo del mismo color que su padre, y con un bolso alargado por el que asomaban los cabos de cuatro raquetas. Era quizá apenas un año mayor que yo, pero ya se veía despuntar en él, con la irrupción de la adolescencia, el cuerpo largo y espigado de su hermano. Y si el viejo M era la Sabiduría y probablemente la Astucia, y si su hijo mayor era la Fuerza, Alex ya era en ciernes la Elegancia. Nunca había visto hasta entonces alguien que se perfilara de manera tan impecable, ni que se desplazara por la cancha con esa serena anticipación para golpear, como si estuviera posando para un manual.

No era yo el único que los miraba. Desde uno de los bancos frente a la cancha una mujer de aspecto reposado tejía un pulóver blanco y alzaba cada tanto los ojos con una mirada entre risueña y maternal para seguir las alternativas de un peloteo. En una de las canchas de atrás cuatro chicas que no llegaban a los doce años, todas muy parecidas entre sí, reían y ensayaban un partido de dobles. Cuando el viejo M salió de la cancha la mujer del banco se incorporó y el viejo la rodeó con un brazo mientras ella le mostraba el avance del pulóver. Dieron un grito alegre de aviso hacia el sector de atrás, y las hijas guardaron las raquetas en sus fundas y se unieron obedientemente al grupo familiar. El viejo M subió con Alex a una camioneta y las chicas siguieron a la madre en un segundo auto grande y reluciente, de una marca importada que yo nunca había visto. Freddy, que había salido del vestuario con el pelo mojado y peinado hacia atrás, se adelantó y dejó atrás a la pequeña comitiva en una moto como una cabalgadura, alta y rugiente.

Supe esa misma noche, durante la cena, algo más de ellos. Cuando le conté a mi padre que los había visto jugar y le pregunté si los conocía, asintió de inmediato.

—Claro que los conozco: compraron hace unos años uno de los campos vecinos al nuestro.

Lo miré con incredulidad. En nuestro campo, muy apartado de la ciudad, nunca llovía, vivíamos de crédito en crédito, y mi padre, fuera de la máquina de escribir, se consideraba a sí mismo un campesino arruinado que salía a la terraza a otear sin esperanzas el cielo, leía a Hegel y a Marx y redactaba, también sin esperanzas, el programa de reforma agraria de un partido comunista. Pero cómo era posible entonces, pregunté, que los M tuvieran esa cantidad de raquetas, esas motos y autos.

—Y una casa inmensa en el barrio Palihue —agregó mi madre.

—¿No estudiaste acaso en la escuela la división de las pampas? —me preguntó mi padre—. La línea divisoria de la Pampa húmeda pasa justo por el alambre de púas entre nuestros campos.

Como siempre, me costaba saber si mi padre hablaba en serio, pero me dio permiso para levantarme de la mesa y traer el *Manual del Alumno Bonaerense*.

—Aquí está —dijo mi padre, casi orgulloso de su mala suerte—; el campo de ellos: Montes de Oca, el último de la Pampa húmeda; el campo nuestro: Algarrobo, el primero de la Pampa seca.

—Seca, estreñida —dijo mi abuela en un rapto analógico, mientras se rascaba filosóficamente su codo con psoriasis.

—Así es, doña: setenta hectáreas y ninguna flor. Y usted que pensó que tendría un yerno potentado. Mi abuela rió con un cloqueo y se agitaron los pliegues del cuello y sus mejillas blandas.

—Tu padre, siempre el mismo. Lo único que yo quería es que fueran felices.

—¡Felices! ¡Nada menos! —exclamó mi padre y mi abuela volvió a reír, con sus ojos como grandes charcos azules, como si le hubieran hecho cosquillas en la papada.

—La felicidad completa posiblemente no existe, pero que alguna vez no vuelquen la sopa ayudaría bastante —dijo mi madre, mientras extendía su servilleta para proteger el mantel debajo de mi plato.

—¿Por qué no existe? —protesté yo—. Yo creo que sí existe: a los M se los ve muy felices.

—La felicidad es como el arco iris, no se ve nunca sobre la casa propia, sino solo sobre la ajena —dijo mi abuela.

—¡Doña! —dijo mi padre, admirado—: no sabía que también era poeta.

—Es un antiguo proverbio ídish —dijo con modestia mi abuela.

—La felicidad perfecta no existe —dijo mi madre—; y los M también tendrán sus cosas, como todas las familias.

—Yo creo que sí puede existir una familia completamente feliz. No la nuestra —dijo mi hermana con resignación—, pero otra, en algún lado.

—Sí, como los habitantes de otros planetas —dijo mi padre—: tan lejos que nunca los conoceremos.

Mi hermano mayor empezó a temblar y vimos vibrar la punta de su tenedor, detenido en alto, como si estuviera por estallar en una crisis de llanto. Era la primera vez, desde su regreso de la clínica, que intentaba comer con nosotros. Mi padre le hizo una seña a mi madre para que le diera su pastilla y lo vimos retirarse de la mesa hacia su cuarto, arrastrando las pantuflas, como un fantasma derrotado. Yo insistí, para quebrar el silencio.

—¿Pero de verdad papá pensás que no puede haber alguien totalmente feliz?

Mi padre pareció dudar, trató de recobrar su tono irónico de siempre y me apuntó con un dedo.

—*Si quieres ser feliz, como me dices, no analices, muchacho, no analices.*

Desde ese mismo día me propuse vigilar, como si fuera una nueva especie, frágil y exótica, descubierta sólo por mí, la felicidad de la familia M. Los estudié primero en su territorio: pegado al alambrado los seguí en los entrenamientos y luego en los partidos del Torneo Mayor, que empezaba a disputarse. Los espiaba tan de cerca como me era posible. Los vi desnudos en el vestuario bajo la ducha, enjabonándose con despreocupación y cruzando bromas con otros de los mejores tenistas de la ciudad, como si no tuvieran nada que ocultar. Trataba de escuchar cada conversación y de sorprender en un descuido un gesto de mal modo, de enojo reprimido, el menor signo de una desavenencia, algún rencor o celos entre los hermanos. Supongo que mi presencia les empezó a resultar familiar: me saludaban brevemente y el viejo M cada tanto me sonreía, divertido con mi persistencia, quizá porque creía que yo solo trataba de copiar algún golpe. Cuando Freddy y el viejo M llegaron, como todos anticipaban, a la final del torneo, me senté desde muy temprano en las primeras gradas. Esperaba que un pique cerca de la línea, o un saque demasiado rápido, fuera de la vista del *umpire*, pudiera encender un brote de discordia, un reproche, una pequeña mezquindad. Pero en cada pelota dudosa, como si se tratara solo de otro entrenamiento, los dos se apresuraban a pedir que se repitiera el tanto. Lucharon con ferocidad punto por punto, pero sin tirar la raqueta ni gritar una sola vez. El viejo se quedó finalmente con la copa y se abrazaron junto a la red, a la espera de que los fotografiaran, como si fuera parte de un ritual sonriente que repetían, ya sin tanta sorpresa ni efusión, desde hacía años.

Empecé a prestar atención, en una segunda ampliación del círculo, a cualquier noticia que me llegara de ellos sobre sus vidas fuera de las canchas. No me defraudaron. Supe que los dos varones iban al colegio Don Bosco y las cuatro chicas, a La Inmaculada. Freddy y Alex eran excelentes alumnos, aunque no tanto como para que les impidiera estar a la vez entre los más "populares": con su barra ruidosa de amigos atronaban la avenida Alem el sábado por la noche en los autos de sus padres. Juntos, además, los hermanos eran imbatibles en los Intercolegiales y tuvieron, en una sucesión fulgurante, sus primeras novias lindísimas de otras familias también intachables. Cada tanto, a la noche, veía al padre por el Paseo de las Estatuas; caminaba del brazo con su mujer, con la pacífica laxitud de dos antiguos enamorados y a veces, cuando me cruzaba con ellos, la madre inclinaba hacia mí la cabeza con una sonrisa plácida, educada, como si quisiera decirme "Sí, somos felices, absolutamente felices, podés mirar tan de cerca como quieras: no hay fallas".

Cuando llegaba el verano, el reinado sigiloso de la familia M se trasladaba al balneario de Monte Hermoso, con buena parte de la ciudad. Supe que tenían una gran casa frente al mar y, aunque no había allí campeonato de tenis, el padre y los dos hijos eran el equipo invariablemente campeón en los torneos de voley de playa. Regresaban a fines de febrero, bronceados, alegres, todavía más felices, si eso fuera posible, impacientes por volver a las canchas y empezar la nueva temporada.

Pasaron tres o cuatro años. Mi hermano mayor intentó suicidarse por segunda vez. Mi hermana cumplió dieciséis y quedó embarazada. En reuniones tensas y crispadas con la otra parte llegó a circular, como un escalofrío, la palabra que empieza con A. Pero las aguas bajaron y se discutieron finalmente las condiciones de un casamiento pactado.

—El casamiento no es nada, la ollita es la condenada —dijo mi abuela por lo bajo.

Mi hermana rompió a llorar y se retiró de la mesa.

—Al fin y al cabo no es la primera ni será la última —dijo mi madre, casi desafiante—. Y en todas las familias se cuecen habas...

—En todas las familias no —observé yo—. No creo que las chicas M...

—Y dale con la familia M —bufó mi madre irritada—. ¿No sabés acaso que las apariencias engañan? Ya quisiera ver cómo son los M puertas adentro.

—Eso no es tan difícil —dijo mi padre—. Después de todo tenemos a nuestro correo secreto del Zar, la fámula *ubiqua*: Miguela puede contarnos todo.

Miguela era la posesión más preciada de mi madre: de rasgos araucanos, silenciosa, infatigable, limpiaba en nuestra casa tres veces por semana. Mi madre, que la había descubierto primero, recién llegada de su provincia, sufría en silencio por no poder contratarla también los demás días y vivía en la perpetua zozobra de que otra familia pudiera arrebatársela. Yo, que creía saberlo todo sobre los M, ni siquiera me había enterado de que también ellos, desde hacía un tiempo, se la disputaban. Todo un mundo se abría de pronto, una conexión insospechada a lo más íntimo de la familia M: la suciedad de los recovecos, el tesoro de indicios del tacho de la basura, los signos reveladores del cambio de sábanas. Miguela lo había visto y oído todo y traía quizá ahora mismo, en la suela de las alpargatas, algo de tierra del jardín con pileta de los M.

Era uno de los días en que se quedaba hasta tarde: todavía estaba en su cuartito cambiándose la ropa. Mi madre la llamó y Miguela compareció con la cartera ya bajo el brazo y su pañuelo de colores anudado al cuello.

—Tenemos aquí una discusión —dijo mi padre— en la que solo usted puede ayudarnos.

—Sí señor, con mucho gusto en lo que pueda. Miguela tenía una admiración reverencial por mi padre y no se animaba a embestir con su plumero en el fabuloso desorden de carpetas y libros de su biblioteca.

—Sabemos que empezó a trabajar desde hace un tiempo en casa de la familia M. Sin pedirle ninguna infidencia: ¿diría usted que es una familia feliz? Miguela lo miró, algo sorprendida.

—Sí señor, muy felices se los ve.

—Ahora queremos que se detenga a pensarlo un poco más: se los ve felices, sí, ¿pero diría usted que son *verdaderamente* felices?

—*Felices sin una nube, felices sin un dolor* —entonó distraída mi abuela.

Miguela trató de ponerse a la altura del modo grave que había adoptado mi padre y del silencio que se había hecho a la espera de su respuesta.

—Hasta donde yo puedo ver, sí señor: felices de verdad.

—Pero me va a decir, Miguela, que nunca los oyó discutir, que nunca vio una pelea, o alguien que llorara... —intervino mi madre con incredulidad.

Miguela giró la cabeza hacia ella por un instante.

—No, señora, nunca. Entre ellos jamás.

—*Entre ellos*... ¿qué quiere decir? —retomó el interrogatorio mi padre—. ¿Acaso entre ellos no, pero con usted sí tuvieron un maltrato?

—No señor, maltrato nunca —dijo Miguela alarmada—. Pero uno de los primeros días vi que el señor podía enojarse. Creyó que había desaparecido un pote de pomada del botiquín. Pero era sólo que al limpiar yo lo había cambiado de lugar.

—Y entonces —dijo mi padre, desconcertado—, ¿la retó por esto?

—No, solamente me dijo que no tocara nunca más ese pote. Pero parecía enojado.

—¿Y qué clase de pomada era? —dijo mi padre.

—No sé, señor —dijo Miguela—: una pomada blanca. Me dijeron que no tocara y yo no volví a tocar nunca más.

—En definitiva —dijo mi padre—, lo más cercano a la infelicidad que vio en casa de los M fue un rapto de malhumor por un pote cambiado de lugar.

Miguela asintió con la cabeza, algo avergonzada, como si sintiera que había decepcionado a mis padres.

—Habrá que darle entonces la razón a mi hijo —dijo mi padre—. Quizá nos fue dado conocer en esta vida a la más rara avis: una familia feliz.

—Disimulan —dijo mi madre sin dar el brazo a torcer—; delante de los demás disimulan. Pero ya quisiera verlos a solas... *algo* deben tener.

Ese año Freddy le ganó por primera vez al viejo M en la final del Torneo Mayor, en un tercer set memorable que se extendió a un 13-11. Todos nos preguntábamos si había empezado la declinación, si el rey habría muerto, pero al año siguiente el viejo volvió por sus fueros y le dio una paliza en dos sets. A su vez, Alex se convirtió en la nueva revelación y llegó a los torneos de primera categoría. Mi juego, en cambio, se había estancado, pero no había dejado de ir al club y de prestar atención a las noticias que cada tanto escuchaba de los M, como un reflejo que con el paso del tiempo se hubiera hecho automático. Las chicas M fueron cumpliendo a su tiempo los quince años, con fiestas que aparecían anunciadas en la sección Sociales del diario. Mi abuela se quebró la cadera en una caída y mi madre la trasladó definitivamente a nuestra casa, donde se precipitó a una agonía aterrada. Su cama estaba en un cuartito vecino al nuestro y mi hermano y yo oímos por largas noches el jadeo y los estertores de su respiración, la vida que poco a poco la dejaba. Una noche me desperté y vi que mi hermano no estaba durmiendo a mi lado. Lo encontré en la puerta del cuartito, con los ojos fijos en la boca abierta de mi abuela, por donde salía aquel gorgoteo entrecortado. Fui a buscarle su pastilla y lo llevé otra vez como un sonámbulo de regreso a su cama.

Cuando mi abuela por fin murió me tocó en el entierro sujetar una de las manijas del ataúd. Después de que la dejamos al borde del foso y mientras los demás se repartían en los autos, quise quedarme un poco más en el cementerio. Recorrí las lápidas y las calles abrumadas de cruces sin encontrar ninguna que tuviera el apellido M. A mi regreso le pregunté a mi padre si esto no le parecía intrigante.

—Es que los M no tienen familia aquí —dijo—, habrán llegado a la ciudad hace no más de diez años... ¿Pero miraste acaso las tumbas una por una? —me preguntó algo alarmado, como si el que empezara a preocuparle fuera yo.

Cuando terminé el secundario me fui a estudiar a Buenos Aires. No me extrañó que tanto Freddy como después Alex hubieran preferido quedarse en la ciudad y estudiar en la universidad local (ambos eligieron Agronomía). No era sólo que en la vasta dispersión de Buenos Aires perderían el halo de príncipes. O que ya no ganarían torneos. Era antes que nada, intuía yo, que esa familia no podía separarse, que ellos eran, en el fondo, todos uno, un clan misteriosamente unido y sellado, por algo que una y otra vez se me escapaba.

En mi nueva vida los olvidé al principio casi por completo. De tanto en tanto un comentario al pasar en alguna carta de mi familia los volvía a traer, como un eco lejano de algo que me había importado alguna vez y que ahora se empequeñecía con el tiempo y la distancia. Mi hermana, por ejemplo, no se olvidaba de consignar cuál de ellos ganaba el Torneo Mayor cada año: la alternancia entre la Sabiduría, la Fuerza y la Elegancia se mantenía imperturbable, como si nuestra ciudad no pudiera dar un tenista que pudiera derrotarlos. En el último año de mi carrera me enteré de que el viejo había ganado otra vez la final. *¿Pero cuántos años tiene ya?*, le escribí a mi hermana, *¿no debería estar hecho una ruina?*

Lo vi hace poco por la calle, me contestó ella, y está exactamente igual, quizá con el pelo un poco más blanco. El que está cada vez peor es papá. Apenas puede respirar por el enfisema. Ahora tiene que dormir sentado. Y del resto, mejor ni hablar.

En las pocas veces que volví a la ciudad durante esos años no me decidí a ir hasta el club y *ver*. Creo que temía tanto que de verdad estuvieran iguales como que hubieran cambiado, que algo en la superficie brillante y pulida sutilmente se hubiera agrietado y ahora pudiera descubrirlo.

Al terminar la licenciatura me fui a Inglaterra con una beca para estudiar Literaturas Comparadas. Al cabo del segundo año pedí una renovación por tres años más para terminar un doctorado. En mi quinto año allá recibí una carta de mi hermana, con los lamentos habituales. Mi padre había puesto en venta el campo y habían decidido internar otra vez a mi hermano. Se habían mudado nuevos dueños a la planta alta. Tenían perros, pero no los sacaban a pasear. Orinaban directamente en la terraza y por una filtración de las junturas el pis se escurría desde las vigas del techo a las paredes de nuestra casa. *Así que ahora estamos meados por los perros* stricto sensu, *como dice papá*. En la posdata decía: *Adiviná qué. El viejo M volvió a ganar el Torneo Mayor este año. ¿No es increíble? Me lo crucé en el supermercado el otro día. Tiene ahora el pelo totalmente blanco, pero fuera de eso está idéntico*.

Le escribí entonces, y era la primera vez que se lo confiaba a alguien, lo que en realidad pensaba de la familia M. En su carta siguiente me dijo que la había hecho reír y me preguntó si era el argumento de un nuevo cuento. *El tiempo pasa para todos, y también pasará para ellos. Es la única ley pareja de la vida. Freddy debe estar por cumplir treinta. Ya hizo también su máster, tiene un buen trabajo y una novia que es la que más le duró de todas: ahora le toca casarse y echar pancita. Pero en todo caso, será fácil saber: sólo hay que dejar que pasen los años. Yo voy a estar acá vigilando: ya te contaré.*

En mi respuesta no me animé a insistir: todavía recordaba la cara alarmada de mi padre cuando le había hablado de las tumbas. Tampoco quise decirle que había dejado de escribir, y que me estaba convirtiendo insensiblemente, de monografía en congreso, en aquello de lo que me había reído tantas veces: un ratón de biblioteca, un *scholar*, un profesor de literatura.

Unos seis meses después, en otra de sus cartas, mi hermana me dio la gran noticia: los M dejaban la ciudad. El viejo ya había vendido el campo, en una fortuna. *Se lo ofreció primero a papá, ni siquiera estaba enterado de que nos deshicimos de todo. Nadie sabe demasiado, sólo que se va la familia entera. Así que Freddy, supongo, dejará a su novia. Creo que planean viajar por el mundo un tiempo. O quizá no quieren decir adónde irán. Todo es muy misterioso. Capaz que vos tenías razón y alguien más empezaba a darse cuenta. Sea como sea, nos jodieron: ahora ya no sabremos nunca.*

Pasaron algunos años más. ¿Cuántos? Los suficientes como para que las cartas de mi hermana, con su letra redonda y consoladora, se convirtieran en mensajes de e-mail, cada vez más cortos, como si le avergonzara tener sólo malas noticias. Habían iniciado un juicio contra la gente de arriba, que se arrastraba en los tribunales sin avanzar un paso. En represalia, la mujer de la planta alta dejaba durante horas abierta la canilla de la terraza, con una manguera sobre la grieta, y el agua ya caía ahora en cascadas dentro de nuestra casa. Mi hermana sospechaba que la mujer también orinaba junto con sus perros en la rejilla. *Y algo más que no puedo contarte porque no me creerías.* En otro e-mail le pregunté por los daños en la casa. *Hay hongos en todas las paredes y estamos aterrados de que el techo se nos caiga encima. Papá y mamá tuvieron que mudarse al que era tu cuarto, el único al que no llega el agua. La humedad literalmente está matando a papá. Cada vez está peor de su enfisema. En fin, la ruina de la casa Usher.*

A fin de ese año viajé a Canadá, para presentarme a un cargo de profesor, en una universidad pequeña que prometía *tenure* a corto plazo. En el aeropuerto de Quebec, mientras esperaba para hacer la conexión, escuché mi nombre por los altoparlantes. Pensé que había un problema con la reserva, pero cuando me acerqué al mostrador el empleado me extendió un teléfono. Del otro lado del mundo escuché la voz de mi hermana, en un tono desconocido, estrangulado por el llanto: había muerto mi padre. Puedo suspender esto, le dije, y tomar el primer avión que encuentre. *Igual, no llegarías para el entierro, dijo mi hermana*. Seguí mi viaje y cuatro horas después, delante de tres profesores de caras impasibles, me escuché hablar sobre Borges y la literatura inglesa con una seguridad sin fallas y recité largas citas de memoria, como si fuera un prodigio mecánico que todavía pudiera funcionar con las piezas rotas. Y dos horas más tarde estaba cenando con ellos en un restaurante mexicano —elegido, supuse, como un gesto entre condescendiente y cordial por la resonancia latina de mi apellido— para la parte más importante de la prueba: la conversación en la mesa, los modales durante la comida, el test de la carta de vinos. Cuando llegó el café, como si se hubieran puesto de acuerdo con una seña, los tres me estrecharon la mano para felicitarme y decirme que estaban encantados de que fuera a pudrirme junto con ellos en esa ciudad perdida, sepultada por la nieve, y de compartir conmigo la alta tarea de enseñarles literatura a las legiones de bestias de caras atontadas por la cerveza y deditos siempre ocupados en el celular, que la institución no dejaría de servirme semestre a semestre, por el resto de mi vida. Les agradecí como pude y cuando me preguntaron si había algo que yo pudiera extrañar, no se me cruzó, curiosamente, el Londres que estaba por abandonar, sino un recuerdo mucho más lejano, y les dije que me gustaría volver a jugar al tenis. Se miraron entre sí, sonrientes, y me contestaron que la temporada de deportes al aire libre era muy corta, salvo el de sacar con pala la nieve de los porches, y que quizá yo debiera pensar en cambiarme al squash.

Pasaron todavía más años. ¿Cuántos? Los suficientes como para que mi propio pelo se volviera totalmente blanco y para que un día me encontrara frente al espejo del baño con un diente caído y a medias pulverizado en la mano, mirando el agujero negro de la encía, como un pozo abrupto y vertiginoso. Apenas me llegaban ahora noticias de mi familia. Desde la muerte de mi padre, mi madre había decidido no salir de la cama. En mensajes lacónicos mi hermana me daba los partes del deterioro progresivo, de su descenso a los pañales, a las escaras, a la demencia senil, del tragicómico desfile de enfermeras, del goteo silencioso del último dinero familiar. Me había pedido que no volviera a verlas. *No nos reconocerías, y tampoco a la casa. ¿Para qué vas a volver?*

Cuando llegó el invierno viajé a un congreso en Jacksonville, en la parte más cálida de Florida, donde me había inscripto sólo para escapar de las primeras nevadas. Tuve durante mi exposición un vahído súbito, como si de pronto me hubiera quedado sin respiración y la próxima bocanada se me negara una y otra vez. Logré aferrarme al pizarrón, pero no pude evitar caer desplomado. Me desperté en un hospital cercano al campus, donde estuve en observación varias horas. Me hicieron pasar finalmente a una salita donde un médico extendió frente a una lámpara mi radiografía de tórax, me mostró la perforación del pulmón, como una quemadura, y me dio su dictamen, que ya presentía: la herencia más temida de mi padre.

Salí con el gran sobre de la radiografía bajo el brazo y tuve que mentirles un poco a los dos colegas que me esperaban afuera para que me dejaran caminar solo de regreso al hotel. Era una tarde quieta y pacífica, sin una brisa, con un sol indolente entre los árboles. En el boulevard por donde avanzaba, yo era la única persona a pie y solo me cruzaba cada tanto con estudiantes en bicicleta. Al doblar por una de las calles que indicaba el mapita del congreso escuché de pronto, vibrante, inconfundible, el sonido de un partido de tenis lejano. Dejé que el ruido de pelotazos me guiara y entré a un club casi escondido entre ligustros. Cuando me asomé al final del camino de lajas, detrás del alambrado, nítidos, magníficos, reales, allí estaban. ¿Eran ellos? Mi vista ya no era tan buena como antes, pero sabía que sí. El viejo M jugaba con Freddy y su golpe de derecha resonaba como el mandoble en la batalla de un rey.

Su pelo, enteramente de color caramelo, no necesitaba todavía del lento disimulo de la pomada blanca. En un banco junto a la cancha una mujer tejía a la sombra y cada tanto alzaba la mirada para seguir las alternativas de un peloteo. ¿Era ella? Me acerqué un poco más, y al oír el ruido de mis pasos se dio vuelta hacia mí, con una mirada amable y algo intrigada. No había en esa mirada ni la menor señal de reconocimiento. Pero ¿cómo hubiera podido reconocerme? Habían pasado casi cuarenta años, calculé. Di un paso más y algo en su expresión se retrajo, como una señal de alarma, quizá por la fijeza con que yo la miraba. Me detuve, para tranquilizarla.

—Sólo quiero saber —dije— si son verdaderamente felices.

Se lo había dicho, sin pensar, en castellano, y ella hizo un gesto de incomprensión.

—*Perdone: no hablo español* —dijo con gran esfuerzo, como si tratara de recordar palabra por palabra una lección olvidada.

Por supuesto, pensé. Por supuesto. Debían perder el idioma en cada migración. Debían olvidarlo todo de cada existencia anterior.

—Solo quiero saber —repetí en inglés— si son felices. *Felices*.

La mujer abrió los ojos, como si hubiera por fin comprendido y estuviera agradecida por mi preocupación. Quizá me confundió con un empleado de la ciudad que se ocupaba de censar extranjeros, o dar la bienvenida a los recién llegados. Me pregunté cuántas otras mudanzas habrían tenido en esos años.

—Claro que sí —me dijo, con una gran sonrisa y un leve acento que no reconocí—: perfectamente felices.

El peloteo en la cancha se había interrumpido y vi que el viejo se acercaba al alambrado y me miraba por un momento. Me di cuenta, con un estremecimiento, de que era ahora mucho más joven que yo. Ella le dijo una frase rápida por lo bajo para tranquilizarlo, en un idioma de palabras cortas y sonoras que yo nunca había escuchado, quizá el verdadero idioma de la especie. El viejo asintió, me miró por última vez y volvió a la línea de saque. Y yo también me di vuelta y sin mirar atrás caminé de regreso por el camino de lajas, hacia este poco que me queda de vida.

Apuntes (o algunos borradores reencontrados) para una posible lectura actual de trece cuentistas latinoamericanos[1]

I. *El estallido inicial* (Horacio Quiroga)

Y dijo Quiroga: sea el cuento; y fue el cuento. Y vio Quiroga que el cuento era bueno. Y separó Quiroga, en él, la luz de las tinieblas. Quiroga como núcleo primordial, como Gran Explosión o como Bosón de Higgs del género en Latinoamérica. Sí, ¡bienvenidos, este es el origen de todas las cosas!

Horacio Quiroga fue al cuento en América Latina lo que Poe al estadounidense. Abelardo Castillo escribió que ambos se hermanaban por la actitud romántico-decadentista y por la fascinación hacia la muerte y el horror. Pero nos mojamos poco si solo lo suscribimos. La verdad es que Quiroga y Poe están juntos, sobre todo porque son dos caras de una misma moneda: el origen de la tradición clásica del *cuento literario moderno* en América. Quiroga es puerto y faro de este paradigma analizado por el propio Poe, que tiene a la brevedad, la condensación, la unidad de efecto, la esfericidad narrativa y el final conclusivo como rasgos definitorios. La tesis de Piglia de que el cuento moderno "cuenta siempre *dos historias*" está inspirada también en

1 Tras la primera edición del libro, este epílogo fue publicado por entregas y brevemente ampliado en El Magazín Cultural del diario El Espectador, entre febrero y junio de 2022, bajo el título "El cuento latinoamericano: trece poéticas que fundaron y renovaron el género

el uruguayo, puesto que sus cuentos encarnan, de forma maestra, el carácter ambivalente del género y ponen en tensión dos lógicas narrativas. Este procedimiento es la clave de una escritura problematizadora del mundo moderno. La tensión entre esas dos las lógicas casi antagónicas (las dos historias) da cuenta de un cambio de paradigma en la concepción del mundo, en este caso, de la América Latina de finales del siglo XIX e inicios del XX; visión ahora escindida, desdoblada, que cuestiona la unicidad premoderna y encuentra caduca la visión coherente y ordenada del mundo. Encontramos allí el fundamento epistémico del *cuento moderno*.

Cobra sentido otra tesis de Piglia: "El arte del cuentista consiste en saber cifrar la historia 2 en los intersticios de la historia 1". Este es el caso de "La gallina degollada". donde Quiroga revela su formulación axiológica. El cuento pone en el primer plano una historia familiar que exhibe los problemas sentimentales de una joven pareja rural (tema que el salteño había explorado ya en *Historia de un amor turbio* (1908)) y cuyo ocaso se consuma con la aparición de los hijos, en principio anhelados, pero que, al cabo, enferman trágicamente. En pleno declive, la ilusión surge para la pareja fallida. Sin embargo, la tenue luz de ese horizonte se apaga en el destino inesperado. La segunda lógica del cuento, ocultada magistralmente y narrada con un lenguaje enigmático y elusivo, no es otra que la construcción del terror que desemboca en el final epifánico.

En la cotidianidad del entorno ameno y bucólico, aparece sutilmente la intriga cifrada en el lenguaje. Leemos "alegría *bestial*", "*sombrío* letargo", ausencia de "*alma* e instinto" y demás alusiones al "limbo de la más *honda animalidad*" y al "frenesí *bestial*" de los "*monstruos*". También observamos la "visible *brutalidad*" con que son tratados los hijos mayores por parte de la sirvienta y la "facultad imitativa", única virtud de los idiotas. Estas señas, secundarias en la primera historia, son fundamentales en la segunda. Así, el lenguaje configura elusivamente la segunda historia, la lógica argumental secreta, que se traslada a la superficie del cuento en su conclusión. El lector está frente a una pieza maestra del género que cuestiona, entre otras, la escalofriante barbarie de la violencia silenciosa, cotidiana, y la deshumanización de la marginalidad, ambientadas en la *provincia*, metáfora de un país o, si se quiere, de un continente y de su historia.

Este cuestionamiento radical de Quiroga a las lógicas imperantes así como su honda dimensión crítica fueron omitidas en los análisis tempranos de su obra. Incluso el más grande de todos, Borges, dijo que Quiroga era un mal Kipling (según Jorge Lafforgue, María Kodama afirmó en el diario *La Nación* que Borges, al final de sus días, había reconsiderado dicha sentencia sobre el uruguayo, aunque nunca se hizo pública). Si el modernismo temprano de Quiroga influyó en el juicio de Borges —tan contundente como el que alguna vez tuvo sobre Lugones (gran amigo de Quiroga)—, con seguridad merece la reevaluación de la que habló Kodama. Y es que Quiroga estuvo del otro lado de la franja modernista que ocupó Lugones en la literatura rioplatense, por lo cual, en palabras de Beatriz Sarlo, el uruguayo "recorre por sus propios medios el camino de la invención y las aplicaciones de la imaginación técnica", fruto del "gusto literario por la *experiencia vivida*". Quiroga fue un Robinson moderno, encarnación del "naturalismo y el materialismo filosófico en estado práctico" (Sarlo 2000). Nada está más alejado —ni ética ni estéticamente— de Lugones. Acertó Ángel Rama cuando escribió que la experiencia profunda de Quiroga tiene que ver con que este siempre vio el horror vinculado al animalismo y al descaecimiento de lo humano. Es así como el cuento (esa flecha que se dispara) para Quiroga apunta, acorde con su décima ordenanza del *Decálogo*, a la *vida* misma. Tal es su modernidad; tal su terror.

II. Un agujero negro (Jorge Luis Borges)

Borges es *toda* la literatura argentina, dice Alan Pauls. Si lo suscribimos, vemos a Borges omnipresente en la llamada "literatura fantástica", aunque al unir esas dos palabras parece que destapáramos la caja la Pandora. Salto, por ahora, sobre el problema de lo fantástico en el cuento latinoamericano del siglo XX[2] para poner a la vista solo un aspecto particular del fantástico en la cuentística de Borges, seguramente la de mayor gravitación en el universo literario de América Latina. Borges como agujero negro, digamos...

En sus clases para la Televisión Pública, en 2013, Piglia explica una distinción fundamental respecto de la *literatura fantástica*. Según él, en sentido clásico, la categoría se refiere a la novela gótica del siglo XIX, con sus mecanismos y formulaciones. En seguida, Piglia aclara que Borges no escribió literatura fantástica en ese sentido (aunque así la haya denominado él propio Borges, seguramente en un gesto de profunda ironía), sino que practicó la *ficción especulativa* o, si se quiere, la *literatura conceptual*. Es en esta franja de la vastísima obra de Borges donde mejor se ubica "El inmortal".

La posición de Borges en el desarrollo del *cuento literario moderno* encarna un cuestionamiento —en la misma línea de Quiroga, pero ante las problemáticas de una modernidad posterior— que enfrenta radicalmente la tentativa de un posible orden universal. En sus textos de los años treinta, Borges ya no solo discute la inconcebible condición unívoca del mundo problematizada ya por Quiroga, sino que desestabiliza toda tentativa de orden mediante el juego especulativo-conceptual. La especulación borgeana la vemos en la exploración de sistemas complejos que sostienen la trama y que incluyen, por ejemplo, indagar en las posibilidades lingüísticas de los

---

2 Entre ellos está García Márquez, como explico más adelante (pp. 254-257).

libros de una biblioteca inabarcable, transitar laberintos temporales, entrever las vicisitudes de la memoria total, sortear un universo alterno que surge de una enciclopedia apócrifa, explorar el pensamiento en bucle durante la ejecución de un hombre a manos del Tercer Reich, acceder a un excepcional palimpsesto del *Quijote* o, como es el caso de "El inmortal", sondear la condición humana de la finitud y su contrario.

El procedimiento conceptual —al que Borges llega de la mano de Macedonio Fernández— con frecuencia deviene en paradoja. La especulación borgeana confirma su toma de posición estética: lo que en Quiroga fue cuestionamiento se convierte ahora en renuncia categórica. Esto se explica mejor si consideramos el profundo convencimiento del autor sobre la imposibilidad de representar la realidad, bien sea mediante un sistema fundado en la mera percepción o bien mediante uno que se sustenta en la lógica de la razón, tal y como lo plantea Beatriz Sarlo en *Borges, un escritor en las orillas* (1995).

La estudiosa esclarece que la condición paradójica en la obra de Borges es un mecanismo que usa el autor, a causa de su interés por considerar, de forma simultánea, las posibilidades (e imposibilidades) que puedan suponer los distintos sistemas de representación de la realidad.

Las paradojas no solo trabajan con las inconsistencias o las contradicciones, sino que, obedeciendo a una sólida coherencia formal, indican los límites de la lógica (sus escándalos) cuando se trata de aprehender la naturaleza de lo real y organizar un diseño ideal cuya pretensión sea representarlo.[3]

3 Al respecto, véase "Quiroga y la hipótesis técnico-científica" en *Horacio Quiroga. Todos los cuentos*. Colección Archivos, de la Unesco - Allca XX, 1995.

Borges desenmascara la posibilidad fraudulenta de la representación lógica o perceptiva y anuncia las contradicciones entre la realidad y el discurso que pretende abarcarla. El cuento "El inmortal" es muestra de esa constante perturbación.

En *La fórmula de la inmortalidad*, Guillermo Martínez menciona que la tesis de las dos historias de Piglia tendría un antecedente en Borges, en su prólogo a *Los nombres de la muerte*, de María Esther Vázquez (1964). Sin embargo, el precedente es anterior. En el ensayo "El arte narrativo y la magia" (1932), Borges analiza ya la manera como Chesterton construye escenas que operan como presagio de eventos que serán definitorios en el desarrollo argumental de una ficción. La aparente profecía (que puede ser un acto, una palabra, una imagen, etc.) es el mecanismo mediante el cual se cifra un sentido oculto de la historia, que luego se revelará como cumplimiento del vaticinio secreto. Este mecanismo podría tener formas como las de la *imaginación proléptica* (Bloom) de los personajes de Shakespeare. Es decir, un efecto de epifanía y de correspondencia interna, para Borges, es condición *sine qua non* del genio narrador. "Todo episodio —dice Borges— en un cuidadoso relato es de proyección ulterior". El plano de esa proyección en Borges es la especulación narrativa propia de su poética, en la que reside también su innovación estructural del cuento moderno, su forma de cifrar los sentidos ocultos.

***III. Una perturbación* (Roberto Alrt)**

El aprendizaje de Arlt tuvo lugar en las cloacas y no en las bibliotecas, escribió Roberto Bolaño. Arlt se ubica en las antípodas de la refinación burguesa, de la imaginación de elevado esplendor y se suma a otro imaginario que, aunque no deslumbra, no es de menor valor. Su lugar en el campo de la literatura es, como el de Borges, el de la orilla, aunque otra. Las obras de ambos escritores, aparentemente distantes, quizás son los dos puntos de referencia más importante del siglo XX argentino. Si con la exploración de sistemas complejos y paradojales, y con tramas sobre cuchilleros, compadritos, esquinas rosadas y aires de arrabal, Borges indaga sobre la problemática humana, Arlt, en cambio, se confina adrede a esta última zona, al pobrerío bonaerense del hurto, la falsificación, la violación, el rapto de ira, el asesinato..., en suma, al crimen y a la ruindad humana. En ese territorio, Arlt encuentra un número finito, pero inabarcable, de posibilidades artísticas. Otro tipo de paradoja: esa reducción a la exploración del bajo fondo es el lugar sin límites arltiano, una *Biblioteca de Babel* infecta, sumida en el fango.

Pero los personajes de Arlt no solo habitan la periferia, los habitantes de la ciudad arltiana encuentran en su vida ordinaria momentos desconcertantes en situaciones-límite que los asedian. Esos instantes que, aunque en apariencia sean comunes y corrientes, realmente están lejos de serlo: bordean un abismo de angustia por el que los personajes se desplomarán. La angustia en la obra de Arlt muestra el desequilibrio que causa el peso de la moral dominante sobre el dilema personal en el instante de un conflicto irresoluble. Cuando el único horizonte visible es despeñarse por las laderas del crimen y la violencia, el acto extremo subvierte la norma moral, la complejiza, la lleva a los límites de lo inexplorado, tal y como sucede con el narrador de "El jorobadito" o el protagonista de *Los siete locos*, ambos personajes son llevados a la experiencia límite donde ocurre la explosión arltiana que precede a la muerte, el instante propicio para el sacrificio, para la consagración del sacrilegio, de la injuria a la moral.

El personaje-narrador de "El jorobadito", preso por su crimen, sabe que está "alojado a la espera de un destino peor", aun más desdichado que el de su atormentada celda (presumimos, claro, su muerte). La narración revela que ha estrangulado a Rigoletto, en un rapto de extraña y alegre furia, un instante confusamente angustioso. El cuento permite observar en detalle la fatalidad involuntaria de la pasión irrefrenable en el acto extremo del homicida. Pero, ¡atención!: en los cuentos de Arlt no se formula la pasión emparentada con el espíritu de un romanticismo anacrónico, sino que más bien se plantea opuesto a él: como una crítica feroz del sentimentalismo reformista, a todo tipo de tendencia mesiánica, a los vendedores de porvenires añorados: fuegos de artificio para la hondanada arltiana.

Beatriz Sarlo ve la obra de Arlt como *extremista*: "del conflicto se sale por explosión"; en ella la existencia "solo puede ser narrada como crisis de todos los valores que ya no pueden organizar significativamente las acciones" por lo tanto, en sus ficciones siempre "hay que matar a alguien"[4]. Esto es así, quizás, porque la muerte en Alrt es tanto instrumento último de la angustia como delirio permanente de quien la padece. Pero las acciones extremistas en esa angustia reinante de la experiencia del personaje arltiano revelan otra clave de su apuesta literaria: el problema interpretativo de la acción vital o, dicho de otra manera, la posibilidad de la experiencia comunicable. Parte del problema interpretativo que percibimos en las ficciones de Arlt consiste en que la experiencia extrema (casi siempre criminal) es indiscernible para el sujeto externo, para todo aquel que es puro espectador del acto moralmente "condenable". En consecuencia, el problema de comunicabilidad de la experiencia extrema se plantea como un abismo insalvable entre quien

4 B. Sarlo. "Roberto Arlt, excéntrico". En *Los siete locos - Los lanzallamas*. Colección Archivos de la Unesco. Barcelona: ALLCA XX, 2000, pp.16-17.

experimenta la angustia y actúa en sus límites, y quien percibe el acto. En "El Jorobadito" observamos esa desconexión rotunda, por ejemplo, encarnada en la simplificación vulgar de los actos, tan característica en el periodismo:

> Si hay algo que me reprocho es haber recaído en la ingenuidad de conversar semejantes minucias a los periodistas. Creía que las *interpretarían*, mas heme aquí ahora abocado a mi reputación menoscabada, pues esa gentuza lo que menos ha escrito es que soy un demente, afirmando con toda seriedad que bajo la trabazón de mis actos se descubren las características de un cínico perverso. (Énfasis mío)

Piglia analizó esta desvinculación y supuso que la experiencia del personaje en Arlt se encuentra fracturada de su transmisibilidad, porque el mecanismo de recepción es, precisamente, la banalización propia de la cultura de masas, que "se apropia de los acontecimientos y los somete a la lógica del estereotipo y del escándalo"[5]. La escena de la muerte de Erdosain, en el final de *Los lanzallamas*, y el pasaje de "El jorobadito" son ejemplos del quiebre comunicativo. Aunque el lector conoce la gran complejidad del personaje y el modo en que han sucedido los hechos durante la trama, un titular de diario termina por reducir toda la historia y la experiencia a la más rotunda trivialidad, simplificando las causas del suicidio (en *Los lanzallamas*) o del asesinato (en "El jorobadito"). La condensación de hechos está totalmente desvinculada de la experiencia real del personaje: "Se suicidó el feroz asesino Erdosain, cómplice del agitador y falsificador Alberto Lezin, alias El Astrólogo", menciona el narrador de *Los lanzallamas*[6]. Esta fractura de la experiencia ante la circulación de la información se presenta

---

5 R. Piglia. *Formas breves*. Barcelona: Penguin Random House, 2014 (2000), p.38.

6 R. Arlt. *Los lanzallamas*. Colección Archivos de la Unesco: Barcelona. Unesco- ALLCA XX, 2000, p. 549.

también como un mero resumen policiaco muy similar a la del cuento. Ambos resúmenes destruyen la profundidad del sentido del acto de los personajes, lo trivializan para que se facilite el juicio moral.

Leer a Arlt es un escupitajo a la cara, un gancho a la mandíbula. No se pueden leer sus textos sin sentirse atacado, perturbado o, cuanto menos, incómodo. El malestar tiene que ver con el sistema de valores establecidos que Arlt cuestiona permanentemente. Esto constituye la otra dimensión de la imposibilidad comunicable de la experiencia. ¿Es posible comprender los actos angustiosos? ¿Se pueden asimilar verdaderamente conductas que se consideran abominables? Arlt nos hace ver que no, porque, además de la banalización, hay una completa obstrucción del acto percibido, una condena previa, un juicio preexistente en el sistema moral. Así, la cuentística de Arlt injuria al moralista, le increpa, asqueado, su mezquindad, le recuerda que su vulgaridad también lo ha condenado de antemano. La obra de Arlt encarna la más rotunda incomprensión de la experiencia, que queda abolida irremediablemente. Sus cuentos se fundan en esa perturbación.

IV. *Desierto y prodigio* (Juan Rulfo)

Me he convertido en la muerte, en el destructor de mundos. Esas palabras deíficas del *Bhagavad-gītā* las usó Oppenheimer tras la prueba Trinity en aquel desierto del estallido inicial: el prodigio y la condena nuclear. La imagen del desierto asociado a la muerte es común; la del estallido originario es igualmente universal. En cambio, la maravilla devenida en calamidad es menos frecuente. La obra de Rulfo está atravesada por los múltiples sentidos de todas estas imágenes. Quizás por eso él, en las antípodas del padre de la bomba atómica, fue precursor de otro *boom*, en parte gracias a que su obra construye una crítica apabullante: recrea un México suspendido en el tiempo, trágicamente olvidado, aislado, de la historia. Para entregarnos esta visión, Rulfo se transforma en otro destructor de mundos: de ese tiempo, de ese espacio.

Borges se interesó también en la unión antitética prodigio-desgracia, tan constante en la literatura rulfiana. Al final de "El milagro secreto", Jaromir se detiene en el tiempo durante un reducidísimo instante epifánico antes de morir: la unión antitética es infinitesimal. En la obra de Rulfo, en cambio, dicha unión eclosiona, dejando permanentemente abolidos al tiempo y al espacio. El limbo que para Jaromir es fugaz, para los personajes rulfianos se convierte en su única realidad duradera. La colección de cuentos *El Llano en llamas* y su novela corta *Pedro Páramo* elaboran magistralmente ese lugar que es el tiempo sin tiempo, pues, los espacios de sus ficciones parecen haber sido aislados de la historia, una marginación trágica que liquida la aspiración futura. Si Borges indaga en las posibilidades especulativas del laberinto temporal, Rulfo lo materializa construyendo el suyo propio, una zona aislada del trascurrir del tiempo en la que confina a la humanidad.

El cuento seleccionado para esta antología, que cierra *El Llano en llamas* (1953), "El hombre", muestra la habilidad fuera de serie de Rulfo en el oficio dedálico de la literatura fantástica en América Latina.

A unos pocos lectores —a muy pocos lectores— se les ha permitido comprender la magnitud singular de la obra de Rulfo y hacerle justicia. Juan Villoro pertenece a ese grupo. En "Lección de arena" (2001), Villoro señala una constante en la crítica sobre Rulfo, la reduccionista lectura antropológica-filológica de sus textos y su consecuente vinculación excesiva al ámbito local mexicano. Si la obra de Borges sufrió por algún tiempo una lectura inversa (de obra universal y desprendida de la cultura argentina), la de Rulfo —señala Villoro— es víctima de la recepción opuesta. Su condición universal relegada al ámbito únicamente mexicano fue un despropósito. El legendario silencio por el que optó Rulfo luego de publicados sus dos geniales libros también desvió la recepción crítica y dio como resultado la mitificación de su figura como creador meramente intuitivo, un equívoco que omite el hecho de que "estamos ante el más arriesgado y riguroso renovador formal de la narrativa mexicana"[7].

Villoro destacó como uno de los mayores logros de *Pedro Páramo* "el desacuerdo entre la mirada del narrador y sus testigos" y "la desesperante autenticidad ajena" de los personajes, puntos claves en la poética y la toma de posición del maestro mexicano en el campo literario. La semilla de este tipo de reacción se encuentra en sus cuentos, específicamente en "El hombre".

La articulación fragmentaria, descolocada de las acciones, el perspectivismo angustioso y la sensación de percepción transferida entre los distintos personajes-narradores, además del entorno onírico, desdibujan la noción de lo real en las ficciones rulfianas y consolidan su universo poético. En "El hombre", Rulfo no solo pone en tensión las visiones de mundo de los múltiples narradores y personajes, sino que todas ellas se ven subjetivadas hasta sus límites. La realidad rulfiana parece una nebulosa que se ordena y desordena con cada voz que se escucha u horizonte que se observa; como en Kafka, como en Borges, la modernidad es cuestionada desde su fundamento: la identidad, la idea de progreso y la fe se pulverizan, se convierten en nada más que en ecos pertenecientes a "ese tiempo seco y roñoso de espinas y de espigas secas", bajo un

---

7 J. Villoro. *Efectos personales*. Barcelona: Anagrama, 2001, pp. 15-27.

"cielo cenizo, medio quemado por la nubazón" de "madrugadas grises llenas de frío". Pero, ¡ojo!, ajusten el diafragma y obturen: el paisaje desolador que observamos en la fantasmagoría rulfiana no es únicamente una recreación del México desolado de mediados del siglo XX; es también el paisaje general de la modernidad que, aunque periférica (como la llama Beatriz Sarlo), también ha devenido en ruinas.

En Rulfo esas ruinas parecen tener su propia voz. En sus libros, singularidad en el cosmos literario latinoamericano, junto al dislocamiento de las lógicas argumentales y al extraño manejo del espacio y el tiempo ficcional, el lector encuentra la más cuidada expresión de estos recursos mediante un uso sorprendente y magistral de las voces narrativas.

Carlos Blanco Aguinaga, ya en 1955, año en que se publicó *Pedro Páramo*, escribió sobre esa articulación polifónica de la novela que "lo que creíamos descripción del escritor parece ahora fragmento sin lógica de continuidad del meditar obstinado de algún personaje", de modo que "nadie escribe: alguien habla"[8]. Este procedimiento de Rulfo en *Pedro Páramo* lo vemos ya perfeccionado en "El hombre". Desde el inicio mismo del cuento nos sumergimos, como por sorpresa, en las meditaciones y transferencias psíquicas de quienes hablan, aunque las voces que suenan y se silencian se ven difuminadas en parte porque no parecen hablarse más que a sí mismas: "Oía su voz, su propia voz, saliendo despacio de su boca. La sentía sonar como una cosa falsa y sin sentido", leemos al principio del relato. En efecto, como escribe Blanco Aguinaga, la interioridad de los personajes rulfianos es obstinada, interna, volcada sobre sí

8 C. Blanco Aguinaga. "Realidad y estilo en Juan Rulfo". En *Revista Mexicana de Literatura*, I, 1, sept.-oct. 1955.

misma y, por tanto, deviene en aridez monologada, como el monte estéril que recorren los personajes en el cuento. Las voces caen en el vacío, en el silencio, donde nadie escucha a los otros: "Volvió la cabeza para ver quién había hablado. Ni una gota de aire, solo el eco de su ruido entre las ramas rotas".

Las voces articuladas sin interlocutor posible, sin diálogo, soltadas hacia la nada y difuminadas en el aire pesado enfatizan aún más el paisaje estéril tan propio de los textos de Rulfo ("Luvina", "Talpa", "Nos ha dado la tierra", etc.). En su obra, el silencio describe sin describir un entorno desolador y enmarca la tierra baldía, la soledad desértica. No es una voz que grita en el desierto, es un susurro en medio de la soledad muda, despojado del tiempo y, por tanto, de la historia. Es aquí donde tiene lugar, como anota Villoro, la dimensión profundamente crítica tanto de *Pedro Páramo* como de *El llano en llamas*, una dimensión política "específicamente literaria: la historia de quienes no pueden tener una".

Baudrillard habló del *desierto de lo real* para describir la contemporaneidad del mundo actual, que para el filósofo se ha convertido en mera simulación. Décadas antes, en México, Rulfo había inventado ya una obra que recrea ese brumoso desierto de lo real. Como en la prueba Trinity, Rulfo atomizó la experiencia humana en la literatura latinoamericana, desierto del prodigio y de la condena, con la forma hirviente de un llano en llamas.

V. *Abolir el* vértigo (Gabriel García Márquez)

Como ante esos mosaicos cuya prolongada observación crea en el espectador una ilusión óptica que, reiterada, produce vértigo, así parecemos encontrarnos ante la categoría de *realismo mágico* aplicada indistintamente a toda la obra literaria de García Márquez y repetida hasta el hastío. Convertida en etiqueta, se la despojó de su significado o se le dio uno equívoco y banal. Por lo demás, el paisaje descrito no cambia mucho en ninguna parte del mundo, parece no haber mucha tierra firme que pisar donde no nos estalle en un pie una mina magicorrealista. Quizás el éxito internacional sin precedentes de la novelística de García Márquez y el flaco favor que le hizo el haber llegado a un público muy amplio y lejano que terminó por banalizarlo sean dos razones de peso de la fallida recepción de su obra cuentística. También el exotismo latinoamericano fue otro cliché sobre su obra que no le hizo bien. El fantástico garciamarquiano no es un simple producto de ese exotismo caribeño, sino un gesto crítico muy lúcido, cuya carga subversiva muchas veces fue pasada por alto. Así las cosas, es imprescindible desentrañar un sentido más profundo y realmente operante de la categoría de realismo mágico y enfocar mejor el significado cultural del fantástico que cultivó el autor costeño.

De manera tardía, en 2019, apareció por fin en Colombia una antología de crítica dedicada únicamente a la obra cuentística de García Márquez. El volumen editado por Juan Moreno Blanco cuenta con el mérito de tener una profunda conciencia de la autonomía del género y de usar herramientas teórico-críticas específicas para el estudio del cuento y así renunciar al préstamo de las de las categorías que se han usado siempre para estudiar otro tipo de narrativa. Esta conciencia permite realizar la distinción esencial entre el cuento de la tradición oral, premoderno (tanto el de hadas como el de basamento indígena), y el cuento literario moderno (Piglia). Zanjar esta diferencia es clave para liquidar la confusión respecto de un fantástico gratuito, que el propio García Márquez llamaba *de fantasía* frente un fantástico reflexivo y lúcido, que el autor costeño llamó *de imaginación*. El primero no tiene asidero en la realidad y representa el simple divertimento, propio del cuento de hadas y sus variantes actuales, que el autor consideraba literariamente detestable; en cambio, el fantástico de imaginación permite la evaluación crítica de la realidad, el cuestionamiento artístico en su dimensión histórica.

Mediante las creaciones perturbadoras y monstruosas, la literatura fantástica del siglo XIX explora un orden cifrado, oculto, que pertenece a otra dimensión, extraña a la realidad establecida. La fantasmagoría decimonónica formula así un choque frente a la visión puramente racionalista de dicha realidad.[9] Es ante esta formulación que el fantástico garciamarquiano desestabiliza el orden tradicional tanto de la concepción realista como del fantástico tradicional. Si en el fantástico decimonónico las causalidades de lo real son cuestionadas mediante la formulación de un orden ulterior (sobrenatural) y en la tradición realista son explícitas en la descripción minuciosa, en el realismo mágico ambos procedimientos son puestos en tela de juicio.

Una de las escenas finales de "Un señor muy viejo con unas alas enormes" expresa el grado sumo de una estereotipación del acto milagroso en el pueblo, el cual deroga del todo el choque típicamente moderno. El anciano hombre alado aparecido en casa de los Pelayo deja de recibir la atención del pueblo que, inicialmente con gran asombro, pagaba por tener contacto con el supuesto ser milagroso. Pero la novedad mística acaba rápido, los vecinos —presos del sentir premoderno— abandonan al "ángel" para seguir ahora a

9 En la misma línea de Irlemar Chiampi, Diana Diaconu acentúa que en el fantástico cultivado por García Márquez ya no existe el choque decimonónico, sino que en su obra se acepta la coexistencia de estos dos órdenes simultáneamente sin que ello represente conflicto alguno. Pero este procedimiento no se da de forma gratuita, sino todo lo contario, plantea una concepción del mundo desarraigada de los ideales modernos y en la cual ya no resulta posible afirmar orden alguno. Al respecto, véase D. Diaconu. "Para una teoría de lo fantástico de García Márquez: una lectura de los cuentos". En *García Márquez, el ejercicio el más alto talento*. Bogotá: Universidad de Lasalle. 2019.

una mujer araña, de modo que el fenómeno sobrenatural no solo se normaliza, sino que queda convertido en valor de cambio:

> Los dueños de la casa no tuvieron nada que lamentar. Con el dinero recaudado construyeron una mansión de dos plantas, con balcones y jardines, y con sardineles muy altos para que no se metieran los cangrejos del invierno, y con barras de hierro en las ventanas para que no se metieran los ángeles.

El hondo desasosiego que percibe el lector de García Márquez, fruto de la conciencia de que se habita un mundo indescifrable, irreductible a un solo orden, estará fundido con otro malestar: aunque existe el milagro, se liquida en el tiempo, constituyendo un ideal vacuo y efímero que consagra el fracaso de la modernidad latinoamericana.

***

Muy a pesar del acentuado distanciamiento del autor de las poéticas decimonónicas y del fantástico gratuito —ambos fenómenos tardíos en Latinoamérica— sus cuentos se siguen leyendo hasta hoy de manera inapropiada. Ojalá, muchos años después (o muchos antes), el lector pueda recuperar aquella lección remota y magistral con la que uno de los grandes renovadores de la literatura latinoamericana nos llevó a conocer el género cuentístico.

VI. *Sondear el vacío* (Inés Arredondo)

"Al fondo de lo ignoto para encontrar *lo nuevo*". Ese célebre verso de Baudelaire, consigna de todo vanguardista, es también la directriz de la cuentística de Inés Arredondo. Pero en la exploración que hace la mexicana no solo se trata de la indagación en lo desconocido, sino de recorrer un camino casi prohibido: el territorio de las pulsiones eróticas y tanáticas, la interioridad reprimida tanto por el individuo como por la cultura que se le impone. Si bien la apuesta estética de Arredondo se alimenta de la misma fuente de la que bebieron parte de las poéticas modernas del llamado *boom*, Arredondo no se siente atraída por la conjugación magicorrealista, a lo García Márquez, sino que propone una tensión diferente y muy matizada de las concepciones del mundo que encarnan los personajes en sus cuentos, deslindadas del fantástico latinoamericano, y se concentra, en cambio, en un plano-detalle que enfoca dos elementos claves de su poética: la inestabilidad del yo y la exploración del *mal* como experiencia íntima (Bataille)[10] recreada en la auténtica creación del *genio femenino* (Kristeva)[11]. En este sentido, su apuesta, aunque aparecida al mismo tiempo que la de escritores de la gran narrativa de los sesenta —quienes tienen una gran preocupación por la exploración identitaria colectiva— va por otro camino. Para la mexicana, dicha exploración ha de abordarse a partir de la problematización del individuo. En ese sentido, la excepcionalidad de la obra de Arredondo puede empezar a describirse por aquí: anticipa el sentir de la generación del llamado *posboom*.

La obra cuentística de Arredondo comparte con la de sus contemporáneos, por un lado, la condición angustiosa del ser que habita un mundo irreductible a un orden universal —y que, en ocasiones, es nostálgico de ese orden para siempre perdido— y, por el otro, la problemática de la experiencia límite, que había interesado tanto, por ejemplo, a Roberto Arlt. Sin embargo, la propuesta de Arredondo, aunque trasgresora, no es, como la de Rulfo, decididamente rupturista en lo formal, sino que se ancla a una tradición que mina desde dentro, sutilmente, cargando la narración,

10 Al respecto, véase A. Tornero. *El mal en la narrativa de Inés Arredondo*. México D.F. Juan Pablos Editor/UAEM:2008.

11 No por nada Albalucía Ángel diría aquello de que "el *boom* era cosa de hombres".

aparentemente clásica, con trampas de sentido y desarrollo, como la inversión identitaria, según observa Angélica Tornero. Si el eje central del protagonista de la novela de aprendizaje, el *Bildungsroman*, es su transformación esencial, esto es, los cambios en su visión de mundo, en los cuentos de Arredondo existe también una suerte de evolución axiológica de los personajes, pero desencajada, operada a medias o de forma confusa, no lineal, la mayor parte de las veces vaciada de significado o sin un significado coherente y totalizador.

Este procedimiento de la genial escritora no solo confirma el desequilibrio en la concepción del mundo y su imposibilidad de aprehensión, sino que deja entrever la falsedad, el engaño que implicaría proponer una resolución definitiva del conflicto del ser múltiplemente escindido, tan propio de la modernidad. Así, hay un cuestionamiento del significado de las cosas y, particularmente, de las vivencias propias, subjetivas. Pero este sentir de los personajes no tiene que ver con el tan mentado *horror vacui* de sus contemporáneos neobarrocos (Lezama Lima, Carpentier, Severo Sarduy, Reinaldo Arenas o el García Márquez de *El otoño del patriarca*), con cuya estética Arredondo tampoco se identifica. La escritora recrea, más bien, el vacío en el que, al observarlo o vivirlo, los personajes vislumbran el absurdo: la experiencia vaciada de sentido. En "La señal", el personaje de Pedro expresa finalmente que la experiencia vivida "lo cambiaba todo, que era, para siempre, lo más importante y lo más entrañable de su vida, pero que nunca sabría, en ningún sentido, lo que significaba".

La imposibilidad de comprensión, la ruptura frente a la experiencia comunicable (en el sentido de ser comprendida, cercana a la exploración arltiana), es una clave de su apuesta literaria que se plasma en sus cuentos mediante un cuidadoso trabajo con el lenguaje alusivo de la doble historia (Piglia): la ausencia de sentido se propone casi secretamente en ese algo que no se termina de percibir. En el cuento, Pedro cree no haber entendido lo que le dice aquel hombre en el templo, y el lector no conoce la súplica del obrero, sino hasta que este la "repite implacable". El flujo de conciencia, previo a la repetición, ocurre durante un momento en que Pedro no escucha. Esa observación previa a la experiencia-choque del protagonista sucede sin que este tenga la capacidad de oír a su interlocutor y, por tanto, de comprenderlo. Por un instante estamos como ante una de esas escenas cinematográficas en que la conciencia del personaje ha sido afectada de tal manera que pierde la sensación auditiva: el vértigo desequilibra la percepción. Luego se retorna a la acción: se recupera con igual perplejidad y, finalmente, cae en el vacío.

Si con Rulfo hablamos de una poética silente, de lo no dicho, de voces que susurran, con su coterránea podríamos hablar de una poética asordinada, de lo no escuchado: una ausencia muy distinta a la del autor de *El llano en llamas*, aunque complementaria: dos formas de la imposibilidad de la experiencia comunicable. Así, el territorio de lo inexplorado-prohibido de la poética de Arredondo tiene la forma de la ausencia. Inés Arredondo aparece en el campo literario latinoamericano con una obra única en su especie; su obra sondea el abismo, solitaria, va al fondo de lo ignoto para encontrar lo nuevo y, habiéndolo hallado, nos ilumina de terror.

VII. *Idolatría y pestilencia* (Albalucía Ángel)[12]

Por contradictorio que parezca, las invariantes de un género están en perpetuo cambio. Para Piglia, la vanguardia es un género que

12 Este apartado está inspirado enteramente en el trabajo de mi coantologadora, Diana Diaconu, sobre la obra de la genial escritora colombiana. De Diana tomo prestadas el grueso de las

tiene como constante en su origen una paradoja, un conflicto: el aislamiento, la ruptura con el mercado y, a la vez, la aspiración de acceder al gran público. Así, el artista de vanguardia debe asumir que, muy probablemente, no encuentre entre sus contemporáneos quien estime realmente su obra. Si la vanguardia es un género, es también una tradición, y, como anota el escritor argentino, "toda verdadera tradición es clandestina y se construye retrospectivamente y tiene la forma de un complot"[13]. No sorprende entonces que una obra totalmente imprescindible como la de Albalucía Ángel no haya sido valorada como lo merece sino hasta varias décadas después de haberse publicado por primera vez. Algunos de los cuentistas que he comentado hasta aquí corrieron la misma suerte, desestimados en un principio fueron redescubiertos generaciones después: Quiroga, Arlt, incluso Borges y Rulfo. Si queremos atender al significado cultural de la obra de Albalucía Ángel en la evolución del género cuentístico en Colombia (y en América Latina) hemos de ubicarla en la vanguardia, junto a Piglia e, incluso, a autores de ruptura de las siguientes generaciones como Bolaño, Fresán o Villoro. Inauguramos con ella la sección de cuentistas contemporáneos, porque su genio se adelanta a su tiempo. Nos corresponde a sus lectores actuales no tanto empeñarnos en su canonización, como más bien conjurar, retrospectivamente, el complot.

Ojo: no abogamos por la lectura o la "recuperación" de su obra *per se*. Puesto que sabemos que, como escribió Rodrigo Fresán, hoy se lee y se escribe más que nunca, pero también *peor* que nunca[14]. La

---

reflexiones que anoto aquí, y que hacen eco de la investigación presente en el libro "Prender el fuego: nuevas poéticas del cuento latinoamericano" (Editorial UN, 2022).

13 Piglia, R. *Formas breves*. Barcelona: Penguin Random House, 2014 (2000), p.23.

14 Mención especial a "Adivinen qué traje de regalo, o apuntes para una teoría del futuro del libro o del libro del futuro", de Rodrigo Fresán (2012).

simple lectura, la que no atiende a los significados culturales de un texto, nos conduce precisamente a los reduccionismos y desenfoques con que se ha abordado a la gran escritora colombiana, dejando fuera de foco el verdadero valor artístico de su obra. Algunos de esos desenfoques han sido la lectura meramente feminista, o su interpretación en clave mística u orientalista, y todos los análisis puramente formales o temáticos por no hablar de la simplificación biográfica, entre otras.

Segundo recordatorio: la versión clásica del cuento moderno que viene de Poe y Quiroga narra cifrando la segunda historia en los intersticios de la primera para, en el final, revelarla de forma epifánica, en una estructura cerrada. Opuesta a ella existe otra versión del cuento que viene de Chéjov y que renuncia al final sorpresivo, efectista, y a la esfericidad, trabajando la tensión entre las dos historias que narra y que no resuelve nunca: narración elusiva y final abierto. La apuesta estética de Albalucía Ángel se *afilia* (Said) a la segunda versión, pues en ella se opta por el final abierto, la tensión irresuelta y no por el típico final develado epifánicamente. Su cuento "Capax en Salamina" poco o nada tiene que ver con la gran tradición cuentística clásica que funda Quiroga y sigue cultivándose incluso en tiempos del *boom*. En cambio, la escritora opta por un camino distinto no solo por sus posibilidades expresivas, sino, especialmente, por lo que estas significan como creación artística cuestionadora.

Capax, personaje mítico en Colombia durante los años setenta, fue el Tarzán del Amazonas, el más grande nadador latinoamericano de entonces, famoso por haber recorrido a nado los dos ríos más grandes del país, el Magdalena, desde Neiva hasta su desembocadura sobre el Atlántico, y el Amazonas, hazaña que le valió su mote. El cuento recrea la llegada de Capax a Salamina, un pueblo del departamento de Magdalena, al norte de Colombia. En la ficción de Albalucía Ángel, la imagen de este "Dios del agua subiendo a nado desde Leticia" es un evento apoteósico en ese pueblo olvidado y miserable. Las voces narrativas que en él se articulan, mediante una construcción de la oralidad local[15], completamente alucinadas y caóticas (de ahí la escritura no normativa), revelan una conjunción de paralelismos: la miseria del pueblo —como la de otros pueblos del norte del país que se mencionan (Magangué, Barbosa, Tamalameque, Calamar[16], etc.)— en oposición al festejo de los pobres que habitan allí y cuya tragedia se cristaliza en personajes como la triste reina del bacalao "de cuerpo regordete", que recorta del periódico y adora la foto del nadador en su previo arribo a un caserío ribereño tan pobre como Salamina. Otro paralelismo de ese mismo orden ocurre mediante la ironía crítica que pone en escena: de un lado, la triste celebración del arribo de aquel erótico y salvaje Capax y, del otro, la nefasta realidad, la más absoluta pobreza de quienes lo aclaman:

> Hoy te dirán que no tenemos luz sino de seis a doce que alcantarilla no funciona que ni siquiera hay médico sino una comadrona que aplica mertiolate [...] que el acueducto solo funciona de seis a ocho de la mañana y el agua no es purificada.

15 En el libro *Prender el fuego. Nuevas poéticas del cuento latinoamericano*, Diana Diaconu analiza las construcciones de la oralidad de Albalucía Ángel haciendo ver que este procedimiento no es mera recreación del color local, aspiración hacia lo verosímil típica de la literatura costumbrista, ni un puro afán testimonial tan de moda en los años posteriores al llamado *boom*. Al contrario, la ensayista entiende lo oral como contraparte subversiva del discurso oficialista, falseado y acomodaticio, y como la vía regia de la recuperación de la experiencia genuina en la literatura, en este sentido cercano al espíritu que tiene en la obra de Ricardo Piglia o de Fernando Vallejo.

16 No debe confundirse con Calamar (Guaviare), pueblo del suroccidente del país, donde a día de hoy, las cosas siguen empeorando. No solo continúa una anomia similar a la del Calamar del cuento, sino que ahora bombardear niños es la nueva normalidad. De todas formas, el gobierno uribista los considera "máquinas de guerra".

La ironía de la autora salta a la vista: Salamina, pueblo de nombre altisonante pero falso, que contrasta ridícula y trágicamente con la indigencia de sus habitantes; un pueblo en estado de total anomia, despojado hasta de lo mínimo. Salamina, como Magangué (pueblo al que se ha llamado "La ciudad de los ríos"), es un caserío descalzo que no tiene ni acueducto, ni alcantarillado, ni luz, ni agua potable, pero que recibe triunfal al "Mesías del río" y que adora al Dios del agua: ironía omnipresente en la tragedia colombiana. En ese entorno ruinoso y a la vez bufonesco, Albalucía Ángel se planta frente a los próceres del *boom* banalizado, contra los discursos que oficializaron el realismo mágico y lo convirtieron en costa tricolor, incluso hasta hoy, muchos años después, haciendo ver a Colombia como el lugar de la magia salvaje. Albalucía Ángel no concede esta ligereza publicitaria y encuentra en pueblos como Salamina un espacio propicio y poético para el gesto iconoclasta que señala, como con el dedo medio, una bandera roída por las ratas: Colombia ya no es Macondo, sino una alcantarilla pestilente para ídolos de papel.

VIII. *Tras bastidores* (Ricardo Piglia)

¡Ahora lo vemos, ahora no lo vemos! Abracadabra y... ¡este es el truco!

Breaking the Magician's Code, aquella teleserie en la que un mago enmascarado revelaba ante la cámara el secreto de afamados trucos, se hizo famosa gracias a la idea de sus productores de hacer magia al revés. Pero, claro, el programa no duró demasiado, en parte, por las numerosas críticas que en su momento le valieron el temerario hecho de contarle al público lo que ocurría tras los bastidores de la trampa, y en parte porque el engaño puro suele triunfar. De todas formas, quien va a un *show* de magia sabe de antemano que hay un truco y acepta el artificio. Entonces va y "paga por ver", como en una especie de casino del autoengaño pactado entre las partes: ¡cartas sobre la mesa y hagan su juego, señoras y señores!

Pues bien, Ricardo Piglia es ese aguafiestas que nos cuela tras los bastidores de escena del artificio literario. Leer a Piglia es enfrentarnos al artificio descubierto, pero, detalle importante y definitorio de su poética, sus ficciones —como las de Borges y Arlt (de quienes es digno heredero)— no proponen una lectura pasiva. Todo lo contrario: Piglia usa su propia serie de trucos para desvelar los trucos de otros. "La literatura misma es esa ilusión de falsedad"[17], escribe Piglia sobre la obra de Macedonio Fernández. No obstante, no debemos perder de vista que la ilusión que crea la literatura no es gratuita. La literatura genuina opera en el terreno contrario: hunde sus raíces en la experiencia humana. A diferencia de la gran narrativa de los sesenta, el procedimiento pigliano ya no presenta la verdad a través las mentiras que elabora el escritor[18]; Piglia desencaja dicha idea de la representación literaria al mostrarnos cómo lo hicieron los escritores anteriores, cómo nos cuentan la verdad de sus mentiras y lo que pasa cuando esas mentiras se tornan peligrosas, al ser confiscadas por el discurso hegemónico, oficial. Si Borges supo transformar en anécdota los problemas de la forma de narrar, Piglia elaboró las tramas para desvelar los bastidores que sostienen dichos problemas.

El epígrafe de *Respiración artificial* (1980), primera novela y obra maestra de Ricardo Piglia, da cuenta de su apuesta poética: "We had the experience but missed the meaning, an approach to the meaning restores the experience". Los recursos literarios en los cuentos que la antecedieron trabajan en ese sentido, por ello buscan

17 Véase "Notas sobre Macedonio en un diario", en *Formas breves*. Barcelona: Random House. 2000, p. 28.

18 Al respecto, véase M. Vargas Llosa. *La verdad de las mentiras*. Barcelona: Seix Barral, 1992.

desvelar el tipo de discursos falseadores de la experiencia genuina y de su significado. El discurso simplificador del periodismo o los informes policiacos (en esto Piglia sigue a Arlt) encarnan formas de totalitarismo simbólico y representan en sus ficciones dos discursos que buscan imponerse como verdad absoluta, tal y como lo hace, invariablemente, el discurso del poder.

En "La loca y el relato del crimen" (1975), Renzi, alter-ego de Piglia, es un egresado de la carrera de Lingüística, disciplina que le ha proporcionado un saber más bien abstracto pero que tendrá que reconciliar con la realidad más inmediata que se le impone en su primer trabajo como redactor en un diario. Ante un crimen que le piden cubrir, Renzi empieza su búsqueda de la verdad mediante la lingüística, pero pronto entiende que no es ese el camino que le abrirá las puertas, sino la literatura de ficción.

Sin embargo, el cuento no revela únicamente el previsible "verdadero culpable", sino el secreto bajo el secreto: que hay un abismo irreconciliable entre la realidad y la forma mediante la cual se desea representarla. Ese es el tema de "La loca y el relato del crimen". Renzi quiere salvar una perspectiva que ni siquiera se ha considerado ante los hechos (elemento clásico del subgénero policiaco), entre otras porque el periodista que cubre los hechos judiciales es el típico esnob, ramplón, figura representativa del acriticismo y el arribismo periodístico. Ante tal panorama, de completa desconexión de la realidad con el discurso del medio para el cual trabaja, Renzi piensa en renunciar, abandonar esa realidad que quiere obligarlo a falsear su experiencia, pero, en vez de ello, se plantea otra alternativa: la literatura. En ella se abre un espacio que trabaja con los dos órdenes que enfrenta (el falseamiento de la experiencia y la renuncia romántica a esa imposición) y los pone en cuestión. La escritura de Renzi deja ver que los supuestos hechos objetivos (bajo la forma cristalizada y genérica del relato policiaco) realmente no son sino el doble fondo de la caja mágica. Lo que se creía verdad realista, descriptiva, narrada de forma verosímil bajo formulas detectivescas se transforma en la fractura, la lógica misma del relato. ¿Cuál es la historia?

Piglia ha llevado a cabo su truco con una serpiente que se muerde la cola. Su tesis de las dos historias en este cuento tiene que ver con la desviación en la comprensión argumental que crea a su lector: un lector que no debe ya aspirar a las convenciones del relato policiaco (quién, cómo, cuándo, dónde se cometió el crimen), sino que ha de comprender que la literatura no es verdadera ni falsa ni puede tener la pretensión del demiurgo omnisciente que impone su mentira como única verdad[19]. Por eso Piglia escribe un relato policiaco, arquetipo de la caduca aspiración realista de representación, y que como subgénero ya estaba acabado en el siglo XIX. En un gesto típicamente vanguardista, Piglia usa el molde del subgénero y lo atomiza desde dentro, obligándolo a digerirse a sí mismo pero no como un símbolo de un nuevo inicio, sino de la destrucción: la cuentística pigliana liquida las formas que acompañaron la narrativa latinoamericana hasta los años setenta y abre nuevos interrogantes sobre el campo de representación de la literatura y de la noción de verdad en la ficción.

Sabemos que Renzi toma consciencia del vacío que enfrenta el problema de la verdad en su realidad inmediata, de modo que intenta salvarlo mediante la ficción, pero, al optar por esta, se abre

---

19 Otros narradores posteriores al *boom* han considerado este problema, entre ellos Fernando Vallejo, cuyas diatribas contra García Márquez enfocan precisamente la necesidad de renunciar a usar las formas del discurso de la narrativa latinoamericana de los años sesenta y de sus numerosos epígonos para buscar, en cambio, un discurso literario realmente genuino para el momento que enfrenta el sujeto latinoamericano actual.

otro escollo, el de la imposibilidad de incidir en el orden de la realidad. Aunque la decisión de Renzi parece ser una esperanza ante la búsqueda de la verdad, realmente tiene el cariz de una burla: la literatura funcionaría como un elemento picaresco de desestabilización del orden. El joven lingüista no escribirá un informe falso ni presentará su renuncia, sino que escribirá un cuento que se muerde la cola. Esa apuesta por la inconformidad iconoclasta, propia de la creación literaria genuina, profundamente crítica, causa descontento en los discursos oficiales, de ahí la profunda condición subversiva del arte literario, mismo en el que Ricardo Piglia cree como mecanismo maestro de desenmascaramiento.

Ahora lo vemos, ahora no lo vemos. Abracadabra y... ¡este es el truco!

IX. *Insurrección/resurrección* (Roberto Bolaño)

"Si he de vivir que sea sin timón y en el delirio". Este verso de Mario Santiago, convertido en epígrafe para *La pista de hielo* (1993), segunda novela de Roberto Bolaño publicada en solitario, da luces de la apuesta poética de Bolaño: un llamado urgente a la vida auténtica. Su literatura enmarca una especie de vitalismo; sus cuentos, sus novelas e, incluso, sus conferencias, remiten siempre a esa cuestión. No se trata del vitalismo nietzscheano, moderno, de aspiración emancipadora, sino de una apuesta mucho más problemática, que surge del desencanto y de una profunda conciencia del fracaso de las grandes ideologías modernas, pero que, aun así, plantea una revitalización de la condición humana. Sin embargo, el autor comprende, como Piglia, el quiebre radical de la experiencia en la modernidad tardía (o la llamada posmodernidad) y, como Piglia, aboga también por un rescate, pero no solo del sentido de la experiencia genuina, sino de la experiencia misma. El chileno plantea entonces ya no tanto un desvelamiento del artificio literario, sino la indagación sobre lo que considera el único origen posible de la creación artística: la vida genuina. Sus personajes encarnan auténticas experiencias vitales, verdaderas vidas en *revuelta* (Kristeva) y, por lo tanto, genuinamente poéticas. Así, el proyecto artístico de Bolaño intenta traer la vida de vuelta a la vida. Si Nietzsche anuncia la muerte de Dios y, décadas más tarde, Foucault decreta la del hombre, Bolaño anuncia su propia declaración subversiva: la insurrección ante el panorama contemporáneo de ilegitimidad generalizada para revitalizar la experiencia humana. Aunque Bolaño sabe que la vida auténtica, junto con la organización y comprensión del mundo, parecen haber terminado en la modernidad, es de dicha conciencia crítica que surge su deseo de traer la vida de vuelta. Su conjuro de la resurrección es su literatura.

Se ha dicho repetidamente que Bolaño tuvo una especial preferencia por los personajes marginales, abyectos, aislados de las convenciones sociales establecidas, pero poco se explica dicha predilección, que ha de entenderse como fruto de una profunda inconformidad lúcida del autor que lo lleva a intervenir la homogeneidad contemporánea, a cuestionar el *statu quo* tanto de la moral imperante como de la forma inauténtica en que el mundo contemporáneo busca obligar a quienes lo habitan a sobrellevar la vida. Los personajes poetas en las obras de Bolaño intentan resistir ante tal imposición. La experiencia artística, tematizada numerosas veces en la obra de Bolaño, se opone a dicha inautenticidad. Pero entonces surge el interrogante: ¿qué tipo de experiencia artística tiene cabida en la contemporaneidad?

Sabemos que Piglia considera la vanguardia como un género; Bolaño sigue la misma línea y entiende que la experiencia de la vanguardia está también agotada. En su novela *Los detectives salvajes*, por ejemplo, nunca leemos un texto de los jóvenes poetas que la protagonizan, lo cual ocurre, en parte, porque, para el autor, la vida auténtica es el sucedáneo actual de la experiencia de vanguardia, a la cual ya no se puede acceder mediante el ejercicio artístico. Esta radical negación hacia la creación literaria (o artística en general) tendría que ver con lo que Vila-Matas denominó el "laberinto del no", una negatividad total y absoluta por parte del escritor frente a su posible obra. Y entonces, no queda más camino para el artista (paradigma de quien busca una experiencia vital auténtica) que el de la pura experiencia, autónoma, sin mediaciones ni representaciones: la vitalidad misma. La obra de arte no es, no puede ser otra cosa que la vida propia.[20]

Pero, en los cuentos de Bolaño, dicha búsqueda conlleva un padecimiento irremediable. La vida, como la literatura, tiene las condiciones de la enfermedad[21]. Una parte importante de la obra de Bolaño consagra este sentir, como en el caso de "El Ojo Silva", incluido en su libro *Putas asesinas* (2001). Allí, se recrea el extremo máximo de la opción vital sobre la creación artística. Mauricio Silva, apodado El Ojo, ha decidido escapar de la violencia del Chile de los años setenta y ha emprendido el camino del artista solitario que intenta, como bien puede, mantenerse, sobre todo trabajando como fotógrafo. Primero en México, donde conoce a jóvenes poetas y traba amistad con alguno de ellos, pero también es despreciado en los círculos de inmigrantes, posiblemente por su homosexualidad; después trabaja en París y luego en la India, a donde es enviado

20 Diana Diaconu ha esbozado un perfil similar para el colombiano Fernando Vallejo, a quien sitúa en una posición estética que denomina "neoquínica", la cual aspira a hacer de la vida una obra de arte, siguiendo el modelo de los cínicos antiguos. Al respecto, véase su libro *Fernando Vallejo y la autoficción. Coordenadas de un nuevo género narrativo*. Bogotá: Universidad Nacional de Colombia, 2013.

21 Al respecto, véase su conferencia "Literatura + enfermedad = enfermedad" (2003).

para una documentación fotográfica. Allí, imprevisiblemente, El Ojo encuentra el momento de mayor intensidad artística que es, a la vez, el punto de inflexión de su experiencia vital. Silva tiene en la India una vida más genuina, pero, a la vez, terrible y trágica, cuyas peripecias le cuenta a su amigo (quien narra) muchos años después, una noche pasmosa en Berlín. El artista sin obra que es El Ojo ha tenido que presenciar por sí mismo la violencia más desoladora: un rito mediante el cual algunos niños de familias muy pobres son castrados y sacrificados a un dios infame. Este acto, les arrebata de antemano cualquier futuro posible, puesto que a la postre son despreciados por sus familias y condenados a la prostitución futura. En un burdel sórdido, El Ojo interviene casi accidentalmente, como por instinto, en favor de los jóvenes eunucos, para lo cual se ve obligado a asesinar a uno de los proxenetas y, de nuevo, a huir de esa otra violencia. Pero, al cabo, los niños mueren por las condiciones adversas y por la enfermedad. Entonces, El Ojo vuelve a Europa, ante la más rotunda impavidez del mundo frente al horror que ha cambiado su vida para siempre.

El acto de la huida, que configura todo el relato y la vida del protagonista, es tanto la forma iniciática del viaje del poeta adolescente, del artista cachorro, como el término del mismo: la huida es nada menos que un vago rodeo del irremediable retorno al origen, al destino fatal del ser auténtico. La violencia de la que El Ojo desea alejarse inicialmente vuelve siempre, es su condición de posibilidad: "De la violencia, de la verdadera violencia, no se puede escapar, al menos no nosotros", dice el narrador. La violencia encarna, así mismo, el deseo de autenticidad del artista cachorro, y quien toma ese camino está condenado de antemano a sufrir la violencia que conlleva la vida auténtica: única obra artística posible.

En dos de sus conferencias, *Los mitos de Cthulhu* (2003) y *Derivas de la pesada* (2002), Bolaño se concentra en el problema de la autenticidad de la literatura contemporánea. En la primera denuncia a las figuras mediáticas, siempre a la búsqueda de la respetabilidad y el glamur, propios de una ramplona "clase media" de la literatura, que siguen la carrera vergonzante tras el ascenso social y el prestigio. Pérez-Reverte o Sánchez Dragó son el modelo del arribismo intelectual o literario y de la escritura "clara y amena", dos signos de inautenticidad de la lectura fácil, digerible, de afán comercial. Así mismo, Bolaño denuncia la cursilería, el sentimentalismo y la corrección política de los pululantes epígonos de García Márquez o de Octavio Paz (entre ellos Isabel Allende, Luis Sepúlveda, Ángeles Mastretta, Tomás Eloy Martínez, etc.). Pero Bolaño, brillante polemista, realmente vuelve su crítica mordaz sobre la misma preocupación que toca el centro de su obra cuentística: la idea de que la literatura es el mecanismo por excelencia para la autenticidad, que el autor ve cada vez más agonizante. En la segunda conferencia, Bolaño evalúa otra perspectiva de dicho panorama en la tradición argentina, que para él es la literatura de más hondo calado crítico en Latinoamérica y, como posible salida ante el oscuro panorama que observa, prescribe releer a Borges. ¿Hay un autor más auténtico que Borges para revitalizar la literatura latinoamericana?

Poco antes de su muerte prematura, en una llamativa conversación con Ricardo Piglia, Bolaño interpela al argentino sobre cuál puede ser la manera de hacer "callar a los epígonos" (a raíz del planteamiento del argentino en su libro *Formas breves*). Lo que más me llamó la atención de la pregunta no fue tanto la respuesta de Piglia (que tiene que ver, a propósito de la obra de Gombrowicz, con un cambio de la lengua literaria), sino el interés reiterado de Bolaño sobre la autenticidad. Acallar a los epígonos es, claro, un gesto de resistencia ante al utilitarismo en el campo cultural, que confirma la importancia de la búsqueda legítima por revivir la experiencia del ser latinoamericano mediante la literatura, la obsesiva necesidad de arrebatarle al reino de la inautenticidad posmoderna la vida misma y, por lo tanto, el arte, que solo de ella podría surgir.

X. *Del acto de fastidiar considerado como una de las bellas artes* (Rodrigo Fresán)

Historia argentina (1999), primer libro de cuentos del autor, es una apuesta mobydickiana de la destrucción, con la que el escritor debuta en el campo literario latinoamericano y consolida un gesto transgresor: la vindicación del caos. En el capítulo 35 de *Moby Dick* —novela totémica de Rodrigo Fresán que inspira su proyecto artístico—, el narrador explica la importancia de la cofa en el barco ballenero que incluye un comentario desopilante sobre los "jóvenes platónicos" que se embarcan: "Con mucha frecuencia, los capitanes de esas naves reprenden a esos jóvenes filósofos distraídos, llamándoles la atención por no demostrar suficiente «interés» en el viaje y dando a entender que parecen estar desesperadamente perdidos para toda ambición honorable"[22]. Como vigías, harán remolcar el barco diez veces antes de que divisen o casen alguna ballena. Incapaces de las ambiciones del pragmatismo utilitario, un día caerán de la cofa, aunque puede que antes de caer griten, como el personaje de Melville: "¡Rueda, océano profundamente azul y oscuro, rueda!". Este es el tipo de personaje que inspira los de Rodrigo Fresán.

Argie, narrador de "El aprendiz de brujo", se asemeja al joven platónico de Melville, aunque ya no es romántico, sino, más bien, un desencantado burletero: "No soy lo que se considera una

22 H. Melville. *Moby Dick*. Bogotá: Panamericana editorial, 2020, p. 256.

persona muy ubicada en el contexto real de las cosas", dice y se anuncia como una "impresentable aberración", una "auténtica basura", una "pérdida de tiempo en constante movimiento". Argie es un joven argentino que ha sido enviado por sus padres a Londres para hacer un *stage* de cocina; trabaja como limpiahornos (el rango más bajo) en el restaurante Savoy Fair, y allí, Siva, su despótico jefe, le ha declarado la guerra a causa del conflicto de Las Malvinas. Siva es un ridículo inmigrante de la India, acogido por la clase media-alta inglesa a la que defiende a rabiar, sin entender que los ingleses colonialistas fueron sus verdugos, no sus redentores. La visión de Argie es distinta: lo que ocurre en su país le tiene más o menos sin cuidado, para él la Argentina no es mucho más que "el culo del mundo". Este desinterés es muy similar al de otros personajes de Fresán, para quienes, por ejemplo, la Argentina es el "inexistente país de origen" donde "nadie tiene la más puta idea de lo que está pasando" (como se menciona en los cuentos "La vocación literaria" y "La soberanía nacional" respectivamente). Así, "El aprendiz de brujo" es una burla y un gesto de radical cuestionamiento a la noción de *orden*. La trivialización de la condición identitaria, la renuncia a hacer propia una lucha colectiva ajena (la guerra) o la defensa de otra comunidad imaginada como la familia (a la que se critica con igual sorna) son claras señas de la toma de posición de Fresán. Las consignas colectivas, de grandes aspiraciones, las reivindicaciones identitarias y demás motivos tan presentes en la literatura del *boom* son poco menos que insultadas en la obra de Fresán, por fraudulentas e impositivas, porque, en definitiva, han permitido el triunfo de un orden inauténtico, como el restaurante que preside el chef hindú en el que Argie hace su *stage* de cocina. En una cruzada frente al orden establecido, Argie tiene la oportunidad de hacer un sabotaje, por lo que planea poner patas arriba toda la cocina antes de la grabación del programa televisivo de Siva. Una vez lo hace, el joven limpiador de hornos ve, por un instante, que ha conseguido subvertir la organización tiránica del mundillo culinario que se vio forzado a habitar, desestabilizando la estructura del poder reinante, fastidiando al déspota, el aprendiz de brujo ha conseguido ser, al menos por un momento, el Maestro Hechicero.

Cada una de las acciones que reivindican el caos como opción legítima surge de la individualidad crítica y provocadora del joven, cuya lucidez y perspicacia le impiden congraciarse con la injusticia o los principios morales que la originan y sostienen. Y, sin embargo, el joven también es consciente de la condición efímera de aquella vindicación. Al final del cuento, un nuevo chef, aún más ridículo y despótico, "otro perfecto hijo de puta", llega a presidir el Savoy Fair, con lo cual "el latido del corazón del universo volvía a su habitual ritmo acelerado". Así, Fresán cuestiona el mundo homogenizado de las luchas colectivas o las aspiraciones teleológicas y las descarta con la burla, el sabotaje y el caos en un instante de iluminación profana, de subversión al orden de lo real, profundamente anclado a la noción de Historia, que es, a todas luces, equívoca y despreciable.[23]

Así, para Fresán, la experiencia es solo una versión de la historia, una representación única de la multiplicidad, frecuentemente disparatada y dudosa, pero que siempre debe alejarse de los mecanismos hegemónicos —encarnados en el chef que aparecería en tv para contar la "historia" de su restaurante— para aspirar a ser genuina. Por lo tanto, una experiencia genuina ha de cuestionarse a sí misma, burlarse de sí misma y de la historia. Fresán ha renunciado también a la experiencia de la vanguardia artística, puesto que

23 Analizo este problema con mayor profundidad en el capítulo "la historia del naufragio y el naufragio de la Historia", del libro *Prender el fuego. Nuevas poéticas del cuento latinoamericano*, (Editorial UN, 2022).

no ve posible su desarrollo en el mundo que habita (con lo cual se hermana con Bolaño) y, entonces, opta por la vindicación del caos como crítica del presente. Los personajes de Fresán, además de ver tras los bastidores (como Piglia) y de lanzarse nuevamente a los caminos de la experiencia vital (como Bolaño), sobre todo, consagran el acto de fastidiar, de provocar, de ser agentes de dicho caos como herramienta por excelencia para acceder, aunque sea solo momentáneamente, a una forma de habitar el mundo de manera genuina.

XI. *Otra metamorfosis*[24] (Evelio Rosero)

Un alegato inicial: en *Eichmann en Jerusalén* (1961), Hannah Arendt analiza de manera sumamente crítica el juicio del funcionario nazi y plantea allí una categoría terrorífica: *la banalidad del mal*. Arendt demuestra, en suma, que cualquier persona, de cualquier situación intelectual, género, posición económica, etc., pudo haber sido Eichmann (o al revés). Es decir, la maldad es considerada por la filósofa como un fenómeno banalizado, convertido en automatismo: no se necesita un pasado de condenas, historial antisemita o militarista o haber sido un criminal para ordenar la ejecución de cientos de miles de personas durante años. La instrumentalización del ser humano ha llegado a tal punto que este "comete sus delitos en circunstancias que casi le impiden saber o intuir que realiza actos de maldad". Suponemos así que la instrumentalización no solo despoja a las víctimas de su condición humana (reificación), sino que opera así con los victimarios. Esta no fue una defensa de la dirigencia nazi (como se pensó, fruto de una lectura equivocada, por

24 Mención especial a Elias Canetti y su ensayo "La profesión del escritor" de 1976 y al *Martin Eden* de Jack London, que inspiraron este comentario sobre Evelio Rosero, quien fue, hasta 2006, una especie de Martin Eden en el panorama editorial de Colombia y América Latina. Le debemos esta y toda *mea culpa* habida y por haber.

algunos críticos de Arendt), sino la denuncia de un malestar superior a la personalización del mal. Es más fácil decir que hay algunas manzanas podridas que suponer que toda una cultura ha creado seres potencialmente monstruosos. ¿Qué hacer ante ese panorama? Aquí aparece, como testigo o como juez o como jurado, Evelio José Rosero.

"¿Cómo callar a los epígonos?" se preguntan Piglia y Bolaño. El argentino, como vimos antes, aproximó una respuesta: cambiando de lengua. Pues bien, ese es el gesto de Evelio Rosero, en 1996, año en que escribe el cuento "Palomas celestiales", y que apareció por primera vez en su libro de cuentos *Las esquinas más largas* de 1998. La cuentística de Rosero encarna esa marginalidad tanto en el uso del lenguaje como en el de la estructura narrativa del cuento contemporáneo (Piglia), tan alejados del uso convencional de los epígonos del *boom*, y por eso es el fruto de una búsqueda minuciosa del escritor maestro. En ella (como Fresán y Bolaño) da cuenta magistralmente de la condición de singular del individuo en la crítica política del presente que habita[25].

Esta toma de posición del autor se plantea en "Palomas celestiales" mediante una problematización temática: otra vuelta de tuerca al planteamiento sobre el mal de Arendt, pero bajo la forma de un humor corrosivo y profundamente irónico. En este cuento, Rosero apuesta por un juego de sátiras tragicómicas, poco visto en el cuento colombiano de la época, que problematiza la realidad de la historia de un país *contemporáneo*, en el sentido que Fernando Cruz

25 G. Deleuze y F. Guattari proponen que hay una forma de literatura genuina, marginal —cuyo paradigma es Kafka— que opta por una "desterritorialización de la lengua" y por la presencia de lo "individual en lo inmediato político", a esta forma de literatura la llaman una *literatura menor*, y explican que esta "no es la literatura de una lengua menor, sino la literatura que una minoría hace dentro de una lengua mayor". Al respecto, *Kafka, por una literatura menor*. México: Ediciones Era, 1975, p.30.

Kronfly da a este término: un sincretismo, o una hibridación, entre lo posmoderno, lo moderno y lo premoderno, como también lo explica Rubén Jaramillo Vélez[26].

"Palomas celestiales" recrea el secuestro de un bus escolar que transporta a 34 jovencitas de un colegio de clase alta en Bogotá, a manos de tres veinteañeros, trabajadores de una fábrica de ladrillos de las afueras de la ciudad. Los tres muchachos son presentados como adictos al cine pornográfico, idealizadores de "las putas" vestidas de colegialas que veían en él y con las que fantasean una y otra vez (al punto de que llegan a identificarlas con las adolescentes que deciden secuestrar): "Se excitaron de sueños, y en lugar de comprar más boletos de pornográficas compraron dos revólveres y una pistola a un policía retirado. Seis meses de abstinencia los espoleaban", dice el narrador. Los jóvenes son ironizados por el narrador, pues este hace ver que ellos pensaban que se convertirían en "los máximos, los duros", y que actúan como "lo veían en las pantallas". Ser o no ser pantalla, esa es la cuestión, dice Rodrigo Fresán en alguna de sus conferencias. Y, en efecto, los jóvenes obnubilados por la fantasía del cine desean que sus vidas sean "como en las películas" (esta idea se repite unas siete veces en el cuento), por lo cual imaginan una orgía de colegialas: "Las colegialas del norte de Bogotá eran las que más se parecían a las lúbricas rubias angelicales, desnudas en lechos de cuero". Esta ironía roseriana se confirma escena tras escena, frente a las que el lector, aunque presencie un acto terrible en el primer plano de la narración, realmente asiste

26 Cruz Kronfly en *La tierra que atardece* y Jaramillo Vélez en *Colombia: la modernidad postergada* (ambos libros de 1998, año en que también aparece el cuento de Rosero) plantean desde dos perspectivas distintas esta condición de precariedad del sujeto actual en Colombia, cuya particularidad es el acriticismo generalizado en el que devino un proceso de modernización tardía en América Latina. El desarrollo técnico, científico, fue instrumentalizado, por lo cual el pensamiento moderno, crítico y autocrítico, no acompañó este desarrollo.

a una comedia grotesca y trágica: tres adolescentes libidinosos, víctimas de sí mismos.

La banalización del mal formulada por Arendt encuentra en el genial cuento de Rosero una aterradora parodia. En el cuento, queda entredicho que no solo cualquier ser humano puede devenir en criminal infame, sino que, además, en el escenario que recrea Rosero, el origen de esta metamorfosis no es otro que una sociedad inconsciente y trivializada, enajenada ante la ficción dominante de los medios masivos y las estéticas capitalistas que todo lo reifican. Al final del cuento se consagra la ironía. A Leo Quintero, único sobreviviente de los secuestradores, y a quien dejan maltrecho y tuerto, le parece que esas 34 adolescentes, que masacran a sus amigos y cómplices, son unas pobres "palomas celestiales". El mal banalizado gobierna ambos lados del crimen. La tentativa del secuestro tanto como el doble homicidio cometido por un grupo de niñas son ocultados: "Del incidente nunca se supo, nada se hizo público. Se impuso la urgencia del colegio y los padres de familia por encubrirlo todo", explica el narrador. Como en Arlt, como en Piglia, todo termina por ser incomunicable ante el periodismo o la ley, pero se puede contar —ironía final— en la prisión, a cambio de aguardiente.

XII. *Cogito interruptus*[27] (Juan Villoro)

En "El rigor de la ciencia" de Borges, se habla de una cultura cuyo estudio de la cartografía fue de tal precisión que todo lo figurado coincidía exactamente con su representación: "Levantaron un Mapa del Imperio, que tenía el tamaño del Imperio". Esta anécdota es recordada por Jean Baudrillard en *Cultura y simulacro* para esbozar el problema de la inautenticidad generalizada en la llamada sociedad

27 Impromptu motívico sobre Umberto Eco y su libro *Apocalípticos e integrados* (1965).

posmoderna. Un mapa como el del cuento de Borges encarna no solo la *simulación* baudrillardiana, sino también la quintaescencia del acriticismo: no se comprende ni se interpreta algo para representarlo, solo se reproduce tal como existe. Este es, quizás, el fundamento del llamado hiperrealismo que Baudrillard analizó en la cultura contemporánea. Ambas cosas, la simulación y el acriticismo, son dos elementos constitutivos de la modernidad antimoderna (*posmodernidad* o *contemporaneidad*, en el sentido de Cruz Kronfly) que aparece parodiada y cuestionada en los cuentos de Juan Villoro.

Así como las poéticas contemporáneas del cuento coinciden en su clara conciencia del agotamiento de los *grandes relatos modernos* (emancipadores, de aspiración teleológica) y han cuestionado ampliamente la *institución imaginaria de la sociedad* (Castoriadis) y las *comunidades imaginadas* (Anderson), es decir, la familia, la identidad nacionalidad, etc., la propuesta de Villoro participa de estos debates actuales en la literatura del siglo XXI con un acento llamativo e innovador. Más allá del cuestionamiento de la identidad, ya problematizado incluso desde Borges, en los cuentos de Villoro se plantea una controversia aún más amplia, puesto que el escritor mexicano desconfía tanto de los valores y discursos modernos caducos, que perviven de manera inauténtica (el nacionalismo, el indigenismo, el progreso, el capital, etc.), como de las actitudes opuestas a estos discursos, que en principio fueron genuinas reacciones a la modernidad caduca, pero que luego fueron vaciadas de su sentido genuino en la sociedad actual dando como resultado la mercantilización de la experiencia, la banalización generalizada de la cultura o el acriticismo hiperindividualista. Emparentado con algunas de las reformulaciones del género cuentístico de sus contemporáneos, Villoro opta por un cuestionamiento irónico y socarrón, que tiene como telón de fondo el *capitalismo de ficción* (Verdú) propio de la *cultura-mundo* (Lipovetsky).

En "Apocalipsis (todo incluido)", el personaje principal, un cincuentón escéptico de la supuesta debacle mediatizada, el "apocalipsis maya", es también un conocedor de esa cultura que, contra su convicción inicial, termina por compartir la versión comercial de la cultura a la que ha dedicado sus últimos años, todo para llamar la atención de una joven que conoce en un foro en el que participa en Barcelona. En los personajes del cuento se encarnan distintas visiones de mundo contemporáneas, frecuentemente obnubiladas, bien sea por los anacronismos del pensamiento premoderno o bien por la defensa a ultranza de la totalizante banalidad mercantil.

El primer caso es el de Marcia, la delegada del INAH, que tiene a cargo, como explica el narrador, "evitar las amenazas de la modernidad sobre los dioses antiguos" y que sabe "medir el éxito con criterio de emergencia". La funcionaria está próxima a la visión reivindicativa de los símbolos culturales precolombinos y, por tanto, identitarios del México tradicional. En principio, esta es también la preferencia del protagonista, Rubén. Esa postura es parodiada por el narrador, puesto que representa un anacronismo: la vindicación de lo autóctono y lo local *per se*, sin la menor capacidad autocrítica de la cultura ancestral propia. Sin embargo, esta visión se pone en tensión cuando se enfrenta a la de la pura explotación mercantil del acervo maya, que ha convertido al Chichén Itzá en un "bazar que ofrecía sombreros de charro y mantas multicolor a cuarenta grados de temperatura" o que atraía turistas "más atentos a la resistencia de su bloqueador solar que a la cosmogonía maya". El personaje de Pech encarna esta posición de comerciante grotesco y oportunista: "No podía comer cochinita pibil sin convertir el almuerzo en un negocio", explica el narrador. Pech es, pues, el representante del pragmatismo mercantil actual, que se promueve como una conducta deseable, ya que permite ver en todo lo que se haga una "oportunidad de negocio". Pero este personaje no solo es un típico arribista que vive para cazar postores, sino que, además, es descendiente de los mayas, lo cual le permite ostentar un título de "heredero legítimo" y, bajo ese escudo queda blindado su discurso fraudulento: más que un iluminado por sus ancestros, es un vendedor efectista de pánico que logra "estimular la truculencia". Pech es un fraude, "pero criticarlo era políticamente incorrecto, y odiarlo, racista". El dominio de la corrección política tampoco es extraño en el mundo actual y opera otro truco, otro engaño contemporáneo.

Este pensamiento encarnado en Pech ha convertido la cosmovisión maya en puro comercio, en la que el "proselitismo de la paranoia" es el arma perfecta para vender, mientras que los indígenas se morían de hambre, "ese era el verdadero apocalipsis", dice Rubén en el inicio de su conferencia, antes de "convertirse al catastrofismo" y ganarse al público imbécil. El exotismo, el tremendismo y el *show* son herramientas del *capitalismo de ficción* que se expresan en el cuento como formas eficaces para la comercialización de la experiencia. La aclaración del título "(todo incluido)" de entrada manifiesta el tono de anuncio promocional. Vender experiencias es, según Vicente Verdú, la forma de la mutación actual del capitalismo, puesto que la mercancía no es un artículo específico, sino una vivencia falseada a la que se le asigna un valor de cambio: en el cuento, el parque arqueológico disponía de distintas artimañas con el único e insondable fin de "que los turistas se sintieran exploradores de alto riesgo".

Este es el panorama actual al que nos enfrenta Villoro, el de un mundo donde el pensamiento auténtico es constantemente obstaculizado por la imposición del capitalismo de ficción, de la experiencia comerciable, pero, además, aquella oferta, en este caso, permite la adquisición de una experiencia neomística, esotérica, propia del pensamiento premoderno (el apocalipsis maya). Sin embargo, Villoro problematiza ambas visiones en un doble gesto crítico. ¿Cómo se puede vivir de forma auténtica en un mundo que todo lo mezcla, que todo lo iguala?

Si escritores como Piglia y Bolaño o como Fresán y Rosero apuestan por una forma de recuperación del significado auténtico de la experiencia, o por revitalizar, mediante el arte, la experiencia genuina, Villoro nos pone a la vista un problema que parece surgir, efecto colateral, de esa apuesta nueva. Si lo que el arte busca genuinamente es una recuperación de la experiencia, entonces, en seguida, el mutante sistema-mundo se adapta y ofrece una copia rebajada, simplificadora, de la experiencia. Ese nuevo obstáculo para la autenticidad contemporánea es un fenómeno generalizado. Justamente, la inautenticidad efectista del *kitsch* ya no pertenece únicamente al campo del arte, puesto que al suponer que el arte debe ser la vida misma y que no puede ser de otro modo (como ocurre en la obra de Bolaño, por ejemplo), el *kitsch* aparece a la orden del día; la dialéctica arte de vanguardia-*kitsch* parece operar ahora en la búsqueda de autenticidad vital. Allí donde surja alguna creación auténtica, aparecerá la *estetización* de la cultura-mundo para banalizarla; y si esta creación es posible mediante la exploración vitalista, la experiencia humana en sí misma tomará, a la postre, el cariz del *kitsch*. Ese panorama apocalíptico en el que la vida se convierte en baratija del acriticismo parece que daría como resultado un *cogito interruptus* y... ¿adiós a la fertilidad? Pues bien, la obra de Juan Villoro duda también de este panorama y desempeña, en las nuevas poéticas del cuento latinoamericano, como el personaje de su cuento, "la valiente postura de los indecisos".

XIII. Otro extravío (Guillermo Martínez)

"La literatura, por mucho que nos apasione negarla —escribe Enrique Vila-Matas— permite rescatar del olvido todo eso sobre lo que la mirada contemporánea, cada día más inmoral, pretende deslizarse con la más absoluta indiferencia". Esa renuncia —como la de los personajes de Roberto Bolaño (poetas sin obra) o la del narrador del último cuento de *Historia argentina*, de Rodrigo Fresán, que borra toda su "tentativa novela"— constituye lo que el propio Vila-Matas denominó el *laberinto del No*, esa pulsión del rechazo hacia la escritura, el mal de Bartleby. Pues bien, los autores contemporáneos hasta aquí comentados han recorrido esas encrucijadas que señalaron Jean-Yves Jouannis y Vila-Matas, y lo han hecho de distintas maneras. Como vimos, sus cuentos tienen que ver, de una forma u otra, con la imposibilidad de la creación literaria, del oficio de la escritura, de la vida auténtica, del significado de la experiencia, etc., y, sin embargo, han visto en la literatura, o en las vidas recreadas en ella, paradójicamente, una opción artística posible. Narrar, explicar, rastrear e indagar sobre la imposibilidad de la escritura es, quizás, una especie de vaso comunicante sobre el que se han vertido algunas de esas poéticas contemporáneas.

Pues bien, la cuentística de Guillermo Martínez no solo recrea el extravío voluntario de quienes recorren el *laberinto del No*, sino que, al mismo tiempo, deja al descubierto, dos condiciones del recorrido dedálico: que el objeto de adentrarse en el laberinto no es nunca hallar la salida, y que, de hecho, ese objeto probablemente se desconozca por completo. Es decir, Martínez no solo duda de la posibilidad de la experiencia auténtica (a la manera de Bolaño), sino que también desconfía de la posibilidad de comprender el significado de dicha experiencia (a la manera de Piglia). De ser posible una vida auténtica o la recuperación del significado de la experiencia, esta tendría que encontrarse no solo en la conciencia de su imposibilidad (*laberinto del No*), sino en la renuncia a determinar de antemano el objeto de la búsqueda. Esta es, en parte, la formulación con la cual aparece Guillermo Martínez en el campo de la literatura actual: una especie de hilo de Ariadna, para guiarnos a donde sea que conduzca la búsqueda extraviada del arte actual. El cuento "Una felicidad repulsiva" permite observar lo anterior.

El punto de partida del cuento es la incertidumbre del narrador, una duda persistente sobre la aparente felicidad de la familia M. El joven narrador ha empezado a desconfiar de esa alegría sin tacha. Las enseñanzas de su padre han fundado el origen de esa inquietud, que se afianza en él con el peso de su realidad inmediata, pues su experiencia familiar está en las antípodas de la familia M: de forma temprana el joven ha presenciado el intento de suicidio del hermano mayor, ha tenido ya la intuición de su condición de pobreza y ha comprendido vagamente que la tierra sobre la que su familia construyó la modesta casa donde viven es estéril y de poco valor. Aun así, ocasionalmente llega a pensar que quizás, contra lo esperado, es viable que la familia M sea completamente perfecta y feliz, aunque esta creencia no se considera en relación con la posición privilegiada de la familia M, sino con su aparente coherencia total. La preocupación que lo acompaña casi toda su vida no es otra que la de saber si es posible llevar una vida auténtica y aparentemente plena: ¿es posible la perfecta felicidad de una familia?

Pero el personaje narrador, que ha partido del pueblo donde vivía la familia M, se ha titulado en literatura y se ha convertido en profesor de una importante facultad de letras y, de tanto en tanto, vuelve sobre la problemática idea, una y otra vez, hasta envejecer. Ha leído a Flaubert: "Tres condiciones se requieren para ser feliz: ser imbécil, ser egoísta y gozar de buena salud", y desconfía también del escritor francés. Ha renunciado a escribir literatura y se ha convertido en aquello que criticó tanto, parte de la institucionalidad literaria académica, pero le es insuficiente. Su duda ante la experiencia de aquella familia se ha convertido en desconfianza radical, que parece deberse a que la posibilidad de la vida auténtica se le ha escapado siempre, pertenece a un lugar al que no ha accedido ni accederá nunca. Así, la inquietud sobre la autenticidad de la familia M ocupa el lugar de un otro ajeno, un sujeto extraño, que encarna, claro, la figura del doble opuesto: lo que no es ni será, pero se observa y se desea recrear, aunque no se consigue.

La incomprensión de la experiencia ajena constituye, a nivel de la forma del cuento de Martínez, la segunda historia (la lógica cifrada, según Piglia). El ocultamiento de esa lógica cifrada se lleva a cabo mediante un uso maestro del lenguaje elusivo. Para la primera historia (la perdurabilidad de la extraña perfección de la familia M) parecen naturales y pasan desapercibidos algunos rasgos que más adelante constituirán el elemento fantástico: se ven como sujetos de "la misma especie", "muy parecidos entre sí", "vagamente extranjeros"; hablan un idioma que el narrado "nunca había escuchado"; el narrador señala que la pareja de padres caminaban en la oscuridad como dos "antiguos" enamorados o que el viejo M, transcurridos los años, sigue "idéntico", etc. Al finalizar el cuento, estos elementos irán saliendo a flote y serán más relevantes en la primera historia, hasta que quedan en la superficie del relato durante la escena final, cuando el narrador afirma que, luego de que él mismo ha envejecido, ve que el "viejo M" (la iteración de la palabra "viejo", a lo largo de todo el cuento, por supuesto, también configura la historia cifrada) es ahora más joven que él. Este elemento fantástico nos pone ante una familia extraña, una especie de seres imperecederos, atemporales y, por tanto, ajenos a la realidad del narrador, tan prosaica y trágicamente afectada por el paso del tiempo. Así, el recurso fantástico, lejos de distraer, enfatiza el problema central del cuento, cuyo final abierto resalta aún más: la conciencia de que la experiencia o su significado profundo parece estar nuevamente obstruida, incluso en la literatura. Y, sin embargo, el narrador se decide por un nuevo extravío de su exploración: "Me di vuelta y sin mirar atrás caminé de regreso por el camino de lajas, hacia este poco que me queda de vida", es decir, rumbo a la escritura que leemos.

La comprensión inaccesible como fundamento del arte literario planteada por el narrador, cuya inquietud vital siempre retorna a pesar de sus múltiples intentos por olvidarla, se condensa en aquel "solo quiero saber si son felices". La importancia de la memoria recuperada, de la exploración de lo pasado, nos lleva a la idea de Vila-Matas: aunque se la niegue, la literatura es la herramienta que permite rescatar del olvido todo lo que se ha perdido de vista en el mundo actual. Volver, siempre de forma crítica, al recuerdo es retornar a la literatura: resistir la cosificación del silencio, prender el fuego, ante la indiferencia de la desmemoria general; al fin y al cabo, como nos recuerda T. W. Adorno, "toda reificación es un olvido".

Cheever creía que la literatura podía salvar al planeta. Puede que así sea.

Eso es todo. No más borradores.

Buenas noches y muchas gracias.

Alejandro Alba García
Editor y magíster en Literatura
Universidad Nacional de Colombia
Bogotá – febrero de 2021

Agradecimientos

A los autores, cuya obra admiramos. A Panamericana Editorial, por confiarnos este proyecto. A todas las agencias y editoriales que colaboraron en esta antología, las cuales mencionamos a continuación. A nuestros estudiantes y a la Universidad Nacional de Colombia, donde investigamos juntos sobre literatura latinoamericana. A nuestros amigos, los profesores Iván Padilla Chasing y Marcel Camilo Roa, por sus lecturas y valiosas sugerencias. Al grupo "Debates críticos y teóricos sobre literatura latinoamericana contemporánea". A Jorge Morcote, Jairo Toro y Miguel Nova por sus aportes en la edición de este libro. Y a todos los lectores, para quienes pensamos y escribimos esta antología.

Diana D. y Alejandro A.

Bogotá, marzo de 2021

Créditos

La gallina degollada (*Cuentos de amor de locura y de muerte*)

El inmortal (*El Aleph*)

El jorobadito (*El jorobadito*)

El hombre (*El llano en llamas*)

Un señor muy viejo con unas alas enormes
(*La increíble y triste historia de la cándida Erendira y su abuela desalmada*)

La señal (*La señal*)

En este libro se emplearon las familias tipográficas
Lido STF 17 y Tisa Pro 11 puntos.
Se imprimió en papel Coral Book Ivory de 80 gramos.